Pantglas

Pantglas

Mihangel Morgan

y Lolfa

I Popi

Argraffiad cyntaf: 2011

Dymuna'r cyhoeddwyr gydnabod cymorth ariannol
Cyngor Llyfrau Cymru

Cynllun y clawr: Sion Ilar
Darlun y clawr: Ruth Jên

Rhif Llyfr Rhyngwladol: 978 1 84771 318 6

FSC

Cyhoeddwyd ac argraffwyd yng Nghymru
ar bapur o goedwigoedd cynaladwy
gan Y Lolfa Cyf., Talybont, Ceredigion SY24 5HE
gwefan www.ylolfa.com
e-bost ylolfa@ylolfa.com
ffôn 01970 832 304
ffacs 832 782

Colli tir a cholli tyddyn,
Colli Elan a Thryweryn;
Colli Claerwen a Llanwddyn
A'r wlad i gyd dan ddŵr llyn.

'Colli Iaith', Harri Webb

There are places in Wales I don't go:
Reservoirs that are the subconscious
Of a people, troubled far down
With gravestones, chapels, villages even;
The serenity of their expression
Revolts me…

'Reservoirs', R. S. Thomas

Llanwddyn yn llyn heddiw, – dinodded
*   Ei anheddau chwilfriw;*
*   Tan genlli tonnog unlliw*
*   Allorau bro'n y llawr briw.*

Briw hen y Cwm a brynwyd, – yr erwau
*   Er arian a werthwyd;*
*   Y brau feddau a faeddwyd,*
*   A'r Llan yn y dyfnder llwyd.*

'Yr Argae', John Evans

Yng Nghwm Elan roedd Birmingham wedi meddiannu tir a chrynhoi dŵr mewn pum cronfa, tra oedd Lerpwl wedi colli, mewn ardal Gymraeg arall, ddeg fferm, tri deg saith o dai, eglwys, dau gapel, tair tafarn, llythyrdy ac un hen blasty yn Efyrnwy. Gwnaed hyn yn ddidrugaredd gan ddryllio teuluoedd ond heb fawr ddim gwrthwynebiad undebol.

Ystyrid Cymru, heb unrhyw deimlad o euogrwydd, fel rhyw fuwch i'w godro o'i hadnoddau, bydded yn lo o'r ddaear neu'n law o'r nen.

Cofio Capel Celyn, Watcyn L. Jones

This notion of mine about the sub-aquatic existence of the people of Llanwddyn also had something to do with the album... containing several photographs of his birthplace, now sunk beneath the water.

Austerlitz, W. G. Sebald

Ond heddyw dyma eu bythynod yn cael eu tynnu i lawr, a hwythau yn gorfod ffoi. Fel y cynddiluwiaid gynt, ni chredent hyd nes y'u gorfodwyd. Cyfaddefent mai anhawdd ydoedd ymadael â lle eu genedigaeth.

Geiriau Isfryn ar ôl ymweld â Llanwddyn ychydig cyn boddi'r pentre yn 1888

San Swithin

Y N EI LYFR bach du nododd Mr Smith y dyddiad ar dudalen newydd: July 15th 1880. O dan y dyddiad fe restrodd ei gasgliadau yn sgil ei archwiliad o'r ardal:

Pantglas, south Wales:
population, 92; houses, 17; churches, 1; chapels, 1; inns, 3; farmhouses, 10; great houses, Duferin Hall.
Site: *North, mountains; West, mountains; South, mountains; East, mountains. River.*
Assessment: *ideal.*

Roedd y nodiadau cryno hyn yn ganlyniad i ddau ddiwrnod o waith manwl ar ran Mr Smith. Daethai i'r ardal o'r ddinas echdoe yn y glaw mewn coets a cheffyl a ddarparwyd ar ei gyfer gan Gorfforaeth y Ddinas. Ond wrth wneud ei archwiliad roedd e wedi cerdded o le i le er mwyn gwneud yn siŵr ei fod yn gweld popeth, pob twll a chornel, fel petai. Roedd rhai o blant bach brwnt y fro wedi'i ddilyn bob cam. Plant bach swnllyd, drewllyd, carpiog a siaradai eu hiaith od drwy'r amser. Pe gellid dweud taw iaith oedd hi – yn wir, i Smith, carbwl anwaraidd ei sŵn oedd hi. Oedd, roedd ganddyn nhw ambell air o Saesneg – 'Mr Moustache' oedd eu henw nhw arno – ond wedi dweud hynny ni ddeallent 'go away' na 'leave me alone' na 'don't touch that'. Cawsai'r un profiad gyda'r rhan fwyaf o drigolion aeddfed y fro. Aethai Mr Smith o fwthyn i fwthyn – neu o hoewal i hoewal, yn hytrach, gan mai prin iawn oedd yr anheddau a oedd fawr gwell na thylcau i anifeiliaid; pedair wal, drws, ffenestr, drws cefn a tho. Ac am y ddynoliaeth a drigai yn y tyllau hyn – wel, nid ei le ef oedd eu hasesu hwy, diolch i'r drefn. Ei unig ddyletswydd ef oedd i esbonio wrth bob un beth yn union yr oedd e'n ei wneud a dweud bod y gwaith hwn yn bwysig a bod disgwyl i bob un gydweithredu a pheidio â llesteirio'i ymchwil ar unrhyw gyfrif. Gwnaeth Mr Smith ei waith yn gydwybodol, a hithau'n bwrw glaw drwy'r cyfan, ond ni allai fod yn siŵr fod yr un o'r rhai a breswyliai yn y tai bychain wedi'i ddeall yn iawn. Byddai'r gweinidogion yn gorfod egluro popeth ar ôl iddo ymadael, mae'n debyg; rheina oedd yr unig ddynion a chanddynt grap ar y Saesneg a pheth addysg, hyd y gallai Mr Smith farnu.

Yn awr, ac yntau wedi cyflawni'i ddyletswyddau, dim ond un noson arall oedd ganddo i sefyll yn nhafarn y Cross Guns (yr unig ddewis mewn gwirionedd, wa'th roedd y ddau dafarn arall yn dylcau moch i bob pwrpas) a disgwyl i'r goets a'r ceffyl ddod i'w gasglu o'r twll hwn fore trannoeth. Roedd y tafarn yn dderbyniol chwarae teg. Cynigiwyd ystafell iddo nad oedd mor frwnt â beudy a gwely cymharol lân a heb fod mor annioddefol â gwely hoelion haearn poeth. Roedd y tafarnwr ei hun yn ddyn digon cwrtais o'i gymharu ag arth gwyllt a, diolch byth, yn deall ac yn siarad rhywbeth tebyg i Saesneg.

Wrth i Mr Smith fynd i mewn i'r Cross Guns eto ar ddiwedd ei ddiwrnod olaf o waith yn y pentre, cyfarchodd y tafarnwr ef yn frwd –

'Good evening, sir. Did you have a good day? Will you have something to drink and something to eat?'

'Yes, thank you, Jones. I'll have a pot of tea, and what do you have to eat tonight?'

'We have some bread, some cheese, some meat.'

'What meat?'

'Mutton.'

'In that case I'll have some bread and cheese.'

Wrth lwc roedd y tafarn yn dawel ac roedd ganddo'r lle i'w hunan. Neithiwr pan gerddodd i mewn roedd y lle dan ei sang a syllodd y pentrefwyr arno'n syn fel petai ganddo goelcerth yn llosgi ar ei ben. Afraid dweud, roedd ymwelwyr â'r fro hon yn brinnach na dannedd brân. Eisteddasai Smith mewn cornel ar ei ben ei hun i gael ei swper (bara a chaws yn hytrach na chig gwedder y noson honno hefyd) nes i guchiau cyhuddol a drwgdybus y brodorion ei yrru'n gynnar i'w wely.

Roedd Smith yn edrych ymlaen at sawru'i fara caws a'i de yn hamddenol pan agorwyd drws y tafarn a daeth dau ddyn annymunol yr olwg i mewn. Gwelsai Smith y ddau neithiwr ymhlith wynebau amheus cwsmeriaid y tafarn. Tybiai Smith taw gweision fferm oedden nhw ill dau. Dyn cul, esgyrnog oedd y naill, sef Ned, a'i bryd bron â bod yn ddu rhwng gwaith y tywydd arno am ryw hanner canrif a haenau lawer o fryntni cyffredinol, a dyn bach llwyd ei bryd ac eiddil ei gorff oedd y llall, sef Tomi. Wrth sodlau'r ddau roedd bob o gi yn eu dilyn; ci mawr blewog gwyn a llwyd, ei naill lygad yn las a'r llall yn frown, sef Capten, wrth draed y dyn cul, a daeargi bach coesgam, cwtgota, du ei flew a marciau bach melyn uwchben ei lygaid ac ar ei gernau ac ar ei goesau bach a'i bawennau, sef Boi, wrth draed y dyn gwantan. Aeth y ddau yn eu blaenau at y tafarnwr y tu ôl i'w gownter i brynu'u cwrw a dyna lle roedd y tri yn plygu pennau gyda'i gilydd ac yn sibrwd, er nad oedd rhaid iddyn nhw wneud hynny gan na ddeallai Smith yr un gair o'u parabl. Serch hynny, gwyddai Smith wrth y ffordd nad oedden nhw'n edrych arno nac yn taflu'r un cipolwg i'w gyfeiriad eu bod ill tri yn siarad amdano. Gallai Smith ddweud wrth siâp eu cefnau a'u hysgwyddau mai efe a dim arall dan yr haul oedd testun eu trafodaeth ddwys, gynllwyngar. Yn sydyn teimlai Smith yn annifyr. Synhwyrai'i fod dan fygythiad yma. Am y tro cyntaf yn ei fywyd roedd yn ddieithryn unig, diymgeledd mewn lle estron. Ac eto i gyd, onid Prydeiniwr oedd e? Ac oni ymestynnai ymerodraeth ei Mawrhydi y Frenhines Victoria o'r naill ochr o'r glôb i'r llall ac o'r top i'r gwaelod? Ac onid oedd gan Brydeiniwr yr hawl i fynd i'r llefydd mwyaf pellennig gan wybod ei fod e'n dal i fod yn ei wlad ei hun i bob pwrpas? A dyma Mr Smith mewn perygl, fel y tybiai, heb adael ynys Brydain ei hun. Fe allai gydymdeimlo â'r cenhadwr Cristionogol yn awr, i'r hwn nad yw'r ffaith ei fod yn dal i fod o fewn un o drefedigaethau ei Mawrhydi, er i honno fod yn un o'i mannau tywyllaf, o unrhyw gysur iddo wrth i'r brodorion gynnau tân o dan y pair anferth yn barod i'w goginio.

Llyncodd Mr Smith grwstyn ola'r bara, er bod ei lwnc mor sych â chaets salamander, a llithro o'r gornel ar hyd y ffwrwm yn barod i'w gwneud hi am y steiriau lan i'w ystafell wely. Ond fe'i daliwyd cyn iddo gael cyfle i ddianc.

'Off to bed as early as this, Mr Smith?' meddai'r tafarnwr.

'Well, you know, long journey tomorrow.'

'Oh, please do not leave us yet. These gentlemans are very interest in your work.'

Roedd y tri ohonynt ynghyd â'r cŵn wedi'i hoelio â'u llygaid.

'What is it exactly you are doing here?'

Siop Cati

BOB DYDD AGORAI Catrin ddrws ei siop fach am wyth o'r gloch y bore. Safai'r siop gyferbyn â'r Cross Guns, er bod y tafarn yn wynebu i'r gorllewin a'r siop yn wynebu i'r de. Teimlai Cati fod ei siop gwrtais hi yn troi'i hwyneb i ffwrdd oddi wrth y tafarn gan roi'i hysgwydd iddo fel petai. Nid bod Cati yn llwyrymwrthodwraig o bell ffordd ac roedd hi bob amser yn ddigon balch o weld cwsmeriaid yn dod o'r tafarn i'w siop, ond credai fod ei siop hi yn berson o statws uwch na'r hen dafarn, a ddrewai o gwrw a baco fel y dynion a'i mynychai.

Roedd gan Cati bob rheswm dros fod yn falch o'i siop. Safai'r siop (oedd hefyd yn llythyrdy) yng nghanol Pantglas a hyhi oedd calon y pentre i bob pwrpas. Deuai bob un o drigolion y pentre i'r siop yn ei dro gan nad oedd dim un arall i gael. Gwerthai Cati'r pethau hanfodol na allai neb fyw hebddynt yn ogystal â phethau bach moethus, a oedd yr un mor hanfodol yn eu ffordd. Nid ar fara yn unig y bydd dyn fyw.

Achubodd Cati ar y cyfle i gymryd y siop bedair blynedd yn ôl pan benderfynodd ei chyn-reolwraig, Mrs Phelps, ei bod hi wedi mynd yn rhy oedrannus i'w chadw ragor. Gwelodd Cati ei chyfle i fod yn annibynnol, a chan ei bod hi wedi cael gwersi darllen a chyfri yn ysgol Miss Plimmer hyhi oedd yr unig fenyw ifanc yn y fro, bron, a allai ymgymryd â rheoli'r siop gyda hyder. Mae'n werth dweud hefyd fod ganddi dipyn wrth gefn, sef ei chynilion ei hun a swm bach deche a adawyd iddi gan hen fodryb. Felly ni allai neb ymgiprys â hi am y siop pan ddaeth honna'n wag. Ac o'r diwrnod y cymerodd Cati drosodd fe ffynnodd y busnes. Am un peth roedd y siop yn lanach lle dan ei gofal hi – yn wir, y peth cyntaf a wnaeth Cati oedd sgwrio a sgubo a chymoni'r lle, pob twll a chornel, gan ei weddnewid – ac ar ben hynny roedd Cati yn fwy serchus a chroesawgar o lawer na Mrs Phelps, a aethai yn gas a checrus yn ei henaint. Roedd Cati yn fenyw fusnes graff, o flaen ei hamser, a gwyddai fod rhaid denu cwsmeriaid a gwneud iddynt deimlo yn gartrefol hyd yn oed pan nad oedd siop arall i gael. Beth bynnag, roedd yno bopeth y gallai'i chymdogion ofyn amdano. Yr hanfodion, fel y nodwyd yn barod: blawd, halen, siwgr, wyau, menyn, caws, tatws, startsh, sebon, mwstard, amrywiaeth o gigoedd a llysiau yn ôl y tymor. A'r pethau bach nad oedden nhw'n hanfodol ond a godai'r galon ac a wnâi i fywyd fod yn werth ei fyw: te, coffi, coco, triog, mêl weithiau, danteithion a melysion amrywiol a lliwgar i'r plant, bisgedi ac, wrth gwrs, snisin a baco. Ac roedd ganddi bob amser gyflenwad o bethau defnyddiol hefyd: bwcedi, basgedi, potiau, llinyn, papur gwyn a llwyd a choch, siswrn, cadwyni, twndisiau, bachau, dolenni, hoelion ac yn y blaen. Rhag ofn. Roedd ganddi ddewis eang o wahanol fathau o frethyn hyd yn oed. Ymhyfrydai Cati mewn trefnu'r holl nwyddau hyn yn gymen. Disgleiriai'r trugareddau metel ar y waliau tra safai'r pacedi amryliw o fwydydd yn rhesi destlus ar y silffoedd. Troes Cati y siop fechan yn ogof hud er mwyn swyno'i chwsmeriaid.

Bu Cati yn ystyried cael cloch fach i'w rhoi y tu ôl i'r drws i ganu pan ddeuai rhywun i'r siop a hithau yn y cefn neu lan lofft yn y bwthyn. Gwelai'r clychau bach hyn mewn siopau yn y dre pan âi hi yno i brynu stoc. Ond doedd dim angen cloch yn ei siop hi wa'th roedd ganddi ast fach ffyddlon frown a gwyn, Jil, ac roedd gan honno gloch ym mhob dant ac ni allai unrhyw fachgen drwg ddod i mewn i'r siop i ddwyn losin heb i Jil wneud ffair o'r peth.

Ta beth, ei chwsmer cyntaf bob bore fyddai'r hen Bedws Ffowc. Cwsmer ffyddlon, ond prin y gallai Cati fyw ar yr hyn a werthai i'r Bedws, sef y pecyn lleiaf o snisin. Wedi dweud hynny, Pedws oedd yn dechrau ei diwrnod o fusnes bob dydd ac ar ei hôl hi y deuai ei chwsmeriaid eraill. Dywedai rhai o'r pentrefwyr fod Pedws yn wrach, yn enwedig y plant, ac nid oedd y ffaith ei bod hi'n mynd i bob man â chath fawr ddu lygatwyrdd o'r enw Pom yn gorwedd dros ei hysgwyddau yn gwneud dim i daro'r syniad yn ei dalcen. Ond ni chredai Cati fod yr hen wraig yn wrach. Os oedd pobl eraill yn ddigon twp a phlentynnaidd i feddwl bod Pedws yn ddewines ac yn ei gweld hi'n dod i'r siop, ni wnâi hynny unrhyw ddrwg i'r busnes chwaith. Byddent yn ofni tramgwyddo Cati rhag ofn iddi ddanfon ei chwsmer da a'i ffrind yr hen wrach ar eu holau, efallai. Gallai hynny fod o fantais iddi. Cwsmer-mewn-a-ma's oedd Pedws Ffowc, ta beth, heb fawr i'w ddweud. Ar ei hôl hi y deuai merched a menywod y pentre i gael neges, er taw prif amcan ymweliad â'r siop oedd i hel clecs a chyfnewid newyddion. Roedd gan ambell un ohonynt dipyn o ffordd i gerdded o'r ffermydd, dyweder, neu o'r bythynnod bach oedd ar wasgar hyd y fro. Gan nad oedd gan y menywod hyn gymdogion wrth ymyl, fel petai, roedd y siop yn ganolfan naturiol i gwrdd a chael clonc.

Doedd gan Cati ddim amser nac amynedd i rannu clecs gyda nhw ond roedd hi'n hoff iawn o rai o'r menywod hyn. Yn eu plith oedd Sioned Mynydd Glas, o'r fferm, ffraeth ei thafod; Neli Lôn Goed, er ei bod hi yn cwyno bob amser gan ryw anhwylder neu'i gilydd; Nanw Gwaelod y Bryn, a oedd mor gyhyrog â dyn a chanddi farf hefyd; a Miss Plimmer, oedd yn rhoi gwersi (am dâl) i blant y fro.

Un tro daeth Sioned Mynydd Glas a Neli Lôn Goed i mewn i'r siop yr un pryd.

'Bore da,' meddai Sioned, 'sut wyt ti, Neli?'

Camgymeriad.

'Ow, wi ddim yn dda, wi ddim yn dda o gwbwl,' meddai Neli Lôn Goed, 'wi'n cael y pendro wrth gwnnu a wi'n ofon llewycu, ac os wi'n myn' fel 'yn... wi'n gwel' smotiau o fl'en 'yn llyced.'

'Dim newid 'te?' meddai Sioned.

Roedd Nanw Gwaelod y Bryn yn anghyffredin o falch o'i chorgi bach, Brandi, ac ymffrostiai yn aml yn ei glyfrwch.

'Ew, ma'r corgi 'ma yn beniog,' meddai un diwrnod wrth Sioned, 'ma fe'n deall pob gair wi'n gweu'tho fe ac ma fe'n dyscu trics yn rhwydd. Watsia 'yn nawr – Brandi, beg! A watsia 'yn – lawr, Brandi, lawr. A watsia 'yn nawr – Brandi, sigla dy law. Twel! On'd yw'n glyfar?'

'O, oti,' meddai Sioned, 'gweinitog dylse fe fod.'

Roedd Miss Plimmer yn brinnach ei geiriau na'r menywod eraill. Safai o'r neilltu â golwg anghyfforddus ar ei hwyneb wrth aros ei thro. Cydymdeimlai Cati â hi gan ei bod yn amlwg nad oedd gan Miss Plimmer unrhyw ddiddordeb yn y clecs a taw dim ond aros ei thro i gael ei neges oedd hi.

'Bydda i'n dod atoch chi 'efo'n 'ir, Miss Plimmer,' meddai Cati.

'Heb fod yn hir,' meddai Miss Plimmer gan ei chywiro hi yn union fel petai hi, Cati, yn groten o hyd yn un o wersi'r hen ferch yn ei pharlwr. I Miss Plimmer a'i dull anghyffredin o lym o ddysgu yr oedd y diolch bod Cati yn gallu cyfri a darllen ac felly yn gallu cadw siop. Serch hynny, nid oedd Cati yn gwerthfawrogi cael ei chywiro o flaen ei chwsmeriaid eraill. Câi Miss Plimmer aros ei thro a gweithredu amynedd fel pob un arall.

Ond heb amheuaeth, hoff gwsmeriaid Cati oedd y plant bach. A chan fod Pantglas yn ddim ond cylch bach cyfyng, prin oedd y plant, felly roedd Cati yn nabod pob un ohonynt wrth ei enw. Ei ffefrynnau oedd dau grwtyn wyth oed cwbl anwahanadwy gyda'r enwau Dicw a Jaco. Roedden nhw'n byw drws nesa i'w gilydd yn y rhes o fythynnod bach y tu ôl i'r siop a phan gâi'r naill neu'r llall geiniog fe ddeuent yno i brynu losin, taffi, licrish neu beli anisîd. Bechgyn direidus oedden nhw ac nid oedden nhw uwchlaw llithro i mewn i'r siop pan nad oedd Cati wrth y cownter a cheisio dwyn ambell felysyn. Ond byddai Jil yno i'w dal nhw bob tro.

Un diwrnod daeth hi i fwrw glaw yn sydyn a rhedodd Dicw a Jaco i mewn i'r siop i gysgodi o'r lôn lle buon nhw'n chwarae.

'Chi'n disgwyl fel llycod wedi boddi,' meddai Cati.

'Nece llycod, Miss Cati,' meddai Jaco, yr un mwya eofn, 'meirch y'n ni.' Doedd Cati ddim yn deall hyn ond bu rhaid iddi chwerthin, a byth ar ôl hynny meddyliai am Dicw a Jaco fel y meirch bach.

Ond yn naturiol doedd Cati ddim mor hoff o bob un a ddeuai i'r siop – wedi'r cyfan, pwy ohonom sy'n licio pawb? Roedd Bren gwraig Dafydd y Cross Guns yn iawn mewn dognau bach, ond gan fod y tafarn mor agos at y siop fe biciai hi i mewn yn rhy aml, weithiau i gael neges ond yn amlach na pheidio er mwyn cael clonc ac i sefyll yno wrth i Cati weini ar gwsmer ar ôl cwsmer, yn gwneud dim ond 'whilia'.

Un arall nad oedd Cati yn hoff o'i weld am resymau llawer mwy difrifol oedd y meddwyn Pitar Ŵad, na ddeuai o'r tafarn i'r siop ar unrhyw berwyl ond i'w phoeni hi a'i phryfocio gyda'i awgrymiadau aflednais, yn enwedig pan fyddai hi yno ar ei phen ei hun. Lwcus bod Jil gyda hi bob amser, meddyliai.

''Set ti'n achub 'y mywyd i, on' faset ti, Jili fach?'

Hoelion Wyth

CYFARFU'R PARCHEDIG JOHN 'Pantglas' Jones â'r Canon Gomer Vaughan ar ei ffordd i dŷ mawr Dyffryn. Dyma'r union beth roedd Pantglas wedi gobeithio na fyddai'n digwydd. Pe buasai'r Canon wedi gadael ei gartref dair munud yn gynt, ni fyddai Pantglas yn gorfod cerdded gydag ef yr holl ffordd i Ddyffryn; pe buasai'r Canon wedi gadael ei gartref dair munud yn ddiweddarach, ni fyddai Pantglas yn gorfod cerdded gydag ef yr holl ffordd i Ddyffryn. Ond drwy ryw ryfedd reddf roedd y Canon wedi amseru gadael ei gartref i'r union eiliad fel y byddent yn dod wyneb yn wyneb ar ben y ffordd. Nid eu bod yn elynion, gan fod Pantglas yn gapelwr a'r Canon, wrth gwrs, yn eglwyswr; na, doedd dim drwgdeimlad enwadol fel'na rhyngddynt o gwbl. Ac nid am fod Gomer yn ogleddwr rhonc ac efe, Pantglas, yn hwntw, yn wir, yn frodor o'r pentre fel yr awgrymai'i enw barddol; na, dim byd gwirion fel'na chwaith. Yn wir, yn ei ffordd ei hun, roedd Pantglas yn ddigon hoff o'r hen Ganon; creadur hoffus a dymunol oedd e, chwarae teg iddo. Ta beth, roedd y ddau yn mynd i'r un lle ac am yr un rheswm ac felly yn sicr o gwrdd yno ar yr amser penodedig fel y trefnwyd, hynny yw am ddeg o'r gloch y bore hwnnw. Ond roedd meddwl am gerdded yr holl ffordd o'r pentre i'r plasty, dair milltir, yng nghwmni'r Canon yn gyfystyr â rhwymo pwys o blwm wrth ei galon a'i gollwng hi i bwll o ddŵr oer dwfn. Roedd egni a brwdfrydedd y Canon ynglŷn â phopeth yn drech na Pantglas, ac ar ben hynny roedd y Canon yn gerddwr araf ac yntau'n drwm braidd, ac roedd hynny yn siŵr o fod yn dreth ar amynedd Pantglas, a oedd yn gerddwr chwim ac yn ddyn a ymfalchïai yn ei brydlondeb bob amser. Ni allai Pantglas fod mor anghwrtais â gadael y Canon a cherdded yn ei flaen a chyrraedd y neuadd mewn pryd, ond wrth gerdded gyda'r Canon roedd e'n ofni y byddai'n cyrraedd yn ddiweddar, a byddai hynny yn anghwrtais wrth Mr Price-Price a'i wraig, yn anochel.

'Tydy hi'n fora hyfryd, Pantglas?' meddai'r Canon wrth ei weld. 'Tydy hi'n hyfryd 'dwch? Bora bendigedig.'

'Ody, Mr Vaughan, bore hyfryd.'

'Ydy wir, mae hi'n ardderchog.'

'Wi'n cytuno, Canon.'

'A phwy 'sa ddim yn cytuno, 'dwch? A hithau mor ardderchog o fora.'

'Wel, a gweud y gwir mae hi wedi dechrau bwrw glaw.'

'Peth da 'di glaw, ynte? Heb y glaw fasan ni ddim yn cael y porfeydd gwelltog hyfryd 'ma na'r blodau lliwgar yn y gerddi 'ma, na'r dŵr yn parablu yn y nant 'na, na fasan ni? Gwrandwch ar y sŵn yna... on'd ydy o'n hyfryd?'

'Hyfryd. Wel, mae tipyn o ffordd 'da ni i fynd, Canon, man a man inni ddechrau.'

'Bendith arnoch chi am gadw cwmni efo fi. Cawn ni bleser pur o gerdded y lôn brydferth 'ma efo'n gilydd gan sylwi ar y coed mawreddog a'r adar bach tlws a'r blodau gwyllt dymunol ar y ffordd. Ac mi gewch chi, fel bardd, fodd i fyw, Pantglas!'

Megis dechrau oedden nhw ond fe deimlai Pantglas fod y straen yn dweud arno'n barod. Roedd pob coeden yn 'ysblennydd', y bryniau o'u hamgylch yn 'ogoneddus', y sgwarnog a groesodd eu ffordd yn 'un o filod mwya rhyfeddol y Creawdwr' a hyd yn oed y tro yn y lôn yn 'gywrain odiaeth'. Nid oedd pall ar frwdfrydedd y Parchedig

Ganon na'i allu i ryfeddu a synnu hyd yn oed wrth weld cawod o genllysg ffyrnig ('un o'r sioeau godidocaf a welais i erioed'). A bob hyn a hyn ni allai'r Canon ymgroesi rhag awgrymu testunau ar gyfer ei awen: 'sbiwch ar y mieri yna, dyna englyn i chi, Pantglas', 'gwrandwch ar y rhaeadr acw, dyna i chi soned, Pantglas', 'ylwch y fronfraith yna, Pantglas, cywydd i chi ar blât!'.

'Rhaid i mi ddweud, Mr Vaughan,' meddai Pantglas, 'rydych chi'n fwy effro i bosibiliadau barddoniaeth na fi. Pam wnewch chi ddim llunio ambell gerdd eich hunan?'

'Wedi trio sawl gwaith, wyddoch chi. Dim hwyl arni. Dim awen. Dyn breintiedig yw'r bardd, fel chi, Pantglas, wedi'i ddonio gan y Creawdwr.'

Ni allai Pantglas fod yn siŵr nad oedd y Canon yn gwneud hwyl am ei ben gan nad oedd e wedi llunio cerdd ers gwell na deng mlynedd a chan taw aflwyddiannus ar y cyfan fu'i ymgeisiadau eisteddfodol ar wahân i'r tro hwnnw pan enillodd y Goron yn eisteddfod Pantglas (y pentre) ei hun ac yntau wedi defnyddio'r ffugenw Pantglas, ac yntau'n drefnydd yr eisteddfod honno a'r unig ymgeisydd am y goron, a'r beirniad yn gefnder iddo. Byth ers hynny fe'i hadnabyddid fel Pantglas gan bob un ac roedd e wrth ei fodd gyda hynny er bod ei gymwysterau awenyddol yn brin iawn mewn gwirionedd, fel y gwyddai'n well na neb.

'A dyma ni,' meddai'r Canon wrth i'r tŷ mawr ddod i'r golwg am y tro cyntaf. 'On'd ydi o'n glamp ysblennydd o dŷ? Sawl stafell sydd ynddo, 'dwch? Ugain? Deg ar hugain?'

'Dim clem,' meddai Pantglas. Er bod y tŷ i'w weld o'u blaenau roedd tipyn o ffordd i gerdded eto a llen o law rhyngddyn nhw ac ef cyn iddyn nhw gyrraedd ei gyntedd clyd. Ni chredai Pantglas fod ganddo'r hawl i ddweud 'dewch, brysiwch' wrth ei gydymaith, ac er y gallai ef fod yno o fewn munudau pe rhedai doedd ganddo ddim dewis ond ymlwybro ymlaen wrth bwysau'r Canon, bob yn herc a gorffwys am yn ail wrth iddo adennill ei wynt.

'Dyma berl y cwm,' meddai'r Canon, 'diemwnt y cwm, yn wir, yng nghoron y mynyddoedd – Mynydd Glas i'r gogledd, Mynydd Llwyd i'r gorllewin, Mynydd y Garth i'r de, y tu cefn inni rŵan, a Mynydd Einion i'r dwyrain.'

Fel brodor teimlai Pantglas fod y wers ddaearyddol braidd yn ddi-alw-amdani yn ei achos ef gan ei fod yr un mor gyfarwydd â'r mynyddoedd a amgylchynai'r pentre â'r llinellau ar gledr ei law. Oedd, roedd e'n dechrau colli amynedd gyda'r Canon erbyn hyn.

Heb fod yn bell o'r porth i'r plas dyma genfaint o gŵn o bob llun a lliw yn ffrwydro ohono gan gyfarth ar y Canon a Pantglas a gwneud mwstwr byddarol. Roedd Pantglas yn ofni cŵn yn ddirfawr ond roedd y Canon wrth ei fodd a cheisiai eu denu nhw ato bob yr un. Symudodd Pantglas ychydig y tu ôl i'r Canon yn y gobaith o roi'i gorpws llydan rhyngddo ef a'r bytheiaid.

'Sbiwch ar yr holl gŵn nobl hyn, Pantglas. Be sy 'ma, 'dwch? Milgwn, dau ddarfgi Cymreig, bwldog, Pomeranian. Dewch hogia! Tydyn nhw'n gyfeillgar?'

Er gwaetha'r sŵn a'r fflachiadau o ddannedd gwyn, gadawodd y Canon i'r bwystfilod lyfu'i ddwylo. Yn wir, roedd y milgwn yn ddigon tal i lyfu'i wyneb gan ei fod yn fyr o'i gymharu â Pantglas, nad oedd yn dal chwaith.

'Wel, dyma ni,' meddai Pantglas gan ychwanegu 'o'r diwedd' dan ei wynt, 'dewch i mewn i'r porth, Canon.'

Ond roedd y Canon wrth ei fodd yn sefyll yn y glaw yn cyboli gyda'r anifeiliaid.

'Wir i chi, welais i erioed gasgliad o gŵn mor anghyffredin o brydferth.'

Ar hynny penderfynodd Pantglas ei fod e wedi dioddef digon yn enw cwrteisi ac aeth yn syth yn ei flaen, gan adael y Canon i gael ei lafoeri drosto, ac i mewn ag ef dan do'r porth. Roedd y drysau yn agored yn barod a dyna lle safai'r hen fwtler yn eu herfyn.

'Mr Jones. Ydy Mr Vaughan yn dod mewn?'

Cawr y Plwyfi

G WAHARDDWYD YMLADD CEILIOGOD yn ôl deddf gwlad
yn 1849. Ond ni wnaeth hynny unrhyw wahaniaeth
i arddeliaid y sbort ym Mhantglas. Yn wir, oni bai am ei
geiliogod nid oedd gan Pitar Ŵad unrhyw gynhaliaeth o
gwbl. Oni bai am ei geiliogod ni fyddai Pitar Ŵad yn gallu
mynychu'r Cross Guns bob dydd a phrynu cwrw yno. Ei
geiliogod, enwog am eu ffyrnigrwydd, oedd ei fara menyn.
Ar ei dyddyn cadwai Pitar Ŵad ieir a cheiliogod ym mhob
twll a chornel, mewn cytiau yn yr iard y tu cefn i'r bwthyn
ac yn y bwthyn ei hun. Rhoddai Pitar Ŵad ddŵr o ffynnon
y plwyf iddyn nhw. Er bod rhai o'i ieir yn cael lle ar ei wely'i
hun ni chredai Pitar Ŵad mewn rhoi enwau i'r ceiliogod.

'Cilocod yw cilocod,' meddai wrth unrhyw un a oedd
yn fodlon gwrando yn y Cross Guns (bron neb, er doedd
fawr o ots gydag ef am hynny), 'dim gwanieth os y'n nhw'n
marw, dim ond os maen nhw'n ynnill. Y rhai sy'n ynnill
sy'n biwsig nes bo'n nhw'n c'el eu trechu.'

Unig ddiddordeb Pitar Ŵad oedd ceiliogod, ar wahân
i ferched. Ni chawsai'r un ferch ers tro. Yr un ddiwetha
oedd y grwban salw honna, morwyn y doctor. Roedd e
wedi'i chornelu un noson a'i thynnu i lwyn a'i bwrw i'r
llawr. Ond roedd hithau wedi ymgiprys ag ef fel cath yn
cael ei rhoi mewn sach, gan grafu'i wimad a'i gnoi e ar ei
foch – roedd ganddo lo's ar ei wyneb am wythnosau wedyn.
Sdim rhyfedd eu bod nhw'n galw Stepen Drws arni wa'th
o'dd hi'n ddicon diolwg. Ond 'na fe, fflabatsh yw fflabatsh
i ddyn ar ei wildra, ontefe? Ond do'dd y tro 'na ddim yn
cyfri wa'th neth hi ddiengyd cyn iddo'i hoelio 'ddi'n iawn.

Felly gan na allai'r un ferch ddioddef ei gwmni am ei fod mor fawr a hyll ac yn 'gwynto fel saith 'ewl', yr unig beth y gallai siarad amdano oedd ceiliogod, a dyna beth a wnâi gan ddweud yr un pethau drosodd a throsodd yn ei fedd'dod a'i groes-ddweud ei hun nes bod ei lifeiriant geiriol yn ddisynnwyr ar y cyfan.

'Ma 'da fi giloc nawr ys gwell na blwyddyn a sneb yn gallu'i drechu fe wa'th ma fe'n lledd pob un arall. 'Eth e 'ml'en am betwar rownd noson o'r bl'en a dim on' fe oedd yn sefyll ar y diwedd. Ond 'se fe wedi mynd lawr 'swn i wedi neud tro yn ei wddwg, fel'na. Sdim ots 'da fi. 'Se fe'n colli, tro yn ei wddwg, clic, fel'na twel.'

Y peth gorau i wneud gyda Pitar Ŵad oedd ei gadw o hyd braich o leia a pheidio â gwrando arno, ac eto i beidio â'i anwybyddu'n llwyr chwaith. Creadur mympwyol, anystywallt oedd Pitar Ŵad. Pan welent ef yn dod croesai'r pentrefwyr y ffordd. Roedd yna si ar led fod Pitar Ŵad wedi bod i ffwrdd flynyddau nôl a'i fod e wedi cweryla gyda rhyw ddyn mewn tafarn (peth nad oedd yn anodd credu) a'i fod e wedi lladd y dyn hwn â'i ddwylo'i hun fel lladd ceiliog anlwcus ar ddiwedd gornest aflwyddiannus. Ond ni allai neb fod yn siŵr a oedd y stori yn wir neu beidio, er nad oedd yn anodd ei choelio hi chwaith.

'On' wi weti bod yn meddwl doti enw ar y ciloc 'ma, weti'r cyfan ma fe weti dod â'i siâr o arian i mi dros y flwyddyn ddiwetha 'ma. Be ti'n feddwl am yr enw Satan?'

Yn Fachgen Bach o'r Gorau

GWIRIONAI'R RHAN FWYAF o fechgyn y pentre ar wylio Estons y Gof wrth ei waith, nid yn unig am y mwynhad o glywed ffrwydrad a ffowtian yr haearn eirias yn taro'r dŵr oer, nac yn unig am weld darn o fetel du di-lun yn cael ei drawsffurfio'n olau oren ac yna'n ymsarffio'n bedol o flaen eu llygaid ar yr engan mewn cawod o wreichion ac atseiniau soniarus y morthwyl, eithr hefyd am weld pen anferth unigryw Estons uwchben ei waith. Am ryw reswm, nid oedd esgyrn penglog Estons wedi gwau wrth ei gilydd yn y ffordd arferol pan oedd yn faban ac o ganlyniad roedd ei gorun yn anghyffredin o lydan rhwng ei glustiau ac roedd ei lygaid mawr glas ar bob ochr ei ben, fel llygaid pysgodyn, yn hytrach na bod o dan ei dalcen, ac ymestynnai'i drwyn ar draws ei wyneb yn fawr ac yn fflat, ac ni allai gau'i geg fawr yn iawn chwaith. Ar wahân i hynny roedd ei gorff yn berffaith ac yn lluniaidd o gyhyrog fel y gweddai i of. Yn wir, roedd digon ohono i wneud gof go lew arall, os nad dau of cyfan. Ac er y gellid maddau i unrhyw ddieithryn am arswydo wrth weld ei wyneb angenfilaidd am y tro cyntaf, roedd y pentrefwyr yn gwbl gyfarwydd ag ef ac yn ei dderbyn fel aelod cyflawn o'r gymuned, fel y derbynient Nanw Gwaelod y Bryn a'i locsyn llaes, er enghraifft. Roedd hynny yn wir am yr oedolion o leiaf, ond nid oedd y plant yn swil ynglŷn â holi Estons ynghylch ei siâp rhyfedd. Ac roedd Estons, chwarae teg iddo, yn barod i ateb eu cwestiynau yn amyneddgar.

'Shwt wyt ti'n gallu gweld pethach i'w 'walu nhw ar yr engan?' gofynnodd Dicw, ac nid am y tro cyntaf.

'Wi'n troi 'y mhen fel 'yn, twel,' meddai Estons. 'Weithie i'r dde, fel 'yn, weithie i'r 'whith, fel 'yn, twel,' meddai gan gario ymlaen i weithio pedol.

'Shwt wyt ti'n gallu gweud pwy un i iwso?' gofynnodd Jaco.

'Ar ôl gw'itho'r 'whith am dipyn wi'n blino. Wedi'ny wi'n troi'r llicad arall i ddishgwl ar yr engan.'

Gwyddai Estons beth oedd y cwestiwn nesa gan fod cenedlaethau o blant wedi holi'r un cwestiynau gan dybio taw hwy oedd y cyntaf i'w gofyn.

'Pan ti'n dishgwl ar be ti'n neud ar yr engan 'da un llicad...' dechreuodd Dicw, ond Jaco ofynnodd ail hanner y cwestiwn, 'beth wyt ti'n gweld 'da'r llicad arath?'

''Na ti pam mae'n well 'da fi'n lliced i na'r lliced cyffretin sy 'da pob un arall ar ffrynt eu penne. Wi'n gallu gweld dou beth ar yr un pryd twel, i'r 'whith ac i'r dde ar yr un pryd, lan a lawr 'run pryd, o 'ml'en a'r tu ôl i mi os wi moyn.' Er na fyddai Estons byth yn dangos ei allu i wneud hyn i brofi'i honiadau, byddai'r plant yn ei gymryd ar ei air a'u meddyliau yn pingo wrth ddychmygu'r peth.

Roedd gefail Estons yn ogof hud o sŵn (canai haearn yn erbyn haearn, hisiai stêm, gweryrai'r meirch), cyffyrddiadau (metel, lledr, blew ceffyl, blew ci, pethau poeth, pethau oer), golygfeydd (wyneb rhyfedd Estons, ei freichiau, ceffylau anhydrin, tân gwynias, cylchu olwynion) ac oglau (chwys dynol ac anifeiliaid, gwynt ceffylau, gwres lledr, pren, glo, gwair, baw a stêm). I'r plant roedd y cyfan yn debyg i sioe ddramatig wedi'i llwyfannu er mwyn eu difyrru hwy mewn pentre bach lle roedd difyrrwch yn brin. Ond fel yr unig of yn yr ardal, a cheffylau'r unig drafnidiaeth, roedd gefail Estons bob amser yn brysur ac yntau wrthi'n ddi-baid yn pedoli, yn llunio byllt, tidau a hoelion o bob math – hirgrwn, crynion, cyts, llidiardau – ac yn trwsio olwynion ac offer a chelfi. Roedd y plant wrth eu bodd yn gwrando ar Estons yn sôn am ei 'drigaredde' er nad oedden nhw'n deall pob gair a ddywedai.

Aelod arall o'r efail a rhan anhepgor ohoni oedd y ci mawr gwyn amhenodol ei dras a gerddasai i mewn i'r gweithdy un bore heb wahoddiad na chyhoeddiad a dewis sefyll yno. Bedyddiodd Estons y ci hwn â'r enw Gladstôn gan ei fod, meddai, mor debyg o ran ei bryd a'i wedd i'r hen brif weinidog, ac efe oedd y ci mwya yn y pentre. Ar ôl iddo fabwysiadu Estons ac ymgartrefu yn yr efail prin y gadawai ochr ei feistr. Roedd yn union fel petai'r ci wedi dweud, 'Dyma'r dyn gorau yn y byd, fe wna i aros 'da hwn am weddill f'oes.' Ac felly bu. Ond doedd Gladstôn ddim yn gi diwerth o bell ffordd. Roedd e wedi'i benodi'i hun i gadw llygad ar bopeth o eiddo ei feistr ac yn bennaf oll ar ei feistr ei hun. Ci mawr tawel a goddefgar oedd e a dderbyniai gael ei fwytho gan y plant a ymwelai â'r efail, ond wiw i'r un ohonyn nhw gyffwrdd mewn dim heb ganiatâd y meistr a wiw i'r un ohonyn nhw symud yn rhy agos at y ffwrnais – deuai ysgyrnygu dwfn fel petai o grombil yr engan ei hun, ac roedd un cyfarthiad o rybudd fel'na oddi wrth y ci yn ddigon. Wedi dweud hynny, doedd dim byd cas yn ei groen ond cymerai'r swydd fel amddiffynnydd ei feistr o ddifri (er bod hwnnw'n ddigon mawr i edrych ar ôl ei hunan). Pan âi Estons i'w gartre y tu ôl i'r efail arhosai Gladstôn yno i gadw llygad ar y lle. Un diwrnod gwelodd Pitar Ŵad fod Estons wedi gadael y gweithdy a bod yr efail yn dawel. Dyma'i gyfle, meddyliodd, i fachu rhywbeth o werth oddi yno. Ond pan ddododd ei droed i mewn dan archffordd yr efail llamodd Gladstôn o'r llawr a bwrw Pitar Ŵad ar ei gefn a phlannu pawen fawr ar bob o ysgwydd y dihiryn a'i binio i'r ddaear. Cadwodd ef yno'n dawel nes i Estons ddod yn ôl, hanner awr yn ddiweddarach.

'Tynnwch y blaidd uffernol 'ma oddi arna i,' llefai Pitar Ŵad, 'ma fe'n gynddeirioc. Dylse fe gael ei roi i giscu.'

'Neth Gladstôn ddim byd o'i le i ddyn gonest,' meddai Estons gan afael yn ei gi gerfydd ei goler.

Achubodd Gladstôn fywyd sawl plentyn hefyd, fel y cawn glywed yn nes ymlaen.

Wrth gwrs, ni allai Estons gadw'r efail ar ei ben ei hun, felly roedd ganddo'i was ffyddlon, Wili Tyddyn Cryman, ond a rhoi iddo'i lysenw ar lafar gwlad, 'Wili Twpsyn Llyman', gan ei fod braidd yn araf ei feddwl yn ôl rhai o'r pentrefwyr. Prin ei eiriau oedd e; distawrwydd oedd ei famiaith. Ond â bod yn deg â Wili, ni chawsai'r dechrau mwyaf ffafriol ar ben ei daith drwy hyn o fyd. Fe ganfuwyd Wili yn faban bach, heb fod yn fwy na diwrnod oed, wedi'i lapio mewn siôl front ar noson oer ar stepyn drws Tyddyn Cryman gan yr hen ferchetan oedd yn byw yno ar ei phen ei hun, Betsan Tyddyn Cryman. Ar wahân i'r hen siôl roedd y baban yn noethlymun. Cariodd Betsan y baban i dŷ'r Parchedig John 'Pantglas' Jones ac adrodd sut y cafodd hi'r plentyn wedi'i adael yno ar garreg ei drws. Ond doedd Pantglas ddim yn moyn edrych ar y plentyn heb sôn am gyffwrdd ag ef, wa'th ei bod yn gwbl amlwg, meddai, i'r baban gael ei genhedlu mewn pechod. Aeth Betsan wedyn i weld y Canon Gomer Vaughan, a oedd yn ddigon caredig ac yn llawn cydymdeimlad, ond ni allai'r Eglwys gymryd y baban gan nad oedd modd bod yn sicr ei fod yn blentyn y plwyf. Yn wir, doedd neb yn fodlon cymryd y plentyn, ac yn y diwedd gwnaeth Betsan ei hunan ei gorau i'w fagu er nad oedd ganddi ddim profiad gyda phlant. Bwydodd y baban ar riwel a chrystiau, anaml y cyffyrddai ag ef na siarad

ag ef. Ond roedd Betsan yn oedrannus pan ganfuodd Wili
– hyhi a roes yr enw William iddo – a phan oedd yntau'n
ddeg oed fe fu farw hi dan bwl o'r apoplecsi. Cymerodd y
tirfeddiannwr, Price-Price Dyffryn, y tyddyn yn ôl a'i rentu
i bentrefwr arall. Dyna pryd y gwelodd rhai o'r pentrefwyr y
crwtyn yn crwydro'r ardal ac yn byw fel anifail gwyllt, bron.
Cysgai mewn ysgubor neu dan goeden neu ym mhorth yr
eglwys. Un bore daeth y Canon o hyd iddo yn cysgu dros
fedd Betsan. Glynai wrth blant eraill yn y gobaith y byddai
eu mamau yn cymryd trueni arno ac yn ei fwydo.

Buan y dysgodd Wili fod yna ddau berson y gallai
ddibynnu arnynt am drugaredd. Y naill oedd Cati'r siop.
Pan welai hi ef ar ei ben ei hun byddai'n dod ma's o'r siop
ac yn rhoi tamaid o gaws ac weithiau losin iddo gan sibrwd,
'Paid dangos i'r plant eraill 'mod i'n rhoi iti.' Y llall oedd
Estons y Gof. Fel pob crwtyn arall, roedd yr efail fel petai'n
denu Wili ati hi a phan welai Estons y creadur bach truenus
o garpiog a llwyd ei bryd byddai'n cynnig dracht o de mewn
soser iddo a chrwstyn a thamaid o gig o bryd i'w gilydd.
Un diwrnod roedd Estons yn siop Cati yn cael neges pan
welodd Wili ar y lôn y tu allan. Cati a ddywedodd: 'Rhaid
i rywun neud rwpeth amboutu'r crwtyn bach 'na neu mae
fe'n siŵr o drico pan ddaw'r tywydd o'r.'

Yn y fan a'r lle penderfynodd Estons taw ei ddyletswydd
ef oedd gwneud y rhywbeth hwn'na ynglŷn â'r bachgen
os nad oedd neb arall yn barod i'w wneud. Fe gymerodd
Wili ymlaen fel prentis er ei fod mor fychan ac eiddil. Ar y
dechrau dim ond prentis mewn enw oedd Wili gan na allai
wneud llawer mwy na chadw pethach yn lân a chymen, ond
fe dyfodd o flaen llygaid Estons yn llefnyn tal, cydnerth.
Twp neu beidio, doedd dim rhaid i Estons ddweud dim
ddwywaith wrth Wili. Roedd e bob amser yn barod

i weithio'n galed a chyn hir ni allai Estons redeg yr efail hebddo. Wili oedd ei ddirprwy, fel petai, ei law dde, a gallai wneud popeth cystal â'i feistr, ond iddo ef ddweud wrtho beth yn union oedd angen ei wneud gyntaf.

Cysgai Wili Tyddyn Cryman mewn taflod uwchben yr efail (hyfryd o dwym yn y gaeaf; uffernol yn yr haf). Ond er taw Estons a Gladstôn oedd ei ffrindiau gorau yn y byd a'i ddiolchgarwch i'r gof yn ddi-ben-draw am ei gymryd i mewn, ac er bod ei feistr caredig a'i gi mawr yn ei amddiffyn rhag y crots a wnâi hwyl am ei ben a'i alw'n 'Wili Twpsyn Llyman', ni allai Wili siglo i ffwrdd yr ofn a'r unigrwydd a deimlodd pan fu farw'r fam nad oedd e wedi'i nabod erioed gan ei adael yn gwbl amddifad, heb neb yn y byd. Roedd e'n dal i deimlo'r un ias o ddychryn o fod heb neb i droi ato, o fod ar goll fel petai'n disgyn a disgyn mewn twll mawr du o wacter diwaelod. Roedd e'n dal i deimlo bod yr unig berson a allai'i gysuro wedi diflannu o'i fywyd. Roedd e'n dal i deimlo bod rhaid iddo ddibynnu ar bobl nad oedden nhw'n perthyn iddo a bod y rhan fwyaf o bobl yn y byd yn fawr ac yn galongaled – bod hyd yn oed plant bach, o'u cymharu ag ef ei hun, yn fawr ac yn fygythiol a chreulon – a pheth prin, prin odiaeth oedd trugaredd rhai fel Cati ac Estons a Gladstôn. Ar ben hynny, doedd dim byd yn ei rwymo ef wrthyn nhw a gallai angau ddod a'u cipio nhw bob un, fel y cipiodd ei dad a'i fam pwy bynnag oedd y rheini. Meddyliai Wili am y byd fel lle mawr oer ac yntau wedi'i amgylchu gan beryglon tywyll, dienw. A rhaid cofio bod Wili yn meddwl hynny er taw un cylch cyfyng bach o'r byd a welsai erioed. Weithiau, yn ei wely yn y nos yn y daflod, lle teimlai mor fach ac mor enbyd o unig, gofynnai Wili, 'Ys gwn i be sy tu hwnt i Bantglas?'

Yn y Mans

'**D**EWCH EFO FI i'r Mans,' meddai'r Canon wedi iddynt gyrraedd yn ôl i'r pentre ar ôl eu cyfarfod yn Nyffryn, 'mi wna Mrs Gomer Vaughan banad i ni'n dau i'n cynhesu.'

'Gwell i mi fynd sha thre'n syth,' meddai Pantglas, 'wa'th dwi wedi gwlychu at y cro'n.'

'Eitha gwir,' meddai'r Canon, 'ond mae gin i wraig a thân mawr bendigedig. Beth bynnag, mae un neu ddau o bethau i'w trafod cyn inni wahanu heddiw.'

Gwnaethai'r Canon bopeth o fewn ei allu wrth iddyn nhw gerdded yn ôl i'r pentre yn y glaw i godi calon ei gydymaith ond ni thyciai unrhywbeth. Ni allai'r Canon ddeall pam roedd dyn duwiol a bardd fel Pantglas bob amser mor ddigalon a diymateb i bethau. Gwyddai hefyd fod rhaid ei fachu cyn gadael iddo fynd nôl i Dŷ'r Capel neu fe fyddai'n anodd ei ddal eto. Felly gafaelodd ynddo gerfydd ei fraich a'i dywys yn gorfforol, bron, i gyfeiriad y Mans.

'Ond fe naethon ni siarad am y pethau ar y ffordd nôl,' meddai Pantglas.

'Do,' meddai'r Canon, 'yn arwynebol. Rhaid inni drefnu yn fanylach.'

Ni fyddai'r Canon wedi derbyn gwrthwynebiad.

'Rŵan dyma ni,' meddai gan agor y drws mawr i'r Mans heb guro'r cnocar pres sgleiniog. A dyna lle y safai Mrs Gomer Vaughan yn y pasej, aspidiestras mewn potiau tsieina mawr bob ochr iddi. Edrychai'r un ffunud â'i gŵr, yr un wyneb crwn, coch, siriol, yr un corff bach llydan, ac wrth ei thraed safai ci bach gyda wyneb crwn, corff llydan, yr un ffunud â'i gŵr a hithau, ci a gyfarthai fel petai'i ben yn llawn wadin.

'Patsi! Patsi!' meddai Mrs Gomer Vaughan. 'Bydd dawel!'

Ni chymerai'r ci iot o sylw ohoni ond daliai i gyfarth.

'Wel dyma ddwy lygoden wlyb,' meddai Mrs Gomer Vaughan gan helpu'r dynion i dynnu'u cotiau a'u hetiau a'u hongian ar y ffrâm yn y pasej i sychu.

Wedi tynnu'i got sgubodd y Canon yr ast fach lan i'w freichiau gan ei chwtsio a gadael iddi lyfu'i wyneb.

'Dewch i mewn i'r parlwr,' meddai Mrs Gomer Vaughan. 'Gawsoch chi banad yn Nyffryn?'

'Wel a deud y gwir, naddo,' meddai'r Canon. Yn wir, ni chynigiwyd dim iddynt yn y tŷ mawr.

'Rhag eu cywilydd,' meddai Mrs Gomer Vaughan.

'Rŵan, rŵan, Mrs Gomer Vaughan,' meddai'r Parchedig Ganon Gomer Vaughan, 'wiw inni farnu neb. Yno i siarad busnes oeddan ni wedi'r cyfan. Eisteddwch, Pantglas.'

Eisteddodd Pantglas mewn cadair freichiau gyfforddus o flaen tanllwyth o dân a daeth Mrs Gomer Vaughan â llestri te a llaeth a bara menyn iddyn nhw ar hambwrdd, a bob o wlanen er mwyn iddyn nhw gael sychu'u hwynebau a'u pennau a'u dwylo. Eisteddodd Mrs Gomer Vaughan gyda nhw gan helpu'i hunan i'r te a'r bara.

'Helpwch eich hunan, Pantglas,' meddai'r Canon gan rannu'i fara menyn gyda Patsi ac arllwys peth o'i de i soser a'i gosod ar y llawr o flaen trwyn yr ast.

'A beth, os ga i fod mor hy â gofyn,' meddai Mrs Gomer Vaughan, 'oedd y busnes 'ma?'

'Wel, yn syml,' meddai'r Canon, 'mae Corfforaeth y Ddinas yn dymuno prynu tŷ mawr Dyffryn a'r tir sydd ynghlwm wrtho, sy'n cynnwys y rhan fwya o'r ffermydd

ac wrth ei thraed safai ci bach gyda
wyneb crwn, corff llydan...'

a'r tyddynnod a'r bythynnod – pentre Pantglas i gyd, mewn geiriau eraill – er mwyn codi argae anferth a llenwi'r cwm yma efo dŵr.'

'Neno'r tad!' meddai Mrs Gomer Vaughan.

'Mrs Gomer Vaughan!' meddai'i gŵr. 'Gofalwch am eich iaith, os gwelwch yn dda!'

Sylwodd y Canon a'i wraig fod Pantglas yn brwydro yn erbyn y dagrau yn ei lygaid.

'Ie,' meddai'r bardd-bregethwr, 'y pentre i gyd, yr holl fro, yn wir.' Crynai'i lais.

'Ond ddaw hi ddim i hynny,' meddai Mrs Gomer Vaughan. 'Fasai Price-Price ddim yn gwerthu hen gartref ei deulu am bris yn y byd, heb sôn am gartrefi eraill.'

'Mrs Gomer Vaughan druan,' meddai'r Canon, 'mae Price-Price wedi cytuno ar bris yn barod. Roedd ei wraig a'i fab wrth eu boddau. Mi fydd hi'n cael symud i Lundain i fyw a'r mab yn cael bod efo'i ffrindiau drwy'r flwyddyn, nid dim ond pan fo yn yr ysgol.'

'Ond mi wnaethoch chi fynegi'ch gwrthwynebiad, Mr Gomer Vaughan, gobeithio?' meddai'i wraig.

'Do,' meddai'r Canon, 'ond mae'n *fait accompli*.'

'Mr Gomer Vaughan,' meddai Mrs Gomer Vaughan, 'fel gŵr mi gawsoch chi fanteision ysgol a choleg, ond dim ond dynes ydw i, felly peidiwch da chwi â defnyddio'ch geiriau estron.'

'Mae'r ffaith wedi'i chyflawni, Mrs Gomer Vaughan,' meddai'r Canon.

'Mae'n wir, Mrs Gomer Vaughan,' meddai Pantglas, 'dangosodd Price-Price y cynlluniau a'r gweithredoedd inni. 'Dyn ni wedi gweld darlun o'r argae a'r llyn fydd yn gorchuddio'r cwm a'r pentre i gyd.'

'Ond mi allwch chi ysgrifennu at ein haelod seneddol, siŵr iawn?'

'Brawd-yng-nghyfraith Price-Price,' meddai'r Canon.

'Beth am arglwyddi'r ardal hon?' gofynnodd Mrs Gomer Vaughan.

'Ewythredd Price-Price,' meddai Pantglas.

'Beth am y gyfraith? Beth am y barnwr lleol?'

'Brawd-yng-nghyfraith arall Price-Price,' meddai'r Canon.

'Rhaid inni wneud rhywbeth,' meddai Mrs Gomer Vaughan gan daflu gweddillion ei bara ar y llawr i'r ci. 'Allwn ni ddim ymostwng i'r drefn anghyfiawn yma!'

''Da chi'n gweld, Pantglas,' meddai'r Canon, 'dydi gwragedd ddim yn deall materion difrifol fel hyn.'

Aeth Mrs Gomer Vaughan ati i glirio'r llestri a gweddillion y bwyd gan roi'r cwpanau a'r platiau a'r soseri ar yr hambwrdd mor swnllyd ag y gallai. Wedi gwneud hynny, cipiodd yr hambwrdd a hwylio i ffwrdd i'r gegin.

'Tyrd, Patsi,' meddai, 'gad inni adael y dynion mawr 'ma i roi'r byd yn ei le cyn i mi…' Ond caeodd y drws ar eiriau olaf ei brawddeg.

'Rŵan, Pantglas, rhaid inni drefnu cyfarfod cyhoeddus er mwyn cael pawb yn y pentre at ei gilydd i glywed y newyddion drwg.'

'Yn yr eglwys, wrth gwrs,' meddai Pantglas.

'Naci, yn y capel, mae mwy o le yno.'

'Ond yr eglwys sy'n rhan o gyfansoddiad swyddogol y wlad ac felly yn cynrychioli'r llywodraeth.'

'Eitha gwir, ond y capel sy'n nes at y werin bobl.'

Ar hynny, cyn iddyn nhw dorri'r ddadl, byrstiodd Mrs Gomer Vaughan i mewn i'r parlwr eto, ei hwyneb yn goch ond heb fod yn siriol, Patsi'n cyfarth wrth ei thraed.

'A be am y pentrefwyr bach? Ydach chi wedi meddwl amdanyn nhw? Ble maen nhw'n mynd i fynd? Be sy'n mynd i ddigwydd inni gyd, 'dwch? Ydan ni'n mynd i gario ymlaen i fyw yma dan y dŵr?'

Damcaniaethau Ned a Tomi

A R ÔL Y cyfarfod yn y capel (yn y diwedd dadleuon y Canon a gariodd y dydd; roedd mwy o le yno) teimlai'r pentrefwyr yn drist. Cawsai pob un ohonynt lythyr drwy'r drws (i lawer un dyma'r tro cyntaf y daeth llythyr drwy'r drws) ar bapur swyddogol ond mewn Saesneg. Esboniodd y Canon a Pantglas gynnwys y llythyrau ond roedd byrdwn y neges yn dal i beri penbleth i rai. Roedd dynion y ddinas yn mynd i godi argae enfawr i ddal llyn o ddŵr, byddai'r gwaith yn cymryd rhyw wyth mlynedd i'w gwblhau, ac yn y cyfamser caen nhw (y pentrefwyr) gario ymlaen i fyw yn eu cartrefi a chario ymlaen gyda'u gwaith a'u bywydau bob dydd fel arfer.

'Beth wedyn?' gofynnodd Ned a oedd yn cerdded o'r capel i gyfeiriad y Cross Guns gyda Capten yn ei ddilyn a Tomi a Boi yn mynd yr un ffordd.

'Weti'ny,' meddai Tomi, 'jyst cyn y diwedd bydd y tai i gyd yn cael eu damsiel, weti'ny bydd rhaid i ni gyd symud wa'th maen nhw'n mynd i foddi'r cwm i gyd weti'ny.'

'Pob tŷ?'

'Ie, pob un,' meddai Tomi.

'Beth am y capel?'

'Ie, y capel a'r eclws 'fyd.'

'A beth am y Cross Guns? Paid â gweud bo nhw'n myn' i fwrw'r hen Gross Guns lawr, Tomi.'

'Ie, y Cross Guns 'efyd, reit lawr i'r llawr.'

'Ew! Tr'eni am y Cross Guns, ontefe, Tomi? Ond bydd tŷ mawr Dyffryn yn cael ei gatw, wrth gwrs.'

'Na fydd. Bydd Dyffryn yn dod lawr 'efyd, pob bricsen,

wa'th taw fa Mr Price-Price sy wedi gwerthu'r holl le 'ma i'r ddinas.'

'Pam?'

'Am arian mowr.'

'Rhaid fod a wedi cael lot mowr am yr hen Ddyffryn.'

'Walle, walle ddim, wa'th o'dd yr hen le'n dechre mynd rhwnct y cŵn a'r brain yn ddiweddar.'

'Ond be sy'n mynd i ddigwydd inni, i ti a fi a Capten a Boi a Cati'r siop ac Estons y Gof a phob un arath sy'n byw 'ma?'

'Ni'n mynd rhywle arath i fyw.'

'Ble?'

'Wel, fel o'n i wedi diall ma'n nhw'n mynd i godi ambell i fwthyn yn lle'n rhai ni nes lan y cwm.'

'Ble? Ar y bryniau?'

'Neu ar y tylau, ni ddim yn siŵr,' meddai Tomi gan dynnu ar ei getyn. 'Hei, walle cewn ni fyw yn y bythynnod newydd yna a dishgwl lawr dros y llyn a gweud wrth ein plant, "Twel y llyn 'na? O'n ni'n arfer byw dan hwn'na".'

'Sdim plant 'da ni, Tomi, wa'th do's dim gwracedd 'da ni.'

'Walle cewn ni gwrdd â rhai wrth symud o'r hen bentre bech cul 'ma.'

'Felly, ti'n dishgwl 'mlaen at ga'l mynd o'ma, Tomi?'

'Otw a nac otw. Dishgwl ar y pentre 'ma, Ned. Un siop, tri tafarn, un eclws, un capel, un efel, un wrach, un buten, un cicydd, un felin, un popty ac yn y bl'en. Wel, mewn lle arath walle cewn ni ddwy siop, tair puten, petwar tafarn, pum tafarn, whech o bosib!'

'Ew! Saith tafarn!'

'Meddylia am hyn'na, Ned.'

'Ie, ond dim ond un Cross Guns sydd, ontefe, Tomi?'

Popi

P OPI OEDD POB un yn ei galw hi er taw prin oedd y
menywod yn y pentre oedd yn fodlon ei chydnabod
hi a phrin hefyd oedd y dynion parchus oedd yn fodlon
ei chydnabod ar goedd, fel petai. Siarsiai'r mamau eu
plant i beidio â siarad â hi. Serch hynny, nid menyw unig
heb ffrindiau oedd Popi. I'r gwrthwyneb, dywedai rhai o
fenywod Pantglas fod ganddi fwy na'i siâr o ffrindiau, a
dyna'r broblem. Parchus neu fel arall, roedd hi'n anodd i
ddynion a llanciau beidio â sylwi ar gorff siapus Popi, ei
gwallt fel y frân, ei gruddiau fel y rhosyn, ei bronnau llawn
– rhinweddau na wnâi hithau ddim i'w cuddio.

'Ble mae hi'n c'el yr holl ddillad ffansi 'na, 'na be licwn i
wybod,' meddai Neli Lôn Goed ar ôl i Popi hwylio allan o
siop Cati o'i blaen hi a Sioned Mynydd Glas.

'Mae rhai o'i chwsmeriaid yn eu prynu nhw iddi yn y
ddinas ac yn eu rhoi nhw'n anrhegion iddi,' meddai Bren
Cross Guns oedd yn digwydd bod yn y siop ar y pryd, ac
roedd hi'n gwybod mwy am Popi Pwal na'r menywod eraill
gan fod Popi yn mynd i'r Cross Guns yn rheolaidd, lle nad
oedd dynion mor amharod i siarad â hi.

'Mae tipyn o wyneb 'da 'ddi,' meddai Sioned, 'yn cerdded
ar hyd y pentre 'ma 'da'r holl ffrils a rubanau, yn goch ac yn
binc i gyd. Ych a fi!'

'A'r het fach 'na,' meddai Neli Lôn Goed, 'roedd hi'n
bictiwr on'd oedd hi, fel gardd fach o blu a blodau ar ei
phen.'

'Roedd hi'n gwynto fel gardd 'efyd,' meddai Sioned,
'ond mae'n byw mewn bwthyn bach, 'run peth â ni.'

'Ond smo hi'n gorffod ateb i unrhyw ŵr,' meddai Neli, 'a sdim plant 'da 'ddi i'w blino 'ddi, neg o's?'

'O'dd plentyn 'da 'ddi unweth,' meddai Bren Cross Guns, 'crwtyn. Neb yn gwpod pwy o'dd ei dêd. Ond 'eth e i ffwrdd i fyw, neg y'ch chi'n cofio?'

Roedd Cati, fel arfer, yn gwrando ar hyn i gyd, yn nodio'i phen, yn porthi, ond yn gwneud ei gorau i beidio â dweud dim, wa'th roedd Popi yn gwsmer digon da ac yn fenyw ddymunol, heb fod yn wa'th na neb arall yn ei barn hi.

'A'r sgitsie bech bech 'na,' meddai Sioned, 'siŵr bo nhw'n pinsio.'

'Ys gwn i beth yw oetran y plentyn 'na nawr?' meddai Bren. 'Pymtheg, un ar bymtheg, deunaw walle.'

'Ie. Smo hi'n ifenc, ta beth am y wyneb ifenc mae hi wedi'i beintio dros yr hen un,' meddai Sioned.

'O's gyda 'ddi unrhyw ffrindiau arbennig?' gofynnodd Neli.

'Wel, mae Pitar Ŵad yn mynd i'dd ei gweld hi lot, fel 'sech chi'n meddwl,' meddai Bren, 'ond smo Madam mor hoff ohono fe am ryw reswm. Weti'ny mae Roni Prys yn talu lot o sylw iddi yn y tafarn a ddim yn c'el ei wthio i ffwrdd. A ddylswn i ddim gweud hyn am Siôn y Teiliwr gan ei fod yn briod â merch hyfryd a thri o blant 'dag e, ond mae fe'n cyboli gormod 'da 'ddi i 'meddwl i. Ond, 'na fe, pwy otw i i farnu pobol erith?'

Sgwarnog

U N DIWRNOD DEFFRODD Pitar Ŵad o drwmgwsg difreuddwydion ar ôl noson hir a swnllyd o gwrw a betio a chyfres o ornestau gwaedlyd a dilyniant o geiliogod yn colli'u bywydau byr a brwnt un ar ôl y llall. Am y noson gyffrous honno ni chofiai Pitar Ŵad ddim. Ni chofiai fod ei hoff geiliog, Satan, ei bencampwr ei hun, wedi cael ei drechu o'r diwedd, a'i ladd mewn ymryson ffyrnig â cheiliog Siemi Dafydd, ond i geiliog Siemi golli'i fywyd yn y rownd nesaf i un arall o geiliogod Pitar Ŵad, ei bencampwr newydd. Ym myd y twrnameint ceiliogod does dim amser i alaru dros gorff yr hen frenin chwilfriw cyn ei bod yn bryd gorseddu'r brenin tsiestog newydd. Byr yw teyrnasiad pob brenin o geiliog a byr yw bri ei berchennog. Cawsai Pitar Ŵad noson go lwyddiannus yn y diwedd a gadael y gystadleuaeth ag arian i'w enw, yn ogystal â'r ceiliog buddugol ac ambell un arall wrth gefn yn aros eu tro am y talwrn nesaf. Ond wrth foddi'i golledion a dathlu'r enillion cawsai Pitar Ŵad gymaint i yfed nes i'r cwrw olchi'r cyfan i ffwrdd oddi ar lechen ei gof yn ystod y nos.

Wedi dweud hynny, ni ddihunodd Pitar Ŵad dan ben mawr. Naddo, fel pob yfwr caled dihunodd gyda syched am rywbeth cryf i'w yfed eto. Safodd ar ei draed orau y gallai ac aeth allan i'r iard gefn i ddowcio'i ben yn y cafn dŵr. Ond pan agorodd y drws, yno'n sefyll yn yr iard ac yn syllu arno gyda'i llygaid dynol oedd sgwarnog sylweddol. Cyn iddo gael cyfle i symud tuag ati troes y sgwarnog ar ei sawdl a diflannu.

'Damo!' meddai Pitar Ŵad. 'Damo!' meddai'n uwch yr

ail dro fel bod bron pob un yn y pentre'n gallu'i glywed. 'Chei di ddim diengyd y tro 'ma, yr hen bitsh! Yr hen gŵan! Yr hen sgriwan felltigedig!'

Wa'th roedd Pitar Ŵad yn gyfarwydd â'r hen sgwarnog honno. Nid dyma'r tro cyntaf iddo'i gweld hi yn busnesu o gwmpas ei gytiau ieir ac yn dwyn wyau (nid oedd Pitar Ŵad wedi gweld y sgwarnog yn dwyn wyau nac wedi'i dal hi wrthi, ond roedd e'n siŵr taw dyna beth oedd hi'n ei wneud. Beth arall?). Roedden nhw'n hen elynion, yr hen gochen ac yntau. Sawl tro roedd e wedi saethu ati gyda hen wn byr ei dad-cu, ac wedi'i tharo hi ond heb wneud unrhyw loes iddi. Roedd hi wedi rhedeg i ffwrdd yn ddianaf bob tro.

'Wi'n barod amdanat ti'r tro hwn,' meddai Pitar Ŵad wrth wisgo'i ddrafers a'i drwser.

Dro yn ôl soniodd Pitar Ŵad am y sgwarnog wyrthiol a lithrai o'i afael heb farc arni wrth Siemi Dafydd ac wrth Ned a Tomi, yr hen botsiars, yn y Cross Guns un noson ac roedden nhw'n gytûn.

'Nece sgwarnog yw honna,' meddai Ned, 'ond gwrach.'

'Sgwarnog witsh,' meddai Tomi.

'Gad dy ddwldod,' meddai Pitar Ŵad.

'Nece dwldod,' meddai Siemi Dafydd, 'mae'n wir. Oedd lot o hen wrachod yn y cylch 'ma ers lawer dydd ac o'n nhw'n gallu troi'n sgwarnogod gyda'r nos.'

'Lap a lol,' meddai Pitar Ŵad, 'be nesa? Tylwth teg?'

'O's, mae tylwth teg i ga'l 'efyd,' meddai Ned. 'Ac ysbrydion 'efyd.'

'Ond yr unig ffordd gallwch chi neud lo's i sgwarnog witsh yw gyda phisyn arian a neud bwled ohono,' meddai Tomi, ac roedd Tomi yn hen botsiar profiadol, hirben, neu fel arall ni fyddai Pitar Ŵad wedi cymryd sylw ohono. Ac felly, wedi saethu at yr hen sgwarnog sawl gwaith a gweld nad oedd bwledi cyffredin yn cael unrhyw effaith arni roedd e wedi mynd at Estons y Gof a gofyn iddo lunio bwled o ddau neu dri darn o arian a roes iddo. A gwnaeth Estons hynny. Ac roedd y bwled arian yn y dryll yn barod, ac wedi iddo wisgo dyma fe'n gafael yn yr hen fagnel law ac yn rhedeg nerth ei draed ar ôl y sgwarnog. Wrth iddo fynd heibio bwthyn Siemi Dafydd curodd Pitar Ŵad wrth y drws a gofyn iddo ddod gydag ef i ddal y sgwarnog. Doedd Siemi Dafydd ddim yn arbennig o falch o weld Pitar Ŵad ar ôl i'w geiliog guro Satan dim ond iddo'i weld yn cael ei drechu'n syth yn y rownd nesa gan un arall o ffowls Pitar Ŵad, ond y peth call oedd i wneud beth bynnag oedd Pitar Ŵad yn moyn ac yntau'n fachgen mor fawr a gwyllt a natyrus.

'A dewch â'ch cŵn gyda chi,' meddai Pitar Ŵad, 'sdim gobaith inni'i dal hi heb gi.' Dyna'r unig reswm oedd e wedi galw ar Siemi Dafydd a dweud y gwir, i gael menthyg ei helgwn.

'Ble ti'n mynd?' gofynnodd Liws Dafydd.

'Wi'n gorffod mynd gyda Pitar Ŵad i ddal sgwarnog,' meddai a chwibanu ar ei gŵn hela. 'Blac! Fflei!' A ma's ag ef ar ôl Pitar Ŵad.

Doedd y cŵn ddim yn hir cyn cael gwynt y sgwarnog ac roedd y dynion yn gallu gweld ei siâp yn symud yn y pellter.

'Damo!' meddai Pitar Ŵad. 'Ry'n ni'n mynd i golli 'ddi heb feirch a sdim amser i ôl rhai.'

'Paid â phoeni,' meddai Siemi, 'mae hi wedi neud camsyniad. Mae'n mynd i gyfeiriad yr afon lle mae'n rhy ddwfwn a rhy gryf iddi groesi. Os daw hi nôl ffordd hyn mae siawns 'da ni. Mae'r cŵn yn rhwydd iawn, cofia.'

'Beth os aiff hi ffordd arall?'

'Go brin yr aiff hi'r ffordd 'na, rhy serth.'

Ac yn wir, yn bell i ffwrdd gallai'r ddau weld y sgwarnog

yn troi yn ôl mewn ymgais i'w pasio ar y chwith. Heb y cŵn ni fyddai hi wedi cael unrhyw drafferth i osgoi'r dynion, ond gwnaethai Siemi arwydd ar y cŵn a dyma nhw'n dod ar draws y waun i geisio croesi llwybr y sgwarnog.

'Mae hi mewn cornel nawr,' meddai Siemi.

'Odi,' meddai Pitar Ŵad, 'ond mae'n symud yn rhy glou. Dim ond un bwled sy 'da fi, alla i ddim fforddio'i methu hi.'

'Paid â gadael iddi ddod yn rhy agos,' meddai Siemi, 'neu mae cyfle 'da 'ddi i groesi'r afon lle mae'n isel a cherrig mawr ynddi.'

Daeth y sgwarnog yn nes gyda'r cŵn a'r dynion yn tynnu mewn. Gan ddilyn rhyw reddf roedd Blac yn ei chwrsio o'r gogledd a Fflei yn dod i'r de iddi.

'Bydd hi'n gorffod croesi'r patsyn clir 'ma mewn munud,' meddai Siemi, 'dyna dy gyfle.'

'Wi'n gwpod!' meddai Pitar Ŵad, a oedd yn anelu'i wn yn barod. 'Ti'n meddwl 'mod i'n mynd i golli siawns fel hyn?'

Roedd y sgwarnog yn dal i fod lathenni i ffwrdd ac yn symud fel y gwynt. Ond cafodd Pitar Ŵad ffocws arni a thanio'i ddryll. Roedd y glec yn fyddarol ac am eiliad fe ddallwyd y dynion gan y fflach a'r mwg a brawychwyd y cŵn hefyd.

'Ti wedi'i tharo 'ddi!' meddai Siemi.

'Go dda,' meddai Pitar Ŵad.

Ond roedd y sgwarnog yn dal i fynd er bod gwaed yn dod o un o'i choesau ôl. Yn yr eiliad o ddryswch ar ôl ergyd y gwn roedd hi wedi llithro drwy fwlch dan drwyn Fflei.

'Mae'n mynd, 'co! Mae'n croesi'r afon!'

'Damo! Damo!' gwaeddodd Pitar Ŵad gan daflu'r gwn i'r llawr. 'Shwt yn y byd mae dyn yn mynd i ddal y ddiawles felltigedig nawr 'te?'

Ymweld â Gwyneth Cefn Tylchau

WRTH I PANTGLAS gerdded drwy'r pentre ymunodd dau grwtyn ag ef.

'Ble chi'n mynd, syr?' gofynnodd Jaco.

'Dwi'n galw ar Gwyneth Cefn Tylcha.'

'Pam?' gofynnodd Dicw.

'Am ei bod mewn gwth o oetran a ffilu dod i'r cyfarfod yn y capel y noson o'r blaen.'

Ar ysgwyddau Pantglas y syrthiodd y cyfrifoldeb o fynd o gwmpas y pentre i ymweld â'r rhai na allai fod yn y cyfarfod am ryw reswm neu'i gilydd: henaint, salwch neu ddiogi.

'Gwyneth Cefn Tylcha yw'r fenyw hyna ym Mhantglas i gyd, on'd yw hi syr?' meddai Dicw.

'Mae'n debyg ei bod hi,' meddai Pantglas.

'Beth yw ei hoetran, syr?' gofynnodd Jaco.

'Dewch weld nawr 'te, mae hi'n honni iddi gael ei geni yn 1790, a pa flwyddyn yw hi eleni, fechgyn?'

Edrychodd y bechgyn arno'n ddi-glem a chofiodd Pantglas taw prin oedd yr ysgol a gawsant.

'Mae hi'n 1881 nawr,' meddai a chyflenwi'r ateb, 'felly mae hi'n un ar ddeg ar bedwar ugian.' Doedden nhw ddim yn deall. 'Bron yn gant oed,' meddai, ac roedd hyn yn gwneud rhyw synnwyr iddyn nhw.

'Ew! Hen 'te,' meddai Jaco. 'Odi 'ddi'n cofio Bôni, syr?'

'Bu farw Bonaparte yn 1821, felly mae'n debyg ei bod hi wedi clywed amdano,' meddai Pantglas. Rhyfedd fel oedd hyd yn oed y plant bach diaddysg hyn yn gwybod am Napoleon.

'Odi Gwyneth Cefn Tylcha'n dost, syr?' gofynnodd Dicw.

'Oetrannus yw hi,' meddai Pantglas.

'Gewn ni ddod 'da chi, syr?'

'Cewch.'

Doedd hi ddim yn bell a doedd y plant ddim yn ei boeni gormod. Doedd unman yn bell ym mhentre Pantglas ac nid oedd Pantglas yn dymuno mynd i rywle arall i fyw, ond roedd y lle bach hwn oedd yn gymaint rhan ohono yn mynd i ddiflannu dan y dŵr fel Cantre'r Gwaelod.

'Wyddoch chi fod y cwm yn mynd i gael ei droi'n llyn?' gofynnodd Pantglas.

'Otyn, syr,' meddai'r bechgyn gyda'i gilydd.

''Nhed wetodd wrtho i, syr,' meddai Jaco.

'Fi 'efyd,' meddai Dicw.

'Wel, beth y'ch chi'n feddwl o'r peth?'

'Ni'n dishgwl 'ml'en, syr,' meddai Jaco.

'Ni'n erfyn y nafis 'e fo'n 'ir, on'd y'n ni, syr?'

'Otyn. Mae'r peiriannau mawr yn dod yn barod. A'r llafurwyr.'

'Chi'n meddwl bydd 'na fechgyn 'da nhw, syr? Wa'th do's dim llawer o grots 'run o'd â ni ym Mhantglas, neg o's, syr?' meddai Jaco.

'Dim ond Iori Watcyn,' meddai Dicw.

'A smo fa weti c'el ei bopi yn iawn,' meddai Jaco.

'A Tomos Hopcyn,' meddai Dicw.

'A smo fa'n gallu cer'ed yn iawn heb sôn am reteg wa'th ma'i naill go's yn fyrrach na'r llell,' meddai Jaco.

'Ac un o'i freichie ddim yn gw'itho'n reit 'i wala.'

'Dyma Gefn Tylcha,' meddai Pantglas gan droi at Dicw

a Jaco. Ond doedden nhw ddim am ei adael. Felly curodd Pantglas wrth y drws a gweiddi 'Ŵ-ŵ!'

'Dowch mewn, Weinitog,' meddai'r hen wraig.

Aeth Pantglas i mewn i'r bwthyn bach tywyll ac aeth Jaco a Dicw i mewn ar ei ôl cyn belled â ffrâm y drws gan sefyll yno, un bob ochr. Eisteddai Gwyneth wrth ochr ffrit o dân mewn hen gadair siglo wedi'i lapio mewn blancedi a sawl siôl am ei hysgwyddau ac am ei phen.

Ar ôl iddo'i holi am ei hiechyd ac i hithau gonan am ei 'gwinecon' a'i blinder a gwendidau eraill, ac ar ôl iddo gydymdeimlo â hi, daeth Pantglas at y mater. A oedd hi wedi cael y llythyr ac wedi clywed am y cyfarfod yn y capel ac am y cynllun i foddi'r cwm?

'Wi weti clywed, ond smo fe'n myn' i ddicwdd yn sytyn, neg yw e? Mwy na thepyg fe fydda i yn 'y mocs cyn 'ny.'

''Dy'ch chi byth yn gwpod, Gwyneth.'

'Mae hynny'n wir ond wi'n hen nawr a wi ddim yn erfyn byw yn 'ir 'to. Ond os yw'r Bod Mowr yn fo'lon i mi fyn' 'ml'en cewn weld.'

Gan fod ei lygaid wedi dod yn gyfarwydd â'r gwyll edrychodd Pantglas o'i amgylch a rhyfeddu at foelni bywyd yr hen wraig. Ei chadair, cadair arall a bord fechan, ei gwely yn erbyn y wal, ambell lestr, powlen, dim llyfrau. Dim llun ar y wal.

'Pwy sy'n dod â bara a choed i'r tân i chi?'

'Cymdocion, whare teg iddyn nhw,' meddai Gwyneth, 'wa'th wi ar 'y mhen 'yn hunan ers claddu'r gŵr flynydde nôl. Dim on' fi a'r gwinecon i gatw cwmni 'da fi.'

Meddyliodd Pantglas am ryw ystrydeb fel 'henaint ni ddaw ei hunan' ond yna fe welodd pa mor dwp oedd unrhyw sylw y gallai ef ei wneud ynglŷn â henaint.

'Poeni ydw i,' meddai, 'efallai bydd rhaid i rai ohonon ni symud cyn boddi'r cwm.'

44

'Grynda,' meddai'r hen fenyw, 'yn y pentre 'ma ces i 'ngeni a 'nghwnnu. Yma priotws i, yma macws i dri o blant ac yma claddws i 'ngŵr a dou o'r plant 'na. Maen nhw yn y fynwant ochor draw. Ac yma wi'n myn' i sefyll 'yd diwedd 'y nyddiau, fydd ddim yn 'ir yn dod os yw'r Bod Mowr yn fo'lon. Ac os daw'r dilyw bydd rhaid iddo ddod dros 'y mhen, wa'th wi ddim yn myn' i symud o'ma, wi'n rhy hen nawr.'

Doedd dim modd dal pen rheswm â hi, meddyliodd Pantglas, a hi oedd yn iawn. 'Wedi'r cyfan,' meddyliai, ''dyw hi ddim yn debygol o fod yma pan gaiff y cwm ei droi'n llyn, nag yw hi?'

Anafiadau Pedws Ffowc

'**Y**DIWRNOD O'R blaen,' meddai Bren Cross Guns, ''eth yr hen Bedws Ffowc i weld Doctor James.'

Roedd yna griw o fenywod a phlant yn gwrando arni yn siop Cati a'r tro hwn ni allai Cati ei hun beidio â gwrando gyda nhw. Pedws Ffowc o bawb yn mynd i weld y doctor!

'Llusgodd ei chorff drwy'r pentre 'ma. Wa'th oedd hi'n gorffod mynd i weld e, chi'n gweld.'

'Pam? Beth oedd yn bod arni?' Roedd pawb ar bigau eisiau gwybod pam oedd yr hen fenyw a chanddi'r enw o fod yn wrach, yr âi rhai pobl ati hi yn lle'r doctor, wedi llyncu'i balchder i alw ar ei gelyn.

'Oedd hi weti c'el lo's i'dd ei cho's 'whith.'

'Pwy fath o lo's?' gofynnodd Pegi'r Felin.

'Lo's rhyfedd iawn,' meddai Bren, a oedd yn dipyn o hen law wrth ddweud stori.

'O dere 'ml'en, gweud w!' meddai Sioned Mynydd Glas. 'Wi moyn clywed diwedd y gwt 'ma cyn 'mod i'n fam-gu.'

'Ar ei ffordd drwy'r pentre o'dd yr hen Bedws weti bod yn colli'i gw'ed.' Roedd hyn yn wir; roedd rhai wedi sylwi ar smotiau o waed ar hyd y lôn. 'Er ei bod hi wedi lapio'i lo's mewn clytiau a phowltus o'dd hi'n dal i allws y gw'ed.'

'Wi'n nafus moyn gwpod be ddigwyddws iddi,' meddai Neli Lôn Goed.

'Weitwch,' meddai Bren Cross Guns, 'o'dd y Bedws bron â marw 'da'r bo'n ond yn y diwedd dyma 'ddi'n cyrr'edd tŷ'r doctor a'i hochor yn socan 'da'i gw'ed hi.'

'Shwt wyt ti'n gwpod hyn i gyd?' gofynnodd Sioned.

'Sali Stepen Drws yw morw'n y doctor on'd yw hi, ac mae hi'n bilongan i mi on'd yw hi?' Roedd hyn eto yn wir, chwarae teg i Bren; roedd Sali Stepen Drws yn gyfnither i Bren Cross Guns. 'Wir, Sali dywysws Pedws i mewn i weld y doctor ac erbyn 'ny ro'dd hi'n sgrechan fel ceth.'

Roedd pob un yn y siop yn llygaid ac yn glustiau i gyd gan fod Bren wedi plygu'i phen yn gyfrinachol ac wedi gostwng ei llais.

'O'dd Sali 'na pan ddangosws yr hen Bedws ei lo's i'r doctor. Yng nghenol y gw'ed o'dd rhwpeth fel 'se fe'n stico mewn i'w cho's.'

'Beth? Beth?'

'Wel, 'eth y doctor i ôl ei drugaredde ac o'dd Sali ni, druan ohoni, yn gorffod dal dilo Pedws wa'th o'dd hi'n llefen ac yn biwglan dicon i dynnu'r to lawr. O'dd y doctor yn moyn rhwpeth iddi i dawelu 'ddi ac i leddfu'r bo'n ond do'dd yr hen Bedws ddim eise hwn'na. "Tynnwch a m'es!" mynte hi. "Tynnwch a m'es nawr!" Ac o'dd hi'n reci ac yn tingu yn ôl Sali ni.'

'Cerwch o'ma!'

'O'dd y doctor yn gorffod iwso rhwpeth i gitsho yn y bechingalw 'na yn ei chlun hi.'

Roedd pawb yn ddistaw nawr fel y gellid clywed pluen yn taro'r llawr.

'Tynnws y doctor 'da'i holl nerth a gollyngws Pedws sgrech annaearol. O'dd Sali ni'n ofon 'se hi'n dihuno'r meirw, wir i chi. Weti 'ny cymerws y doctor y bechingalw 'na a'i olchi mewn dŵr glên. A chi'n gwpod be wetws e?'

''Sen ni'n gwpod,' meddai Sioned, ''sen ni ddim yn sefyll fan 'yn yn heneiddio wrth ryndo arnat ti.'

Chymerodd Bren ddim sylw.

'Fe wetws y doctor neg o'dd e weti gweld dim byd tebyg iddo o'r bl'en. "Mae'n edric fel bwlet,"' meddai Bren gan ddynwared llediaith y doctor. '"Ydyc ci wedi gweld bwlet wedi gwneud maes o arian o'r blaen?"'

Jaco a Dicw

'DERE,' MEDDAI JACO, wedi syrffedu ar y sgwrs rhwng Pantglas a'r hen Gwyneth Cefn Tylchau.

'Be nawn ni?' gofynnodd Dicw.

'Whare.'

'Ble?'

'Beth 'sen ni'n mynd am dro i'r hen garreg fowr 'na?'

'Maen Einion?'

Cerddodd y bechgyn i gyfeiriad Mynydd Einion, wrth droed yr hwn y safai'r maen anferth.

'Wi ddim yn cretu bo nhw'n gallu boddi'r cwm,' meddai Jaco.

'Pam?' meddai Dicw. 'Maen nhw'n dod â chertiau mowr a phob math o gelfi a thrugaredde bob dydd nawr.'

'Otyn,' meddai Jaco, 'ond shw maen nhw'n myn' i gatw'r dŵr i mewn?'

''Na pam maen nhw'n codi'r argae anferth ar ben y cwm.'

'Ie,' meddai Jaco, 'ond beth am yr ochrau? Dishgwl o gwmpas. Smo ti'n gweld bod bylchau a thyllau i g'el ym mhob man?'

Roedd yr hyn a ddywedai Jaco yn wir. Roedd Jaco bob amser yn iawn a doedd gan Dicw ddim clem sut oedd yr argae yn mynd i weithio.

'Ond wi'n licio meddwl am y dŵr, Jaco. Wi'n dishgwl 'ml'en at weld y cwm yn c'el ei foddi. Smo ti'n moyn byw mewn pentre dan y dŵr, Jaco?'

'Smo ni'n mynd i fyw dan y dŵr, y ffrwmpyn twp! Be ti'n meddwl ni'n myn' i neud? Moefad ar hyd y lle fel pyscod?'

Caeodd Dicw ei bill, wa'th taw rhywbeth fel'na oedd yn ei ben pan feddyliai am y dyfodol gyda'r cwm wedi'i droi yn llyn a'r pentre a phawb yn byw fel'na dan y dŵr o hyd a physgod yn lle adar o'u cwmpas nhw.

''Na pam oedd Pantglas yn gorffod gweud wrth yr hen Gwyneth Cefn Tylcha falle bydd rhaid iddi symud. Bydd rhaid inni gyd symud yn y diwedd cyn i'r cwm g'el 'i lanw 'da dŵr.'

'Ond,' meddai Dicw, a gredai yn sydyn ei fod e wedi dal Mr Jaco Gwpod-Popeth o'r diwedd, 'ond, o't ti'n gweud jyst nawr nag o't ti'n cretu'u bod nhw'n gallu boddi'r cwm. Bylchau wetest ti, tyllau!'

'Wi'n ffilu cretu fe,' meddai Jaco, 'a wi ddim yn gwpod shw maen nhw'n mynd i neud e ond maen nhw'n siŵr o neud e rwffordd.'

Unwaith eto cawsai Jaco'r gair olaf. Roedd e'n gallu'i chael hi'r ddwy ffordd; doedd e ddim yn credu'u bod nhw'n gallu boddi'r cwm ac eto i gyd roedden nhw'n siŵr o foddi'r cwm. Mr Jaco Gwpod-Popeth. Ond ni fuasai Dicw wedi'i alw wrth yr enw hwn'na i'w wyneb, wa'th taw Jaco oedd ei ffrind gorau, ei unig ffrind yn y pentre, yn wir. Sawl tro oedd e a Jaco wedi 'cwmpo ma's' dim ond i gymodi eto yn y diwedd? Un tro yn ystod un o'r ysbeidiau o ddieithrwch hyn fe aeth Dicw i chwarae gyda Iori Watcyn ond roedd hwnnw wedi glynu wrtho fel gelen ac wedi chwerthin ar bopeth a ddywedai, dim gwahaniaeth os oedd e wedi dweud rhywbeth doniol neu beidio. Dro arall, mewn tymor o anghydfod eto, aeth Dicw i weld Tomos Hopcyn ond ni allai hwnnw gerdded yn bell heb sôn am redeg, ac weithiau roedd e'n rhy dost gyda phyliau o'r peswch i adael y tŷ hyd yn oed. Wrth gwrs, roedd 'na ferched, digonedd ohonynt, ond doedd e ddim yn barod i ddechrau potshian 'da rheina rhag ofn iddo droi fel Dani, mab Popi Pwal, a oedd yn debycach i ferch nag i fachgen, medden nhw, nes iddo orfod gadael y pentre yn bymtheg oed. A pam oedd efe, Dicw, yn gorfod torri'r garw? Pam nad oedd Jaco byth yn dod ato fe gyntaf i ddweud 'Sori'?

'Dyma ni,' meddai Jaco, 'Maen Einion.'

A dyna lle oedd e, yn codi o'u blaenau fel cawr yn torsythu.

'Pwy ddotws y garreg yna?' Gofynnai Dicw yr un cwestiwn bob tro.

'Sneb yn gwpod,' meddai Jaco. 'Mae rhai'n gweud taw cawr o'r enw Einion ddotws y garreg 'ma i weud taw efe biau Pantglas a mae rhai'n gweud fod ei ysbryd yn catw llycad ar y garreg 'ma o hyd. Ond mae eraith yn gweud taw'r derwyddon ddotws y garreg yn ei lle a'u bod nhw weti aberthu dynion i'w duwiau fan 'yn, a'u hysbrytion nhw sy'n whare boiti'r lle 'ma.'

Aeth ias dros gefn Dicw a chodi croen gŵydd ar ei freichiau, wa'th roedd rhai o'r oedolion, yn wir, yn credu bod ysbrydion yn gwarchod y garreg.

'Ac mae eraith eto yn gweud taw'r Rhufeiniaid nath ddoti'r maen 'ma a bod corff milwr Rhufeinig weti'i gladdu odani 'ddi, a'i ysbryd e sy'n pallu symud o'r fan.'

'Beth wyt ti'n gretu, Jaco?'

'Wi ddim yn gwpod.'

Hyd yn oed pan na wyddai fe swniai Jaco yn wybodus.

Edrychodd y ddau lan at gopa'r garreg a dechrau cerdded o'i hamgylch, rownd a rownd, rownd a rownd. Cyn hir roedd y ddau yn chwil a bu'n rhaid iddyn nhw eistedd ar y borfa nes i'w pennau a'u llygaid sadio unwaith eto.

'Wi ddim yn licio'r lle 'ma,' meddai Dicw, 'mae'n 'ala ofon arna i.'

Roedd Jaco yn gorwedd ar ei gefn a'i lygaid ynghau. Atebodd e ddim.

'Jaco, dere c'el mynd.' Dim ateb. 'Jaco! Paid â bod yn dwp nawr!'

Aeth Dicw at ei ffrind a'i bwno yn ysgafn ar ei ysgwydd ond symudodd e ddim.

'Jaco! Dere 'ml'en!'

Yn sydyn fe feddiannwyd Dicw gan ddirfawr ofn. Oedd ei ffrind wedi marw? Cafodd y syniad o roi'i glust yn erbyn brest y bachgen i weld os oedd e'n anadlu neu beidio ac efallai y buasai'n clywed ei galon. Ac oedd, roedd e'n gallu clywed y galon yn curo ac roedd ei frest yn codi a mynd lawr, codi a mynd lawr, felly roedd e'n anadlu.

Y peth gorau i'w wneud, meddyliai Dicw, fyddai iddo redeg yn ôl i'r pentre am gymorth. Ond a fyddai Jaco yn iawn ar ei ben ei hun ar y llawr? A beth am Ysbryd Einion? Ond tybiai Dicw nad oedd amser i'w golli. Cododd ar ei draed a dechrau rhedeg fel cath wedi llosgi'i chwt. Ond doedd e ddim wedi mynd yn bell iawn pan glywodd lais Jaco yn gweiddi 'Dicw!' Troes a gweld Jaco yn gorwedd ar y llawr o hyd ond wedi troi'i ben i'w gyfeiriad. Rhedodd Dicw yn ôl ato ac erbyn iddo'i gyrraedd roedd Jaco wedi codi i'w draed.

'Ti'r un lliw â'r lluad,' meddai Dicw, 'be sy mater?'

'Llwcu nes i, wi'n cretu,' meddai Jaco.

'Ti ddim yn whare?'

'Neg'w, ond wi'n reit 'y ngwala nawr 'to.'

'Dere. Gwell inni fyn' sha thre.'

Cerddodd y ddau ochr yn ochr i gyfeiriad Pantglas.

'Dicw?'

'Ie?'

'Pa mor hir fues i'n gorwedd cyn dod ata'm unan, gwe'd?

'Ddim yn 'ir.'

'Am faint? Awr, dwy awr?'

'Nece. Cwpwl o eiliadau. Munud neu ddwy, dim mwy.'

'O'dd e'n teimlo'n hir. Fe weles i shew o bethe.'

'Pa fath o bethe?'

'Anifeiliaid dieithr, derwyddion, Rhufeiniaid, ysbrydion, cewri, pyscod yn siarad, Gwyneth Cefn Tylcha a'i gwinecon o'i chwmpas fel llycod yn canu.'

Edrychodd Dicw arno'n syn.

'Beth arath?'

Y Pentre Arall

DROS NOS, BRON yn llythrennol, ar lethrau Mynydd Glas, codasai pentre newydd a edrychai i lawr dros bentre Pantglas. Cytiau pren sgwâr mewn rhesi a ffurfiai'r pentre arall hwn. Dyma lle y trigai'r llafurwyr a weithiai ar yr argae.

'Maen nhw'n debyg i focsys,' meddai Sioned Mynydd Glas, wa'th taw ei chartref hi oedd yr agosaf atyn nhw.

'Ti wedi bod i ddishgwl arnyn nhw?' gofynnodd Nanw Gwaelod y Bryn.

'Neg'w i!' atebodd Sioned. 'Wi ddim yn moyn myn' yn acos atyn nhw, wa'th taw plant Alis a phlant Mari otyn nhw i gyd a wi ddim yn diall gair o'u whilia nhw.'

Roedd y siop dan ei sang y bore hwnnw ond gresynai Cati nad oedd neb yn prynu dim.

''Dyn ni weti bod lan, on'd 'yn ni, Dicw?' meddai Jaco yn falch.

''Tyn, 'tyn,' meddai Dicw, 'a cherdded ar hyd y lle.'

'Sawl tŷ sy 'na?' gofynnodd Sioned.

'Uceinie,' meddai Jaco, 'ti'n ffilu cyfri nhw i gyd.'

'A ma dou dŷ mowr i'r bosys a'u gwracedd,' meddai Dicw.

'Ac eclws, ac ysbyty 'da dwy nyrs, a siop fech.'

Roedd pawb yn rhyfeddu at y syniad bod ysbyty bach i gael ond suddodd calon Cati pan glywodd am y siop. Ni fyddai'r gweithwyr yn debygol o ddod â busnes i'w siop hi fel roedd hi wedi gobeithio. Gwaeth na hynny, roedd rhai o'i chwsmeriaid hi yn siŵr o ddringo Mynydd Glas er mwyn mynd i'r siop newydd o ran chwilfrydedd. Roedd pobl fel

Sioned Mynydd Glas a Bren Cross Guns yn rhy fusneslyd i gadw draw yn hir.

'Smo nhw'n dishgwl yn dai cry iawn,' sylwodd Neli Lôn Goed.

'Smo nhw ddim,' meddai Jaco. 'Rhwydd doti nhw lan. Rhwydd tynnu nhw lawr ar ôl iddyn nhw gwpla codi'r argae.'

'Jiwcs,' meddai Sioned, 'on'd 'yt ti'n grwtyn bech siarp?'

Miss Plimmer

CERDDAI MISS PLIMMER drwy'r pentre, ei boned ar ei phen ac ymbarél wedi'i rowlio'n dynn yn ffon gerdded iddi, ei chefn mor syth â phrocer. Roedd hi'n gul a thal, talach na rhai o ddynion y pentre. Roedd golwg benderfynol a chadarn ar ei hwyneb, ei gwefusau tenau'n llinell syth dan ei thrwyn hir. Symudai'n gyflym, gyda hyder. Roedd popeth amdani – ei thaldra, ei hwyneb llym, ei dillad du a'i phrysurdeb – yn dweud ei bod hi'n fenyw hunanfeddiannol. Ond doedd Miss Plimmer ddim yn hyderus nac yn llym nac yn hunanfeddiannol o gwbl. Roedd ei thu fewn yn llawn clymau gofid a seirff ansicrwydd. Pryderai drwy'r dydd ac ni allai gysgu gyda'r nos gan ofidio am sut i gael y ddau ben llinyn ynghyd. Ei hunig gynhaliaeth oedd y gwersi roedd hi'n eu rhoi i rai o blant y pentre, am y rhain roedd rhieni'r plant yn talu ychydig geiniogau iddi. Roedd hynny yn ddigon i dalu'r rhent am y bwthyn i Price-Price, ond prin bod digon ar ôl i gael anghenion. Serch hynny, dyma hi ar ei ffordd i'r siop i gael neges – wyau, bara, caws, tamaid o gig efallai. 'Without thought for the morrow,' meddai llais ei thad yn ei phen. Ond roedd hi'n gorfod cael rhywbeth i f'yta neu lwgu, on'd oedd? Cyraeddasai'r siop. 'Paid â gwario gormod,' meddai llais ei mam wrthi wrth iddi agor y drws.

Roedd y lle yn llawn yn barod. Roedd Neli Lôn Goed yno a Bren Cross Guns a Liws Dafydd a Pegi'r Felin fel petaen nhw'n hwylio i wneud marchnad. Ond hel clecs oedden nhw.

'Bore da, Miss Plimmer,' medden nhw fel côr cydadrodd.

'Bore da,' atebodd hithau ac wrth aros ei thro aeth i sefyll yn gefnsyth yn y gornel fel y gansen a ddefnyddiai i chwipio pen-ôl unrhyw blentyn direidus, sef pob plentyn. Yn wir, unig gymhwyster Gwendoline Plimmer dros ei chynnig ei hunan fel athrawes – ar wahân i fap o'r byd (a'r rhan fwyaf o hwnnw yn binc: 'Dyma'r British Empire, blant'), y ffaith ei bod hi'n gallu darllen Cymraeg a Saesneg (roedd Tada yn frodor o Fryste, roedd Mam yn angyles) a bod ambell werslyfr yn y ddwy iaith yn ei meddiant (gwersi syms yn Saesneg, gwersi ysgrythur yn Gymraeg) – oedd y gansen.

Yn dawel bach agorodd ei phwrs a chyfri'r sylltau (dwy), pishyn chwech a phishyn tair yn loyw fel dwy seren arian fach, sawl ceiniog ('How many pennies in a pound?' 'Tŵynaredanfforti, 'Splima'), dyrnaid o ddimeiau ('How many ha'pennies? Sawl dimai?' 'Fforynaredaneiti, 'Splima') ac, yn anochel, siew o ffyrlingod yn gwneud dim ond rhoi pwysau i'w phwrs a chreu'r argraff fod mwy o arian ynddo nag oedd yno o werth mewn gwirionedd. Ni allai'r plant gofio sawl ffyrling oedd mewn punt, felly unig werth ffyrling oedd gweithio twll drwy'r pwrs. Digon i brynu torth a chaws, ta beth. Âi heb wyau a chig am y tro.

Doedd dim digon o blant i'w cael yn y pentre, dyna'r broblem. Ac o'r plant yn y pentre doedd dim llawer ohonyn nhw yn dod ati am wersi gan na allai'r pentrefwyr dalu. Pan ddaeth y llafurwyr â rhai o'u teuluoedd roedd Miss Plimmer wedi gweld gobaith cael cwsmeriaid newydd. Ond roedd ganddyn nhw athrawes yn eu pentre bocsys. Ac yn ddiweddar roedd trigolion Pantglas wedi dechrau symud i ffwrdd gan ei gadael hi â llai o waith. Felly byddai hithau yn gorfod symud cyn hir. Ond pwy fyddai hi mewn tref fawr neu ddinas? Doedd ganddi hi ddim addysg o gymharu â merched y porfeydd breision hynny.

'Eich tro chi, Miss Plimmer,' meddai Cati yn gwrtais.

Symudodd at y cownter er mwyn prynu ei nwyddau. Mewn lle newydd byddai'n gorfod cymryd gwaith arall; ni allai dwyllo neb ei bod hi'n athrawes o fath yn y byd y tu hwnt i Bantglas. Rhaid fyddai iddi fod yn barod i wneud unrhyw waith. Ond roedd hi'n wyth a thrigain, oed yr addewid bron – pa waith yn gwmws allai hi wneud mewn lle dieithr?

Hanes Mair a Gladstôn

O FERCHED Y plwyf, heb amheuaeth, Mair Tŷ Cornel oedd yr harddaf. Roedd Gwenllïan merch y Kings Arms yn lodes hardd anghyffredin ond roedd hi'n falch o'i phrydferthwch a braidd yn shwd-y'ch-chi. Roedd Martha Bifan yn bert a Siân Glanyrafon yn bert hefyd, ond doedd dim un i'w chymharu â Mair Tŷ Cornel. Roedd ei chroen yn berffaith glir a'i gwallt fel sidan du ac ar ben y cyfan roedd hi'n biwr ac yn garedig wrth bob un yn y pentre heb wahaniaeth am ei stad, ei oedran, parchus neu fel arall.

Bob diwrnod galwai Mair yn yr efail, nid i weld Estons y Gof ac nid i weld Wil Tyddyn Cryman, er bod Wil yn ofnadwy o falch o'i gweld hi bob tro, eithr deuai Mair i'r efail i anwylo'r hen Gladstôn y ci a dodi sws ar ei ben.

Pan welai Wil hyn fe ddyheai am gyfnewid lle â'r ci blewog. Ond gwyddai pob un pam roedd Mair mor arbennig o hoff o'r hen gi a pham ei bod hi'n galw i'w weld yn ffyddlon.

Pan oedd Mair yn wyth oed aeth hi a'i chwiorydd i fwyara un diwrnod. 'Peidiwch â mynd yn rhy bell,' meddai eu mam, 'a chatwch gyda'ch gilydd. Peidiwch â phicio'r mwyar bach, dim ond y rhai llawn, a dewch â sopyn ohonyn nhw nôl.' Ac yn anochel, wrth iddyn nhw adael y tŷ roedd rhaid iddi ychwanegu, 'Peidiwch â bod yn rhy ddiweddar.'

'Fel 'sen ni'n blant bech o hyd,' meddai Gwladys y chwaer hynaf.

Roedd hi'n ddiwrnod braf yn yr hydref a dewisodd y merched batsyn o fieri ar ddarn o dir creigiog ar lethrau Mynydd Llwyd, nad oedd yn bell o olwg y pentre.

'Cer di draw i'r perthi ochr 'na,' meddai Annes wrth Mair, 'fe 'na i'r pishyn 'ma a chaiff Gwlatys fynd lan yn uwch.'

Roedd Mair wrth ei bodd yn mwyara. Byddai'n b'yta ambell un o'r mwyar mwya gan adael y sudd i grynhoi yn ei genau a'i sawru cyn gadael iddo lithro lawr ei llwnc. Fe deimlai braidd yn ddrwg am wneud hyn gan ei bod yn golygu llai o fwyar yn ei basged neu bod ei basged yn cymryd mwy o amser i'w llanw. Ar y llaw arall, ymhyfrydai yn ei gallu i ganfod y mwyar llawnaf a mwya blasus yr olwg a dychmygai ganmoliaeth ei mam.

Er gwaethaf rhybudd eu mam crwydrodd y merched yn bellach ac ymhellach ar wahân i'w gilydd, heb sylwi, wrth iddynt ganolbwyntio ar y dasg o ddod o hyd i'r ffrwythau gorau.

Roedd yr awyr yn glòs a rhyw naws swynol, berlewygol ynddi. Roedd y weithred o gasglu'r ffrwythau tywyll duon hefyd yn un hudol gan ei bod yn gadael y meddwl yn rhydd i grwydro. Edrychodd Mair i fyny unwaith ac ni allai weld ei chwiorydd ond doedd hynny ddim yn ei phoeni. Teimlai'n rhydd ac yn annibynnol ac fel petai ei bod hi'n byw mewn byd hud a lledrith ar wahân i bob un arall; ni allai weld na chlywed neb. Cofiai stori am ferch a gafodd ei chipio gan y tylwyth teg a threulio diwrnod braf yn eu byd hwy ond pan aeth hi yn ôl i'w byd ei hun roedd ei theulu a'i ffrindiau'n hen a llawer o bethau wedi newid, er nad oedd y ferch ei hun wedi newid dim. Aethai deg ar hugain o flynyddoedd heibio. Meddyliai Mair wrth ddringo tuag at gnwd o fwyar danteithiol yr olwg beth petai hi'n mynd i chwilio am ei chwiorydd ar ôl llanw'i basged ac yn ffeindio dwy hen wraig benwyn a hithau heb heneiddio o gwbl? Ar hynny fe deimlodd Mair smotyn o law ar ei thalcen – ac yna aeth popeth yn ddu arni.

'Dere,' meddai Gwladys, 'mae'n dychra bwrw a falle cewn ni dyrfau goleuni.'

'O's dicon o ffrwyth 'da ni?'

'O's, hen ddicon,' meddai Gwladys. 'Ble ma Mair nawr?'

'Wi ddim wedi'i gweld hi ers sbel,' meddai Annes.

'Wel galwa arni. Mair! Mair!'

A dyma'r ddwy yn gweiddi'i henw. Dim ateb.

'W! Mae'n dod i fwrw'n ges nawr,' meddai Annes, 'wi moyn myn' sha thre, wi'n ofon tyrfa goleuni.'

'Beth am Mair?' gofynnodd Gwladys.

'Wi'n siŵr ei bod hi wedi myn' sha thre yn barod,' meddai Annes, 'ti'n gwpod fel mae hi, dim llawer o ddycnwch ynddi.'

Ar hynny daeth y glaw yn sgaprwth o gawod a rhedodd Gwladys ac Annes tuag adre. Ond pan gyrhaeddon nhw doedd Mair ddim yno.

'Ble mae hi?' gofynnodd eu mam. Ac edrychodd y ddwy chwaer ar ei gilydd mewn euogrwydd ac ofn.

Yn yr efail ar yr union eiliad fe ddigwyddodd rhywbeth eithriadol; cododd Gladstôn a gadael yr efail heb ei feistr. Roedd hyn mor anghyffredin a syfrdanol â gweld ceffyl yn hedfan, gan na fyddai Gladstôn byth yn gadael Estons o'i olwg.

'Ble ma fe'n mynd, ys gwn i?' gofynnodd y gof.

'Ofon y tyrfa, falle,' meddai Wili.

'Nace,' meddai Estons, 'smo Gladstôn yn ofni unrhyw fwstwr; meddylia am yr holl ffliwo a morthwylo a ffusto mae fe'n ei glywed yn y lle 'ma drw'r dydd bob dydd. Na, well inni fynd ar ei ôl e.' A bant â nhw. Gwelodd y ddau fod Gladstôn yn rhedeg i gyfeiriad Mynydd Llwyd. Troes ei ben unwaith a chyfarth arnyn nhw cystal â dweud 'Dowch 'ml'en, brysiwch!' A rhedodd y tri i gyfeiriad y mynydd.

Yn fuan ar eu hôl nhw roedd Enid Tŷ Cornel a'i merched a rhai o'r cymdogion hwythau yn hwylio i gyfeiriad Mynydd Llwyd i chwilio am Mair.

'Be wetes i wrthoch chi gyd cyn gat'el bore 'ma? Gwetes i "Catwch gyda'ch gilydd", 'na be wetes i.'

'Mair o'dd yn moyn mynd ar ei phen ei hun,' meddai Annes.

'Os bydd rhwpeth weti dicwdd iddi fe fydda i'n digroeni'r ddwy ohonoch chi wir,' meddai'u mam, a dechreuodd y ddwy lefain am eu chwaer ac wrth feddwl am eu cosb.

Pan gyrhaeddodd Enid Tŷ Cornel a'i merched a'u cymdogion y llethrau lle bu'r merched yn mwyara yn gynharach dyna lle oedd Estons a Wili o'u blaenau.

'Mae'r ci yn whilo am rwpeth,' meddai Estons.

'Mair ni sydd ar goll,' meddai Enid.

Yn sydyn dechreuodd Gladstôn gyfarth ar bwys un o'r creigiau gan edrych i lawr. Mewn hollt yn y garreg yno roedd Mair fach druan yn gorwedd yn anymwybodol, wedi cwympo i lawr a bwrw'i phen.

Oni bai am Gladstôn mae'n bosibl na fuasai Mair wedi cael ei hachub mewn pryd – roedd y twll yn y maen yn guddiedig gan fieri. Estons symudodd un o'r cerrig a mynd i lawr i'r twll a chodi Mair yn ei freichiau a dod â hi ma's. Wedyn dyma hi'n dod ati ei hun.

Roedd pob un yn meddwl bod Gladstôn yn arwr mawr dewr ar y pryd ac wedi'i gyfarch yn barchus am ryw bythefnos, mis ar y mwya, ond nid anghofiai Mair. Wyth mlynedd ar ôl iddi gael ei hachub o'r twll mawr angheuol hwnnw (twll a gafodd ei lanw gan gerrig gan y pentrefwyr wedyn; 'cwnnu paish ar ôl pisho' yn ôl Sioned Mynydd Glas) roedd Mair yn dal i gofio'r ci ac yn galw arno bob dydd i ddiolch iddo.

Bron yr un mor ddiolchgar i'r ci am achub bywyd Mair Tŷ Cornel oedd Wili Tyddyn Cryman. Gwelsai hi yn tyfu o fod yn ferch fach ddigon pert i flodeuo yn fenyw ifanc tu hwnt i'w allu ef i'w fynegi. Gan ei fod yn gweithio yn efail Estons y Gof a chan taw ci Estons oedd Gladstôn, roedd Wili yn cael gweld wyneb Mair bron bob dydd. A bob tro y deuai i'r efail byddai hi'n cael clonc gyda Gladstôn yn gyntaf ac wedyn yn troi i gyfarch ei feistr, Estons, ac wedyn, cyn ymadael, byddai hi'n troi ato ef ac yn ei gyfarch, 'Shw mae Wil heddi?' neu 'Shwt wyt ti, Wil?' neu 'Prynhawn da, Wili', neu dim ond 'Ta ta, Wili.' Doedd dim ots iddo; roedd unrhyw air a ddeuai o'i genau yn gerddoriaeth iddo a atseiniai yn ei ben am weddill y dydd. Ac yn amlach na pheidio byddai hi'n rhoi gwên iddo. Âi'r wên, bob tro, yn syth i'w galon fel trywaniad saeth ac oddi yno i'w fol, ac oddi yno i'w goesau gan ei adael yn wan ac yn ddiymadferth am funud neu ddwy. Ac ar ôl iddi fynd fe deimlai Wil hiraeth amdani ac fe gymerai beth amser iddo ddod ato'i hun eto. Weithiau, pan na fyddai Estons yn edrych, byddai Wil yn mynd yn syth at y ci i wynto top ei ben lle cusanodd Mair ef, yn y gobaith o gael sawru ôl ei gwefusau. Yn fuan wedyn byddai cwmwl o'r felan yn croesi haul ei hapusrwydd byrhoedlog. Cofiai taw Wili Twpsyn Llyman oedd e, cofiai ei fod yn blentyn amddifad a digatre ac yn unig yn y byd, a chofiai ei fod yn fawr ac yn hyll ac yn lletchwith ac yn was bach yr efail. Pwy yn y byd fyddai'n cymryd sylw ohono ef?

Teulu Bach

ROEDD TOMOS HOPCYN yn naw oed, yr un oed â Jaco a Dicw, ond gan ei fod yn gloff ac yn fyr ei olwg a'i frest yn aml yn dynn, ac am ei fod yn cael pyliau o'r clefyd cwympo, ni allai chwarae gyda'r bechgyn eraill. Treuliai'i amser yn dre ar bwys y lle tân yn gwrando ar storïau'i fam-gu (wa'th roedd ei fam wedi marw ac yntau'n faban, a'i fam-gu oedd wedi'i fagu) a'i ewythr Idwal. Gweithiai'i dad drwy'r dydd ar y fferm gyfagos, Mynydd Glas, fel bugail a hwsmon. Deuai'i dad adre'n ddiweddar ac yn amlach na pheidio âi i'w wely'n syth, wedi blino'n gortyn. Felly, unig gwmni Tomos a'i unig ffenestr ar y byd oedd ei fam-gu a'i ewythr Idwal.

Dywedai'i fam-gu storïau wrtho am y tylwyth teg, plant Annwn, am y gannwyll gorff, y toili, am y ci du, y drychiolaethau hyn a ymddangosai i bobl cyn i rywun farw, a storïau am Ysbryd Einion, yr ysbryd direidus a drigai o dan Faen Einion. Dywedai hefyd storïau am yr Hwch Ddu Gota, y Ladi Wen ac am Gantre'r Gwaelod. Er bod Tomos yn dwlu ar wrando ar storïau'i fam-gu roedd rhai ohonynt yn ei ddychryn hefyd, yn enwedig y rhai am y creaduriaid arallfydol a oedd yn darogan marwolaeth. Bob tro yr âi'i fam-gu maes ar ryw neges gan ei adael yn y bwthyn byddai Tomos yn ofni y byddai hi'n gweld ei dwbl wrth gyrraedd y groesffordd, neu'n gweld cannwyll gorff wrth iddi groesi'r bont. Beth pe bai'r gyhyraeth yn canu wrth iddi gerdded yn y tywyllwch? Beth pe bai'r aderyn corff yn curo yn erbyn ei ffenestr yn ystod y nos? Nid oedd Tomos yn poeni am y pethau hyn ar ei ran ei hun ond ar ran ei fam-gu gan ei bod yn oedrannus ac roedd Tomos, er yn ifanc, yn boenus o ymwybodol o farwolaeth wedi colli'i fam. Mynegai ei ofnau wrth ei fam-gu, ond er ei bod wedi dweud y storïau am y ci du a'r gannwyll gorff a gwrach y rhibyn a phethau eraill nid oedd hi ei hun yn credu ynddynt, meddai hi.

''Se rhwpeth yn dicwdd i ti, pwy 'se'n dishgwl ar ôl fi ac wncwl 'Dwal?'

'Paid â phoeni 'nghariad bach i,' meddai'i fam-gu, 'wi ddim yn barod i fynd eto.'

Ond gwyddai Tomos nad oedd ganddi hi na neb arall unrhyw rym yn erbyn trenga a gwyddai, yn wahanol i fechgyn yr un oed ag ef, fod ei fywyd ei hun bob amser yn y fantol. Rhoddai'r ymwybyddiaeth hon o farwolaeth aeddfedrwydd anghyffredin iddo. Nid ei fod yn ofni marw'i hunan, eithr poeni oedd e am ei dad a'i fam-gu ac am ei wncwl 'Dwal.

Oni bai am ei fam-gu go brin y byddai Idwal wedi byw o gwbl. Pan gafodd ei eni roedd Idwal yn ysgrublyn o faban, chwedl ei fam-gu, mor bitw fel y gallai'i nyrsio ar gledr ei llaw neu'i ddodi i orwedd mewn powlen. Doedd neb yn disgwyl iddo oroesi, 'ond fe oroesodd,' meddai Mam-gu, 'wa'th o'dd ticyn o blwc ynddo fe. Mwy o blwc nag o gorff, wetwn i.' Do, fe oroesodd wncwl 'Dwal ond er ei fod yn hŷn na'i dad roedd e'n fyrrach na Tomos o hyd, a chrwtyn llai na phlant yr un oedran ag ef oedd Tomos. Idwal oedd y dyn byrraf yn y pentre ac roedd e'n gorfod dibynnu ar ei fam am bopeth o hyd, er ei fod dros ei ddeg ar hugain. Anaml yr âi ma's ar ei ben ei hun rhag ofn i bobl wneud hwyl arno, er roedd y rhan fwyaf o'r pentrefwyr yn ddigon cyfarwydd ag ef ac ambell eithriad yn unig, fel Pitar Ŵad, fyddai'n dweud dim byd cas wrtho. Roedd Idwal yn ofni plant mwy na'r dynion a'r menywod, gan fod plant yn greaduriaid creulon a maleisus fel rheol, sy'n ymosod ar unrhywun ac unrhywbeth gwahanol i'r rhelyw ohonom.

Ond roedd Tomos ac Idwal yn ffrindiau mawr ac yn gwmni i'w gilydd. Os oedd Tomos yn gofidio am ei famgu, yn aml iawn fe ofynnai'r cwestiwn i'w hunan, 'Be 'swn i'n neud 'se wncwl 'Dwal yn ein gat'el ni?'

Cannwyll Gorff

U N NOSON AR ôl gornest geiliogod yn y prynhawn, ac yntau wedi colli arian a cholli dyrnod un ar ôl y llall eto, ac ar ôl iddo wario sylltau ac oriau yn nhafarn y Cross Guns wedyn, roedd Roni Prys yn ymlwybro'n wingi-wingam tua thre lle roedd ei wraig yn barod i'w ddirepu a'i bwno ar ei ben, a'i blant bach (chwech ohonynt) yn llefain am fod eisiau bwyd arnynt, ac roedd e'n croesi'r bont pan welodd drwy gil ei lygad olau mawr fel person yn sefyll wrth ei ochr. Yn sydyn, nid dyn meddw difater mohono mwyach ond dyn sobr a chefnsyth o effro. Roedd e'n ofni troi'i ben i ddishgwl ar y golau felly cymerodd un cam arall ymlaen. Ar hynny, symudodd y golau gydag ef. Stopiodd Roni a sefyll a safodd y golau wrth ei ochr. Nawr, roedd ar Roni awydd rhedeg am ei fywyd ond ni allai wneud hynny wa'th roedd ei goesau'n gwegian mor wan â dau ruban oddi tano. Prin y gallai symud heb sôn am redeg. Ond galwodd Roni ar ei holl nerth a symud cam arall yn ei flaen. Bellach roedd e wedi cyrraedd canol y bont a heb droi'i ben gallai Roni weld bod y golau wedi symud cam ymlaen hefyd, ond er ei fod ef, Roni, yn sefyll ar y bont fach solet roedd y golau fel petai'n sefyll ar ddim byd eithr yn arnofio uwchben y dŵr. Unwaith eto, gorfododd ei gorff gyda'i holl ewyllys i symud un cam ymlaen a symudodd y golau yn gyfochr ag ef.

'O Arglwydd,' meddai Roni Prys, nad oedd wedi tywyllu'r eglwys na'r capel ers gwell nag ugain mlynedd pan gladdodd ei dad, ac nad oedd wedi gweddïo o ddifri erioed ond er mwyn i'r ceiliog roedd e wedi dala arno i ennill (gweddi a gawsai'i hateb weithiau ond ei hanwybyddu yn amlach na hynny). 'O Arglwydd,' meddai dan ei wynt fel na allai'r golau ei glywed, 'wi'n gwpod 'mod i'n ddyn drwg, dyn drwg ofnatw, wi weti gwastraffu 'mywyd ar y ceiliocod ac yn y tafarn ac weti esgeuluso 'mhlant, druan ohonyn nhw, a 'ngwraig, druan ohoni, ond o hyn ymlaen wi'n gaddo bod yn ddyn da a dishgwl ar ôl 'y nheulu. Wna i ddim yfed diod gatarn byth eto a wna i ddim dala ceinog ar y ciliocod. Ac wi'n gaddo myn' i gwrdd bob dydd Sul o'r dydd Sul nesa yml'en a chatw dyletswydd 'da'r plant amser bwyd ac amser gwely. Ac a' fi i'r ysgol Sul i gael dysgu darllen yn iawn a weti'ny bydda i'n darllen tudalen o'r Beibl bob dydd am weddill f'oes dim ond imi gael pasio'r golau 'ma a mynd yn syth sha thre yn saff.'

Safodd Roni Prys am dipyn er mwyn i'r weddi gael effaith. Ond safodd y golau hefyd i'r chwith iddo ac ychydig y tu ôl iddo. Ond roedd gormod o ofn yn ei galon i droi i weld y golau'n iawn. Teimlai'n siŵr y byddai'n cael ei daro i'r llawr neu'i ddallu neu'i losgi pe bai'n wynebu'r golau.

Ac yn wir, ni ddiflannodd y golau. Ond o rywle cafodd Roni Prys nerth i symud dri cham ymlaen. A daeth y golau dri cham gydag ef, er nad oedd y golau yn gwneud camau gan nad oedd ganddo goesau, ond yn hytrach fe ehedodd y golau wrth ei ochr a stopio pan stopiodd yntau.

'O Arglwydd,' meddai Roni Prys dan ei anadl eto, 'y pethe wetes i nawr jyst, nece jyst gweud y pethe 'na er mwyn i Chi roi pwyth i mi heno i g'el myn' sha thre ac weti'ny anghofio amdanyn nhw, o na, wi'n meddwl popeth wetes i, wir i Chi. Wi weti newid. Wi'n ddyn newydd. 'Na gyd wi moyn yw myn' sha thre at 'y nheulu.'

Roedd Roni erbyn hyn yn agos iawn at ben y bont ac fe deimlai'n siŵr, pe bai ond yn gallu cyrraedd yr ochr draw, y byddai popeth yn iawn, y byddai ei weddïau yn cael eu hateb, y golau'n diflannu ac yntau yn dychwelyd i fynwes ei deulu unwaith eto. Felly cymerodd Roni gam ymlaen ac un arall ac un arall. Ond roedd y golau gydag ef bob cam eto. Ac fe gyrhaeddodd ochr draw'r bont a'r golau gydag ef yr holl ffordd yn ei ddilyn yn gyfochr ac yn gyfysgwydd ag ef. Ac wedi dechrau symud eto ni safodd Roni eithr dal i symud a magu cyflymdra. Roedd ei goesau'n mynd fel pistonau. Rhedodd Roni fel na redasai erioed yn ei fywyd fel oedolyn, a'r tro diwethaf iddo redeg fel hyn roedd e'n bymtheg oed ac wedi cael ei ddal yn dwyn afalau o berllan Dyffryn gan un o weision Price-Price a phryd hynny roedd e'n ifancach ac yn iachach a heb hanner casgen o gwrw yn ei fol a heb smygu baco am hanner ei oes. Ond heno roedd yr hen Roni canol oed yn gynt na Roni'r llefnyn, wa'th roedd e'n rhedeg am ei fywyd. Serch hynny, roedd y golau wrth ei ochr o hyd yn ei ymlid bob cam o'r ffordd.

Penderfynodd Roni na fyddai'n sefyll eto nes iddo gyrraedd ei fwthyn, er bod hwn'na'n ymddangos fel targed pell pell i ffwrdd. Pam, o pam oedd ei dre mor bell o'r pentre?

'Dewch goesau!' meddyliai Roni. 'Dewch draed! Dewch gorff, newch 'asd, tân arni! Traed dani!' meddyliai Roni gan ei sbarduno'i hun ymlaen.

Erbyn hyn bu Roni'n rhedeg ers tipyn o amser, pum munud o leia, ac er bod ei gorff yn blino a'i aelodau yn ildio roedd y Roni mewnol yn filgi. Bob hyn a hyn taflai Roni weddi lan i'r nefoedd. 'O Arglwydd, achubwch fi rhag y golau melltigedig hwn, O Iesu maddeuwch i mi am fy holl gamweddau a gadawch i mi ddiengyd yn rhydd o grafangau'r golau uffernol yma sy'n f'ymlid i fel cythrel!' Ond er gwaetha'i holl erfyniadau ar yr Hollalluog, ei ddilyn a wnaeth y golau melyn oeraidd.

O'r diwedd gallai Roni weld y bythynnod ar lain lle roedd ei gartref a'i wraig a'i blant yn aros amdano. Doedd hi ddim yn bell nawr. Roedd Roni'n chwys diferu a'i goesau a'i freichiau fel y plwm a swniai'i anadl fel hen fegin ac ofnai ei fod wedi colli hunanreolaeth yn ei fraw a'i fod wedi 'gwlychu' ei drwser, ond daliodd ati i redeg. Ar y chwith iddo o hyd oedd y golau. Wrth iddo ddynesu at ei drigfan, yr hon a edrychai iddo yn awr fel nefoedd ar y ddaear, fe deimlai bob cam fel engan ar ei droed. Er gwaethaf holl waith ei gorff fe deimlai fod y bwthyn yn symud ymhellach i ffwrdd yn hytrach na'i fod e'n symud yn nes ato. Ond doedd dim awgrym o flinder o du'r golau wrth ei ochr. Ar y diwedd, bob yn dipyn bach, fe gyrhaeddodd y drws ac yn lle camu i mewn fe gwympodd dros yr hiniog. Dyna lle roedd ei wraig Betsan y tu ôl i'r drws yn barod amdano, a chyn iddo gael cyfle i yngan gair (yr hyn na allai'i wneud gan ei fod yn ymladd am ei wynt) dyma hi'n dechrau'i bastynu ar ei ben a'i ysgwyddau a'i gefn gyda'i rholbren gan ei alw'n bob enw ffiaidd ar y ddaear (gwell inni beidio â'u hailadrodd yma). Gorweddai Roni Prys yn ddiymadferth ar y llawr gan deimlo'n falch o bob un o ergydion Betsan; roedd unrhywbeth yn well na chael ei ymlid gan y golau ofnadwy yna.

Awr yn ddiweddarach ac roedd Roni, o'r diwedd, wedi dod ato'i hun – hynny yw, wedi adennill ei wynt a goresgyn ei fraw, fel y gallai siarad yn iawn eto a dweud hanes y golau wrth Betsan a'r plant hŷn (roedd y rhai bach wedi mynd yn ôl i gysgu, diolch byth).

'Ac wyddoch chi be?' meddai Roni. 'Fe weddïes ar yr Arglwydd a rhoi f'enaid iddo a gaddo bod yn dda a phopeth ac wyddoch chi be neth e? Dim! Dim yw dim! Roedd y golau diawletig 'na yn 'yn ymlid i bob cam o'r ffordd 'ma.'

'Wel y mynyffarn i!' meddai Betsan wedi rhoi gwrandawiad teg iddo. 'Weles i shwt mochyn yffernol o dwp ar glawr y ddiar 'ma! Wir i chi, Roni Prys, chi mor ddwl â stepen y drws 'na. Chi'n gwpod beth o'dd y golau 'na, neg y'ch chi? Y lluad oedd e. Ond ro'ch chi mor dwp yn eich medd'dod fel na allech chi ddishgwl lan i weld e!'

'Y lluad,' meddai Roni, 'chi'n siŵr?'

Pedws Ffowc a Pom

'WI'N TEIMLO'N WELL bore 'ma, Pom. Mae'r bo'n yn llai. O'n i'n gorffod myn' at y doctormon, er neg o'n i'n ei drystio fa, Pom, ond fe dynnws a'r metel 'na, on'd do fa, Pom, yr hen fetel gwyn ffiaidd 'na. Wi'n gwpod, Pom, ddylswn i ddim myn' m'es, ddylswn i ddim myn' yn acos at yr hen gnef ciliocod 'na, ond 'na fe, fe es i. Ma'n ddanjeris wi'n gwpod, Pom, ond wi'n gorffod byw rywsut neu'i gilydd, Pom. Ni'n dwy yn gorffod byw, on'd y'n ni, er bo 'na rai yn y pentre 'ma 'sen lico neud 'n diwedd ni. Ew! Wi'n falch fod y doctormon 'na weti c'el gwared o'r hen bisyn o fetel yn 'n ystlys, wa'th o'n i'n ffilu neud ar 'y mhen 'ymunan y tro hwn twel, Pom. Ond 'co, mae'n gwella, mae'n dechra macu. Bydda i'n reit 'y ngwala waff, Pom, paid becso. Wi jyst yn myn' i ddoti powltus newydd arno fa. Watsia, bydd hi'n gwella wap, fel'na. A nawr 'te, Pom, beth y'n ni'n myn' i neud amboutu'r hen gnef ciliocod 'na? Wi ddim yn myn' i at'el iddo fyn' yn gro'niach heb ei gospi am 'yn, neg'w i wir, Pom. Mae'n slowbach weti bod yn ddraenen i mi ers lawer dydd, Pom, ond mae'n hen bryd i mi g'el dial arno, on'd yw hi, Pom? Wi weti bod yn rhy garetig o lawer. Calon feddal sy 'da fi, ontefe, Pom? Dere i mi g'el neud dishgled o de i g'el meddwl am beth i neud, Pom. Ie, wi weti bod yn rhy drugarog yn rhy hir, ond wi weti dod i ben 'y nhennyn nawr, Pom, wi'n gweu'tho ti. Dim 'acor o drugaredd. Dicon yw dicon. Nawr 'te, dyma ni, Pom, dyma ddelw'r dyn, ti'n gweld a? Wyt, Pom, dyma'i ben, ei sgwydde fa, ei freichie, ei fola, ei gefen, ei goese, ei dr'ed. Ma popeth 'da ni nawr i g'el dechre 'y ngwaith. Wi weti bod yn meddwl cynnig ei gosb iddo mewn tri cham, be ti'n feddwl, Pom? Be? Tri ddim dicon! Wel, yr hen lotes ddialgar fel wyt ti, wi'n cretu taw ti sy'n gywir, fel arfadd. Beth am bum cam 'te? Dim dicon 'to? Oti, oti, bydd pump yn 'en ddicon, o gofio be 'dyn ni'n myn' i neud iddo fa, cei di weld, Pomi fech. Nawr 'te, ble i ddechre? Ei goese? Wel, ie, yn 'y ngho's ces i anap, on' do fa? Ond wi ddim yn moyn iddo weld y cysylltiad yn rhy sytyn. Beth am inni ddechre 'da'i ddilo fa? Dyna ni 'te , ei ddilo i ddechre. Beth am eu llosgi nhw? Nece? Eu porci mewn dŵr berwetig? O Pom, ti'n ferch ofnatw! 'Na ni 'te, fe gaiff a borcaid ces ar ei ddilo fa, iefa? Nace! Eu cnoi? Gwell byth, eu cnoi amdani. Nece? Ti'n meddwl bod hwn'na rhy annhebygol wyt ti, Pom? Beth 'se fa'n c'el ei gnoi 'te? Iefa? 'Na fe, ei gnoi fe gaiff. Beth am yr ail gam? Syniad de, Pom. Ei dr'ed. Ei ddilo i ddechre, weti'ny ei dr'ed. Nawr beth am iddo g'el bola tost? Wi'n lico meddwl amdano fa'n swp tost ofnatw ar ôl iddo f'yta neu yfed rhwpeth. Ei fola felly fydd y trytydd cam, Pom. Nawr ni'n twymo, Pom. Beth yw'r cam nesa? Ei gefen? Ie, 'i gefen. Eitha reit 'efyd. Mae dyn yn gallu c'el sopyn o lo's wrth 'nafu 'i gefen. 'Na'r petwerydd cam, Pom. Nawr 'te, wi weti meddwl i goroni'r cyfan, beth am ei licad? Ie, ie, 'i licad, Pom, a dyna selio'r mater. Os caf i fyw i weld yr holl gamau 'yn yn dod i'w ran bydda i'n fwy na fo'lon, Pom. On'd yw'r ddoli 'ma'n bictiwr pert 'da'r holl notwydda 'ma wedi stico miwn, Pom?'

Pantglas ar ei Ben ei Hun

ROEDD TŶ'R CAPEL yn lle moel a digysur o'i gymharu â'r Mans. Dim lluniau ar y walydd, dim carpedi ar y llawr. Dim addurniadau yn unman. Llenni plaen heb flodau arnynt, a'u hunig bwrpas: i'w tynnu yn y nos. Roedd pob cadair yn gadair bren gefnsyth, a dim ond dwy oedd yn gadeiriau breichiau, y naill yn y gegin a'r llall yn y gell, ond nid oedd clustog i'w chael ar yr un o'r cadeiriau hyn; nid oedd clustog yn y tŷ. Lan lofft roedd yna un gwely sengl cul gyda gobennydd arno a blancedi llwyd, garw'u brethyn.

Dewis personol John 'Pantglas' Jones oedd byw yn y modd sobr, hunanymwadol hyn. Doedd neb yn ei orfodi i fyw mewn ffordd mor asgetig, fel petai'n fynach yn ei benydio'i hunan.

Yn ei gell roedd yna silff lyfrau. Cyfrolau duwiol oedd pob un, wrth gwrs. Y Beibl, esboniadau ar y Beibl, Geiriadur Charles, Taith y Pererin (yn wir, fe deimlai Pantglas yn ansicr o deilyngdod y llyfr hwn'na; a oedd hi'n gyfrol weddus neu beidio?), llyfrau emynau, ac ambell gyfrol o farddoniaeth gan y beirdd mwyaf sychdduwiol yn yr iaith Gymraeg. Cadwai Pantglas y cerddi y tu ôl i'r cyfrolau mwya swmpus barchus, rhag ofn i ymwelwyr gamdybio'i fod yn gwastraffu gormod o'i amser yn coleddu'i uchelgais i fod yn fardd o fri.

Gwyddai Pantglas fod yr awen wedi marw dan ei fron sawl blwyddyn yn ôl. Breuddwyd ei ieuenctid ffôl oedd i ennill Coron neu Gadair. Ni chawsai ei ymdrechion prydyddol fawr o lwyddiant nac o glod. Roedd e wedi ceisio am y Gadair ddwywaith a'r Goron wyth o weithiau heb ddod yn agos mewn gwirionedd. Ond fe gyhoeddwyd ambell delyneg o'i eiddo mewn cyfnodolion enwadol yn ei ugeiniau cynnar. Mewn drâr yn ei ddesg – lle y llafuriai dros ei bregethau – roedd yna lythyr oddi wrth yr Archdderwydd Clwydfardd yn ei annog i ddal ati i ganu, ond heb fynd mor bell â chanmol ei gerddi.

Pan nad oedd Pantglas yn y capel yn pregethu ar y Saboth neu ynglŷn â chyfarfodydd y capel yn ystod yr wythnos, a phan nad oedd yn mynd ar hyd y pentre wrth ei waith yn gofalu am ei braidd, treuliai ei nosweithiau yn Nhŷ'r Capel ar ei ben ei hunan. Wedi dweud hynny, treuliai Pantglas bob bore ei hunan a phob prynhawn hefyd.

'Dwi'n unig unig unig!' meddai Pantglas yn uchel yn ystod yr oriau hirion hyn o unigrwydd. Cerddai lan a lawr a nôl ac ymlaen, weithiau yn y gell, weithiau yn y gegin, bryd arall lan lofft, gan guro'i ddwylo a churo'i ben gan dynnu'i wallt. Roedd unigrwydd yn boen gorfforol iddo.

'Fy Nuw! Fy Nuw! Paham y'm gwnest mor unig?' Stampiai'r llawr mewn rhwystredigaeth.

Yna, heb eu gwahodd, gefn trymedd nos, ac yntau'n gorwedd ar ei wely truenus ar ddihun, deuai lluniau i'w ben. Lluniau o Popi Pwal yn noethlymun borcyn groen heb gerpyn amdani a'i choesau mawr cnawdol ar led yn ei wahodd efe i mewn iddi. 'Pam nei di ddim ffwcio fi, Pantglas?'

Gwersi

ROEDD PARLWR BACH Miss Plimmer dan ei sang. Bu'n rhaid iddi ofyn i rai o'r disgyblion – y rhai oedd yn byw gerllaw – ddod â'u cadeiriau'u hunain wa'th doedd dim digon o gadeiriau yn ei meddiant fel y gallai sicrhau lle i eistedd i bob un.

Safodd ar flaen ei dosbarth cymysgryw a chymysgoed. Yno roedd tair chwaer Tŷ Cornel, Gwladys ddwy ar bymtheg oed, Mair un ar bymtheg ac Annes bedair ar ddeg; Gwenllïan Kings Arms, un ar bymtheg; Dicw a Jaco, ill dau yn naw oed; Iori Watcyn mor fawr a chryf â dyn a dim ond deuddeg neu dair ar ddeg oed (ni allai Miss Plimmer fod yn hollol siŵr o oedran y plant hyn wa'th doedden nhw ddim yn gwybod eu hoedran eu hun); Tomos Hopcyn gloff ac eiddil, llai na'r plant bach o ran ei gorff ond tua'r un oed â Dicw a Jaco. Yno hefyd oedd Miss Popi Pwal, yn awyddus iawn i gael mwy o wersi darllen ac ysgrifennu. Teimlai'r Ymerodraeth Brydeinig y tu cefn iddi yn llythrennol ac yn ffigurol ar ffurf y map a orchuddiai wal y parlwr. Wrth ei hochr roedd y bwrdd du bach ar îsl. Yn y gornel safai'r gansen yn adlewyrchiad perffaith ohoni'i hun. Ond er bod Miss Plimmer yn ymgnawdoliad o awdurdod a chadernid o flaen y plant, o dan ei mynwes fflat roedd ofn ac ansicrwydd. Gwyddai na fyddai'r gansen yn well na gwelltyn yn erbyn Iori Watcyn pe bai hwnnw yn dechrau taflu'i glychau. Gwyddai fod Gwladys a Mair Tŷ Cornel, Gwenllïan Kings Arms a Popi Pwal yn gwybod cymaint o lythrennau â hithau, mwy o bosibl. Ei hunig fantais oedd fod golwg ysgolfeistres arni, gylfin o drwyn, ei gwallt gwyn wedi'i dynnu'n boenus o lyfn i gocyn crwn perffaith ar ei chorun, dillad du, broets aur ond, yn bennaf oll, sbectol ar ei thrwyn. Gwydrau bach bach oedden nhw, dim llawer mwy na dau bishyn chwech, ond dyna'r unig bâr o sbectol yn y pentre. Nid oedd sbectol i gael gan y Canon na'r doctor na Pantglas. Roedd hyn yn gysur mawr i Miss Plimmer. Defnyddiai'r sbectol i 'ala ofn ar y plant drwy edrych arnynt yn gas dros y gwydrau. Pefriai'i llygaid bach y tu ôl iddynt gan ddilorni anallu'r rhai twp i ateb ei chwestiynau mwya syml. Y sbectol oedd bathodyn ei hawdurdod. Pwy yn y pentre oedd yn gwisgo sbectol? Yr ysgolfeistres. Pam oedd hi'n gwisgo sbectol? Am ei bod hi'n ysgolfeistres. Pam oedd hi'n ysgolfeistres? Am ei bod hi'n gwisgo sbectol.

Roedd hi'n bryd iddi ddechrau'r wers gan fod pob un yn eistedd yn dawel a hithau wedi dal eu sylw. Cymerodd ddarn o sialc a chrafu'r llythyren 'A' ar y bwrdd du. Ar ôl y llythyren sgrifennodd y gair 'afal' mewn ysgrifen gyrliog fawr.

'A sydd am...?' gofynnodd Miss Plimmer gan godi'i haeliau mewn ystum a ddisgwyliai ateb.

'Afal,' cydadroddodd y sgolorion.

'A beth,' gofynnodd Miss Plimmer, 'yw afal yn Saesneg?'

Symud Celfi

C WATAI TOMI A Ned a'u cŵn mewn llwyn ryw ganllath i ffwrdd o dŷ mawr Dyffryn.

'Twel?' meddai Tomi. 'Wetes i fod certi mowr yn dod bob dydd nawr ers pythefnos a chymeryd pethach i ffwrdd.'

'Ti'n eitha reit 'efyd, Tomi. Ti'n siŵr fod dim peryg inni g'el 'n dal fan 'yn?'

'Eitha siŵr. Dim ond yr hen frws Hoskins sydd ar ôl i gatw lliced ar y lle.'

'Maen nhw'n gwacáu'r hen blas cyn ei fwrw fa i lawr yn barod am y dŵr, mae'n debyg.'

'Yn union,' meddai Tomi, 'wa'th mae Price-Price a'i fisus a'i feb wedi mynd o'ma yn barod.'

'Od fel maen nhw weti gat'el lle crand fel'na sy weti bod yn y teulu ers sawl cenhedlaeth bellach, ontefe, Tomi?'

'Ar un llaw oti, ar y llath, ddim mor od.'

'Be ti'n feddwl?'

'Wel, o'dd y Price-Price 'ma â phrobleme ariannol, medden nhw. Weti bod yn hala punno'dd ar y casinos tramor, 'na be glywes i.'

Ni wyddai Ned ble yn y byd y clywsai Tomi'r pethau hyn wa'th roedd y ddau ohonyn nhw'n troi yn yr un cylch ac yn siarad â'r un rhai ac anaml iawn y bydden nhw ar wahân i'w gilydd. Pesychodd Capten wrth ei draed fel petai yntau'n amheus o'r honiad.

'Ac ar ben hynny,' aeth Tomi yn ei flaen, 'o'dd costau catw'r lle 'ma yn cwnnu bob blwyddyn a Mrs Price-Price yn moyn setlo yn Llunden.'

'Wi weti clywed hwn'na 'efyd,' meddai Ned a phesychodd Capten ei gydsyniad. 'Ust, Capten, ni ddim yn moyn c'el 'n dal 'ma.'

Gwyliodd y ddau mewn distawrwydd wrth i ddynion a bechgyn dieithr gario bocsys o'r tŷ a'u llwytho yn ofalus ar y certi, y ceffylau mawr yn symud eu carnau blewog ychydig wrth addasu i'r pwysau.

'Pwy bethach wyt ti weti gweld yn c'el eu doti yn y certi cyn hyn 'te, Tomi?'

'Celfi ar gelfi,' meddai Tomi. 'Un diwrnod gweles i un gwely mowr ar ôl y llath yn dod m'es. A nece gwelyau bocsys bech fel sy 'da ti a fi, o nece. O'dd rhain fel caeau o fowr ac yn bethe crand, weles i ddim tebyg iddyn nhw, 'da ffensys ffansi lliw our ar y pen iddyn nhw a'r tr'ed. Dro arall gweles i luniau mowr yn dod m'es, un ar ôl y llath eto, uceinie ohonyn nhw.'

'Lluniau o beth, Tomi?'

'Co'd, caeau, shew o bethe fel'na, weti'ny lluniau o geffyle, ambell i gi. Ac wrth gwrs, dyn'on a men'wod. Cyndadau'r Price-Price mae'n debyg. A phob un mewn ffrêm our.'

'Cer o'ma!'

'Wir i ti, Ned. Sôn am gyndadau'r teulu, ti'n cofio'r hen Syr Robert Price-Price, tedcu hwn?'

'Otw, Tomi, cofio fa'n iawn.'

''Na ti ddyn caretig nawr, dyn dibrin.'

'Be ti'n feddwl, Tomi?'

'Wel, un diwrnod, pan o'n i'n grwtyn bech tro'dno'th dyma Syr Robert yn 'y mhasio i ar ei ffordd i'r pentre, ar gefn ei geffyl o'dd a, y ceffyl mowr tala weles i 'rio'd a'i flew yn sgleinio fel pren mahogani. Wel, dyma Syr Robert yn stopo wrth 'y ngweld i. O'dd ofon mowr arna i, wa'th taw dim ond crwtyn bech o'n i, cofia, a fynte'n ddyn mowr crand ar geffyl mowr fel castell yn cer'ed. Wel, wetws Syr Robert rwpeth wrtho i yn ei Sisneg trwynol, a'r hyn o'n i'n deall o'dd ei fod a'n cynnig afal i mi. A dyma fa'n plycu lawr ac yn rhoi afal coch blasus yr olwg i mi yn 'yn llaw i a gwenu arna i'n serchus a charetic. "Thenciw," meddwn i a bant â fa. A dyma fi'n cymryd hansh o'r afal. A ti'n gwpod be? O'dd yr hen afal yn bwdwr i gyd. Dim byd ynddo ond pytredd, a mwytyn 'yt yn o'd.'

'Ych a fi,' meddai Ned, ''na ti dric ces i whare ar grwtyn bech, ontefe?'

'Fel'na maen nhw'r crachach 'ma,' meddai Tomi. 'Be arath ti'n ddishgwl?'

Cymdogion

R OEDD GWENNO A Nansi yn byw drws nesaf i'w gilydd.
Ac roedd y ddwy bob amser yng ngyddfau'i gilydd ac
yn casáu'i gilydd. Hynny, efallai, am eu bod yn byw drws
nesaf i'w gilydd.

'Yr hen ast drws nysa 'na,' cwynai Gwenno wrth ei gŵr,
Bryn.

'Paid dychre,' meddai fe, 'beth mae weti neud tro 'yn?'

'Dim ond gweu'tho i feindo fy musnes, os gweli di'n
dda!'

'Pam wetws hi i feindo dy fusnes?'

'O! Ti'n ochri 'da hi nawr, wyt ti? Wel cer drws nysa
i fyw 'da 'ddi os wyt ti moyn. Fydd ei gŵr ddim yn 'ito.
A phaid becso amdana i, bydda i yma yn dishgwl ar ôl dy
blant!'

'Sdim isia gwyllto, fenyw! Jyst gofyn o'n i pam o't ti weti
c'el dy gyhuddo ar gam o fusnesu, 'na gyd w!'

'Gwetes i wrthi o'dd rhaid iddi ganu bob bore wrth l'nau
ei ffenestri, a gwetws hi "meinda dy fusnes".'

Drws nesaf roedd Nansi yn dweud:

'Wi weti c'el dicon o'r hen gansen drws nysa 'na.'

'O na, beth eto?' gofynnodd Llwyd, ei gŵr.

'Y bore 'ma o'n i'n canu wrth neud y ffenestri lan lofft
a dyma Madam yn stico'i phen m'es o'r ffenest ac yn gofyn
pam na allwn i gau 'y mhill, mwy neu lai.'

'A be wetes ti, mwy neu lai?'

'Wetes i "meinda dy fusnes yr hen gŵan" ac i fyn' nôl i
mewn i ddishgwl ar ôl ei phlant fel dylse hi neud a golchi'u
hwynepe nhw a chribo'u gwallt nhw, 'na be wetes i.'

'Sdim rhyfedd nag yw hi'n dod 'ml'en 'da ti ar ôl i ti weud pethach fel'na wrthi.'

'Wel, diolch yn fowr am gwnnu'i llewys hi.'

'Nece cwnnu llewys o'n i. Jyst yn gweud bod 'isia bod yn fwy cymedrol a pheido â bod mor barod i wyllto.'

'Parod i wyllto! Cei di weld gwyllto nawr!'

Ac fel hyn oedd hi gan amla, gyda'r ddwy wraig yn cyfarth ar feiau'i gilydd ac wedyn yn cwyno wrth eu gwŷr a rheina'n gwneud eu gorau i'w dyhuddo. Roedd Bryn a Llwyd yn dod ymlaen yn iawn, heb fod yn ffrindiau mynwesol yn wir, ond yn ddigon cymdogol ac roedd plant y ddau deulu (pedwar gyda Gwenno a Bryn a thri gyda Nansi a Llwyd) yn arfer chwarae gyda'i gilydd yn ddiddig. Yn wir, er bod y mamau yn elynion gleision ac er nad oedd y tadau yn neilltuol o agos, roedd y bechgyn hynaf, Richard (Dicw) naw oed, mab Gwenno a Bryn, a John (Jaco) naw oed, mab Nansi a Llwyd, yn ffrindiau pennaf. Yn anffodus roedd cyfeillgarwch Dicw a Jaco yn aml iawn yn asgwrn y gynnen rhwng y mamau ('Ma Dicw ni weti trochu 'i ddillad eto, diolch i Jaco!'; 'Mae Jaco weti c'el lo's i'w dro'd 'to, diolch i Dicw!'). Golchai'r drwgdeimlad hyn rhwng eu mamau dros bennau'r bechgyn, wrth lwc. 'Paid whare 'da Jaco,' meddai Gwenno, 'ma fe weti c'el ei fratu.' Ond chymerai Dicw ddim sylw. 'Paid myn' yn rhy acos at Dicw rhag ofon i ti g'el whain neu nedd yn dy wallt, wa'th ma fe mor frwnt â phlant y plwy.' Ond ni chlywai Jaco. Roedd gelyniaeth eu mamau yn rhywbeth a gymerai'r bechgyn yn ganiataol, fel y mynyddoedd a amgylchai'r pentre.

Ac o bentre mor fach â Phantglas fe groesai llwybrau Gwenno a Nansi yn aml, yn anochel. Roedd hi'n ddigon hawdd osgoi'i gilydd pan oedd y ddwy yn dre yr un pryd – roedden nhw'n gallu clywed ei gilydd a gweld ei gilydd.

Ond roedd hi'n broblem pan fyddai'r ddwy yn mynd maes heb yn wybod i'w gilydd. Weithiau byddai Gwenno yn picio draw i siop Cati dim ond i ganfod bod Nansi yno o'i blaen hi ac yn siarad mewn cornel gyda Sioned Mynydd Glas ('yn hel clecs amdanaf i, dala i'). Neu byddai Nansi yn mynd lawr i'r felin a phwy oedd hi'n siŵr o'i gweld yno ('mor ewn ag un o wyddau Siôn y Teiliwr') ond Gwenno, wrth gwrs, yn trafod rhywbeth dan sibrwd gyda Bren Cross Guns ('yn whilia amdana i'). Roedd y ddwy yn cael hyn yn boendod.

'Pam o'dd y Bod Mawr yn Ei ddoethineb yn gorfod dewis hon'na i fyw drws nysa i mi o holl wracedd y byd?' gofynnai Nansi.

'Wi'n timlo weithe fel mynd i weld Pedws Ffowc a gofyn iddi witsio'r hen gŵan drws nysa 'na, wir i ti,' meddai Gwenno.

Roedd y naill fenyw yn dân ar groen y llall. Gan fod eu tai mor agos at ei gilydd ag y gallent fod heb fod yn un tŷ (dim ond wal denau oedd rhyngddyn nhw) roedden nhw'n boenus o ymwybodol o'i gilydd. A chan fod eu tai mor fychan (cegin, rwm ffrynt a dwy lofft) doedd dim llonydd na dihangfa rhag y llall i gael. Gallai Gwenno glywed Nansi yn golchi llestri neu'n hwylio i wneud swper yn ei chegin. Gallai Nansi glywed Gwenno yn mynd lan lofft i gywiro'r gwelyau ac i wacáu'r potiau dan y gwelyau. A sôn am y gwely – roedd y nosweithiau yn annioddefol. Ofnai Nansi siarad, rhechu neu garu gyda'i gŵr hyd yn oed fel y byddai Gwenno, drwch wal i ffwrdd, yn ei chlywed. Yn yr un modd teimlai Gwenno bod Nansi yn cysgu gyda'i chlust wrth y wal yn y gobaith o'i dal hi a'i gŵr yn gwneud unrhywbeth y dylid ei gywilyddio.

Pe gwelai Nansi ei chymdoges yn yr ardd byddai hi'n troi

ar ei sawdl ac yn mynd i mewn yn syth. Pe deuai Gwenno drwy'r drws ffrynt ar yr un pryd â Nansi byddai hi'n cilio yn ôl er mwyn gadael iddi fynd.

Doedd dim rhaid i'r naill wneud dim i ddigio'r llall, wa'th roedd ei bodolaeth hi yn ddigon i wneud iddi deimlo'n grac, neu'n dost neu'n ddigalon hyd yn oed. Roedd gwynt coginio o gegin Gwenno yn ddigon i godi pwys ar Nansi. Pe clywai Gwenno sŵn traed Nansi yn symud hyd llawr y gegin drws nesaf byddai hynny yn codi'r dincod arni. Pan glywai Nansi yn canu byddai Gwenno yn gweiddi wrth neb yn benodol ond yn ddigon uchel er mwyn i'w chymdoges glywed, 'Yr 'en eos drwyn 'na'n sgrechan 'to!' Pan glywai Gwenno yn siarad neu'n chwerthin byddai Nansi'n datgan mewn sibrwd llwyfan, 'Duwcs ma 'da 'ddi gloch ym mhob dant, on'd oes?'

Fel hyn y mudlosgai'r mynydd o ddrwgdeimlad rhwng Gwenno a Nansi. Yn hwyr neu'n hwyrach roedd tanchwa yn siŵr o ddod, on'd oedd hi?

Y Consuriwr

G WELSAI TRIGOLION PANTGLAS garafanau o'r blaen. O bryd i'w gilydd deuai criw o sipsiwn i'r pentre mewn llu o garafanau lliwgar gan aros dros dro ar gyrion y pentre a dod i mewn weithiau i werthu pegiau ac i gynnig dweud eich ffortiwn. Ond roedd y garafán a ddeuai i lawr Mynydd Glas y tro hwn yn wahanol i garafanau'r sipsiwn. Roedd hon yr un siâp ag un o'r rheini ond ychydig yn fwy ei maint a barnu o bell, ac er bod hon yn lliwgar roedd ei lliwiau yn wahanol hefyd. Wrth iddi ddynesu gallai'r sawl a chanddo olwg da weld bod yna eiriau mewn llythrennau mawr ar ochr y garafán hon.

'Beth mae'n gweud?' gofynnai'r plant, oedd yn llawn cyffro yn barod wrth feddwl am ddieithriaid yn dod i'r pentre.

'Mae'n rhy bell i ffwrdd eto,' meddai un neu ddau o'r oedolion, er na fyddai pellter nac agosrwydd y geiriau'n gwneud fawr o wahaniaeth gan eu bod yn anllythrennog.

Ond bob yn gam deuai'r garafán yn nes fel y gallai'r sawl a allai ddarllen weld baner yn datgan:

John Henry Morris
The Great Welsh Wizard

Wedyn o dan y cyhoeddiad hwn roedd yna eiriau mewn llythrennau llai ac nid mater o allu darllen neu beidio a barai broblem i'r pentrefwyr gyda pheth addysg eithr dieithrwch y geiriau. Geiriau mawr Saesneg anghyfarwydd oedden nhw:

Scientific experiments, displays & illusions
for your entertainment, enlightenment & astonishment
embracing, involving and exploiting
Electricity, Hydraulics, Magnetism, Pneumatics

Rhedodd rhai o'r plant i alw ar Pantglas i ofyn iddo ddehongli'r geiriau a aeth ymlaen:

Also see:
The Breathtaking Midget,
The Magnificent Bearded Lady
and Remarkable Performing Dogs

Mewn corneli hefyd, mewn geiriau llai, fel honiadau bach ffwrdd-â-hi, oedd:

Seen by the Tsar of Russia
Performed before Crowned Heads of Europe
Witnessed by the Pope
A Favourite of Her Majesty the Queen

Ac er mawr syndod i rai roedd yna eiriau Cymraeg ar y garafán hefyd:

Y Gwir yn Erbyn y Byd
Aelod o Orsedd Beirdd Ynys Prydain

Roedd tyrfa o'r pentrefwyr wedi ymgasglu o flaen y Cross Guns erbyn i'r garafán gyrraedd canol Pantglas. Pan ddringodd gyrrwr y garafán i lawr o'r sedd y tu ôl i'r ddau geffyl coch a gwyn a dod i sefyll o'u blaenau gallai'r pentrefwyr weld gŵr bach trwsiadus, braidd yn foldew, gyda gwallt hir gwyn wedi'i gribo yn ôl ac yn sgleinio gan rhyw olew, a chyda mwstás gwyn oedd yn dipyn o ryfeddod gyda'i ymylon yn bigau a gyrliai i fyny. Cododd y dieithryn ei ddwylo, â'i fysedd hirion yn disgleirio gyda modrwyau aur, arian, gemog a pherlog, i'r awyr gan ddweud mewn llais annisgwyl o ddwfn: 'Hawddamor gyfeillion.' A gwenai ar bobun yn raslon. 'A oes angen fy nghyflwyno i chwi drigolion bro fy mebyd?'

Wil yn Ymwroli

ROEDD POEN GORFFOROL yn rhan annatod o fywyd beunyddiol Estons y Gof. Ers iddo fod yn blentyn byddai'i freichiau a'i goesau a'i fysedd yn gwynegu bron bob dydd, ond cymerai hynny yn ganiataol. Wrth ei waith yn yr efail fe gâi ambell ddamwain fach o bryd i'w gilydd, ond anaml y byddent yn ddifrifol ac anaml y digwyddent hefyd gan taw crefftwr medrus a gofalus oedd Estons. Gallai Estons oddef y poenau hyn i gyd heb gwyno gan ei fod yn ddyn cryf a dewr na ildiai'n rhwydd i wendid nac i anhwylderau cyffredin. Ond o dro i dro fe gâi Estons boenau erchyll yn ei ben a byddent yn para diwrnod neu ddau, tridiau weithiau. A phan gâi'r pyliau annioddefol hyn doedd ganddo ddim dewis ond i gilio i'w wely a lapio'i ben mewn llieiniau wedi'u gwlychu mewn dŵr oer a gorwedd yn dawel yn y tywyllwch (byddai'n dodi byrddau dros ei ffenestri) nes i'r boen gilio. Byddai Gladstôn yn dod gydag ef ac yn gorwedd wrth ei draed i gyd-ddioddef.

Pan ddigwyddai hynny (ac fe ddigwyddai ryw dair neu bedair gwaith y flwyddyn) byddai Wili Tyddyn Cryman yn edrych ar ôl yr efail ac yn gwneud y gwaith, orau y gallai, yn lle'i feistr.

Y tro hwn roedd Estons yn ei wely a'i gi yn cadw cwmni iddo a Wil yn cario yn ei flaen yn yr efail, yn troi olwyn, pan alwodd Mair Tŷ Cornel i weld Gladstôn yn ôl ei harfer. Wrth ei gweld hi yn dod trwy borth yr efail aeth tafod Wil yn dew yn ei ben ac aeth ei lwnc yn sych, ac er mawr cywilydd iddo caledodd ei dwlsyn yn ei drwser nes ei fod mor galed â phrocer haearn oer, er bod y gwres a âi drwyddo yn debycach i haearn yn y ffwrnais, felly hefyd ei ruddiau. Safodd Wil y tu ôl i'r engan mewn ymgais i guddio'r chwydd.

'Ble ma f'anwylyd heddi?' meddai Mair; gofyn am y ci roedd hi, ac nid amdano ef.

'Mae Estons yn dost 'da'r bo'n yn ei ben,' meddai Wil, 'a wedi mynd i'w wely ma fe a ma Gladstôn wedi mynd 'dag e.'

'Tr'eni,' meddai Mair, a oedd yn gyfarwydd â phyliau pen tost Estons. 'Fe 'na i alw eto 'fory i weld os maen nhw'n well.'

Ac roedd hi'n mynd i droi i ffwrdd gan ei adael heb y rhosyn yn ei gruddiau ac roedd hynny yn annioddefol iddo ac o rywle dwfn yng nghrombil ei berson fe ddaeth y nerth iddo i ddweud 'Paid â mynd!' Ond ar ôl iddo ddweud hynny, a ddaethai, fel petai, oddi wrth rywun arall ac nid o'i enau ef ei hun, fe deimlai'n wan, fel petai'n mynd i lewygu.

'Ie?' meddai Mair, a edrychodd ar y llanc hwn am y tro cyntaf efallai. Oedd, roedd hi'n gyfarwydd ag ef ac wedi'i weld wrth ei waith yn yr efail ddigonedd o weithiau ond heb sylwi arno yn iawn o'r blaen. Wili Twpsyn Llyman, ac yn wir, edrychai yn dwp yn awr gyda'i wyneb coch, yn edrych ar y llawr, yn cnoi'i ewinedd ac yn amlwg yn cael trafferth i ddweud rhywbeth. Ond gwelodd Mair rywbeth arall; gwelodd ei swildod, ac er ei fod yn amlwg yn dipyn o lymgi bwngleraidd roedd rhywbeth annwyl amdano. Roedd ei wyneb yn feddal, fel wyneb merch, ond roedd e'n fachgen hardd iawn. Pam nad oedd hi wedi sylwi ar hynny o'r blaen?

'Mae'r consuriwr,' meddai Wil gan fwtffala am iaith, 'yn mynd i neud sioe heno 'ma.'

'Ie?' Roedd hi fel tynnu llinyn ma's o garreg.

'Wi'n mynd i'w weld e.'

'Ie?'

'Licet ti ddod...' – unwaith eto roedd Wil yn gorfod gollwng bwced lawr i waelod 'i ffynnon ei hunan i dynnu'r geiriau lan – '... gyta fi?'

'Licwn,' meddai hi heb feddwl ddwywaith.

Ar ôl iddi fynd dawnsiodd Wil o gwmpas yr efail nes bod ei ben yn troi.

Wrth gerdded tuag adref gofynnodd Mair, 'O's eisia whilio 'mhen i?'

Y Sioe

ROEDD POB UN yno, bron. Yr unig eithriadau oedd y babanod bach a'u mamau, yr hen a'r musgrell fel Gwyneth Cefn Tylchau a'r rhai anghymdeithasol fel Pedws Ffowc. Doedd y Parchedig Ganon Gomer Vaughan ddim yn bresennol na'r Parchedig John 'Pantglas' Jones chwaith. Aethai'r consuriwr i ymweld â'r ddau. Aethai i weld y Canon yn gyntaf i'w atgoffa ei fod ef, John Henry Morris, yn frodor o'r plwyf ac i ofyn a gâi ddefnyddio'r eglwys i berfformio'i sioe addysgiadol. Roedd yr ateb yn negyddol. Felly aeth Morris i weld Pantglas i'w atgoffa iddynt chwarae gyda'i gilydd fel plant bach yn y fro (doedd Pantglas ddim yn cofio) ac i ofyn am gael defnydd o'r capel er mwyn cyflwyno'i sioe addysgiadol i'r pentrefwyr. Unwaith eto roedd yr ateb yn negyddol. Penderfynodd Morris berfformio yn yr awyr agored felly ar batsyn o dir a adnabyddid fel y comin, heb fod yn bell o'r Cross Guns na'r Kings Arms (yn gyfleus iawn).

Ymhlith llawer o 'drugaredda' eraill yn ei garafán fechan roedd gan John Henry Morris declyn argraffu. Ar hwn fe gynhyrchodd bosteri yn dweud:

PERFFORMIAD
gan
John Henry Morris
Consuriwr Cyfrwysaf Cymru

Dewch i weld hefyd y Cŵn Clyfar

"SPARKY" "DARKY" A "CHALKY"

yn ogystal â'r

CORRACH CELFYDD

heb anghofio'r

FENWS FARFOG FAWREDDOG

Ar y posteri hefyd roedd y dyddiad, y lleoliad a'r pris am gael ei weld. Am ddyddiau cyn yr un penodedig ymddangosodd y posteri hyn ym mhob man ar hyd y pentre: yn siop Cati, y Cross Guns, y Kings Arms a'r Lamb, ar bob postyn a chlwyd, ar unrhyw wal, ar unrhyw ffens ac ar ambell goeden hyd yn oed. Felly gwyddai'r pentrefwyr i gyd amdano ac roedd y rhan fwyaf, yn enwedig y plant, yn edrych ymlaen ato yn fawr iawn. Wedi'r cyfan, prin oedd yr adloniant ac unrhyw ddigwyddiad allan o'r cyffredin ym mhentre diarffordd Pantglas.

'Wi'n cofio'r John Henry 'ma pan o'dd e'n grwtyn,' meddai Sioned Mynydd Glas, 'o'dd e wastad yn dicyn o siewmon. Rhetws e i ffwrdd i whilo am anturiaethau yn hytrach na gweitho'n galed fel pob un arall ar y tir 'ma. 'Co fe nawr yn ddyn mowr crand.'

Pan ddaeth y noson roedd y tywydd yn sych, er mawr ryddhad i John Henry ac i'r pentrefwyr fu'n edrych ymlaen ati. Ond roedd hi'n oer a hithau'n fis Tachwedd ac wedi tywyllu'n gynnar. Serch hynny, dyna lle roedd y garafán ar y comin ac o'i chwmpas oleuadau mawr llachar o liwiau gwahanol – coch, melyn, oren, glas a gwyn – a weithiai drwy ddirgel ddulliau. A dyna lle roedd y consuriwr, ei wallt lliw arian yn sgleinio, ei fwstás yn cyrlio fwy nag arfer, ac wedi'i wisgo o'i ben i'w sawdl mewn dillad gwyn: het focs wen, côt â chwt wen, menig gwynion, gwasgod wen a chadwyn arian ar draws ei fol o boced i boced, trwser gwyn, ac roedd ei sgidiau hyd yn oed yn rhai gwyn. Mewn hanner cylch yn y tywyllwch o gwmpas y consuriwr a'r llecyn goleuedig hyn oedd ei gynulleidfa, rhai'n eistedd ar y borfa, rhai wedi dod â blancedi gyda nhw i eistedd arnynt neu i'w lapio amdanynt a rhai yn sefyll rhag ofn iddynt gael pen-ôl gwlyb. Syllai'u hwynebau yn goch, melyn, oren a glas ar y consuriwr yn llawn disgwyl.

Yn y rhes flaen, wedi'i wthio'i hun mor agos ag y gallai at y garafán, oedd Pitar Ŵad. Yno hefyd oedd Dicw a Jaco, Tomi a Ned, Sioned Mynydd Glas a'i gŵr Haydn, Cati'r siop, Dafydd Jones a Bren Cross Guns, Popi Pwal, Siemi Dafydd, Tomos Hopcyn ac Idwal, Nanw Gwaelod y Bryn a Neli Lôn Goed. Yn y cefn yn y cysgodion dan goeden safai Wil Tyddyn Cryman gyda Mair Tŷ Cornel wrth ei ochr. A heb fod yn bell oddi wrthyn nhw oedd chwiorydd Mair, Gwladys ac Annes, yn cadw llygad arnyn nhw.

'Gyfeillion!' dechreuodd y consuriwr mewn llais dwfn, soniarus a atseiniai drwy'r tywyllwch. 'Gyfeillion, Gydwladwyr, Gyd-bentrefwyr, Wŷr a Gwragedd, Wrandawyr! Croeso i chwi i gyd ar y noson ysblennydd hon. Yn eich aros y mae gwledd o ryfeddodau, datguddiadau a dirgelion. Fe welwch chwi bethau i ddrysu'ch llygaid chwi! Fe glywch chwi seiniau i daro'ch clustiau chwi! Fe wyntwch aroglau i ddenu'ch ffroenau chwi! Fe flaswch...'

'Fe flaswch chi flaen fy nhroed i os na symutwch chi yn eich blaen!' gwaeddodd Pitar Ŵad a chwarddodd ambell un yn y gynulleidfa. Dywedodd ambell un arall 'Ust!'

'O'r gorau,' meddai'r dewin, 'o'r gorau. Fe ddechreuwn ni gyda'r cŵn bach heini a chlyfar hyn fydd yn ufuddhau'n ddeallus i bob un o'm gorchmynion i.'

Ar hynny agorodd John Henry ddrws yn ei garafán ac allan ohoni neidiodd y ci bach coch blewog cyntaf, maint cath ac mor fywiog ag iâr. 'Dyma Sparky,' meddai'r consuriwr. Ar ei ôl daeth ci arall allan o'r drws, yr un faint â'r cyntaf a'r un mor chwim ond blewyn du y tro hwn. 'Dyma Darky,' meddai John Henry. Ac wedyn daeth ci arall allan, blewyn gwyn y tro hwn ond yr un siâp â'r ddau arall a'r un mor rhwydd ei symudiadau. 'Dyma, wrth gwrs, Chalky.'

'Pomeranians yw rheina,' meddai Jaco.

Safai'r cŵn bach o flaen eu meistr gan edrych i fyny i'w wyneb yn astud. Tynnodd y consuriwr gylchyn gwyn o'r tywyllwch.

'Hwpa Sparky!' meddai, ac ar y gair neidiodd y ci coch drwy'r cylch yn llaw ei feistr. 'Hwpa Darky!' A neidiodd hwnnw gan sefyll yr ochr arall gyda'r ci cyntaf. 'Hwpa Chalky!'

Ond wrth i'r ci gwyn baratoi i neidio symudodd Pitar Ŵad yn barod i'w ddal wrth iddo ddod drwy'r cylch. Neidiodd y ci ond pan gydiodd Pitar Ŵad ynddo fe gnôdd ei ddwylo'n egr gyda'i ddannedd bach llym a phigog.

'Y diawl bach blewog!' gwaeddodd Pitar Ŵad.

'Eich bai chi oedd hwn'na!' meddai John Henry. 'Peidiwch â chyffwrdd â'r perfformwyr os gwelwch yn dda!'

Roedd rhai yn chwerthin ond roedd Pitar Ŵad yn grac a'i ddwylo'n gwaedu yn ddifrifol.

'Yn awr,' meddai John Henry gan geisio dargyfeirio sylw'r gynulleidfa, 'y mae'n fraint gen i gyflwyno i chwi Vanessa y Fenws Farfog!'

Agorodd ddrws y garafán eto, ac wrth i'r tri ci redeg i

mewn camodd menyw dal, osgeiddig allan wedi'i gwisgo mewn ffrog sidan hir, las. Gafaelodd John Henry yn ei llaw dde wrth iddi gamu'n bert lawr stepiau'r garafán. Roedd ei gwallt wedi'i dynnu'n gocyn ar ei phen a gwisgai glustdlysau glas yn ei chlustiau, ac edrychai'n hynod o debyg i'r Frenhines Victoria pan oedd hi'n wraig ifanc ond bod gan Vanessa farf hir llaes lawr at ei bronnau.

'Unrhyw gwestiynau i Vanessa?' gofynnodd John Henry.

'Ie,' meddai rhywun yng nghefn y dorf, 'pam y'ch chi'n dod â menyw farfog yma, wa'th mae Nanw Gwilod y Bryn 'da ni!'

Unwaith eto chwarddodd ambell un. Ond edrychodd Nanw Gwaelod y Bryn yn syth i lygaid Vanessa, ac edrychodd Vanessa yn syth i lygaid Nanw Gwaelod y Bryn.

Roedd rhai o'r dynion ifainc yn chwil ac yn eu medddod yn gwneud hwyl am ben y Fenws a'r plant yn gweiddi pethau cas ac yn chwerthin yn faleisus arni hi.

Doedd dim modd i Vanessa gynnal unrhyw fath o berfformiad felly galwodd John Henry ar ei act nesaf.

'Yn awr dyma'r Cadfridog Claus Carlson y Corrach Celfydd. Tair troedfedd pum modfedd, y swyddog byrraf mewn unrhyw fyddin.'

Pan gamodd y dyn bach o'r garafán gan neidio lawr o'r stepyn, ei lifrai coch yn disgleirio gyda'i fotymau pres a rhes o fedalau dros ei frest, am funud neu ddwy roedd pawb yn dawel. Roedd e'n olygus gyda'i wallt melyn tonnog a'i lygaid glas a'r ffordd y cerddodd lan a lawr o flaen y dorf gan dorsythu fel cadfridog go iawn. Ond unwaith eto fe ddifethwyd yr awyrgylch pan waeddodd un neu ddau, 'Mae'n dalach nag Itwal Hopcyn! Mae fe'n dalach nag Itwal!' Yn sydyn eto roedd pob un yn ddilornus ac yn dangos dim parch o gwbl i'r consuriwr a'i sioe.

Ond pan welodd Idwal y dyn bach hardd fe welodd am y tro cyntaf yn ei fywyd rywun tebyg iddo ef ei hun. Dyn yn ei fan ond dyn bychan er hynny. Heb iddo dorri gair ag ef gwyddai Idwal fod y dyn bach hwn wedi bod trwy brofiadau tebyg i'w rai ef, ac mewn ffordd felly roedden nhw'n deall ei gilydd. Gwnaeth Idwal ei orau i dynnu sylw'r dyn bach ato ond roedd pobl eraill, pobl dal, hynny yw pobl gyffredin, wedi dod i sefyll o'i flaen ac ofnai Idwal wthio'i ffordd rhyngddyn nhw a chael ei frifo (peth a oedd wedi digwydd iddo sawl tro yn ystod ei oes). Ond gallai weld y Cadfridog bach yn cerdded yn ôl ac ymlaen o flaen y dorf dan ganu caneuon serch pert yn Saesneg. Ymwrolodd Idwal a gwneud twnnel rhwng Siôn y Teiliwr a Pegi'r Felin – roedd e'n nabod pob un wrth ei goesau – a dod i'r rheng flaen lle safodd mewn cylch o olau glas.

'Wncwl 'Dwal!' gwaeddodd Tomos. 'Ble ti'n mynd w? Paid â 'ngat'el i fan 'yn!'

Ond ni allai Idwal glywed cri ofnus ei nai, ac ni allai weld dim ond y Cadfridog Claus Carlson a'i wallt melyn a'i dalcen llyfn a'i drwyn nobl, ei ruddiau pinc a'i wefusau llawn.

'Ooh! Lovely Marietta,' canai'r dyn bach mewn llais uchel clir a phersain, 'sooo beautiful to see!'

O'r diwedd roedd y dorf i gyd yn dawel, wedi'u hudo gan lais y dyn bach a'i bresenoldeb magnetig. Doedd neb ym mhentre Pantglas erioed wedi gweld peth fel hyn o'r blaen, peth mor anghyffredin ac mor ddifyr.

Yn y cefn achubodd Wil ar ei gyfle tra bod chwiorydd Mair wedi'u mesmereiddio gan y perfformiad i afael yn llaw Mair a'i chodi at ei wefusau a rhoi iddi'r gusan ysgafnaf bosibl, o'r braidd y cyffyrddodd â'i chroen hi. Fe wnaeth hynny heb feddwl, heb ei reoli gan ei ymennydd – ei galon oedd yn ei reoli. Ac arhosodd eiliad hir (dragwyddol) am iddi gipio'i llaw yn ôl, am glatsien, am sgrech. Ond ni ddaeth yr un gwrthwynebiad.

Peidiodd y Cadfridog â chanu ac wrth i'w berfformiad ddod i ben moesymgrymodd o flaen y dorf a aeth yn wyllt gyda'i chymeradwyaeth – curo dwylo, chwibanu, bloeddiadau am iddo gario ymlaen.

Pan gododd y Cadfridog Claus Carlson ei ben eto a sythu'i gefn fe welodd yn sefyll o'i flaen, mewn golau glas, am y tro cyntaf, nid amgen nag ef ei hun. Eto i gyd, nid sefyll o flaen drych oedd e. Roedd hwn yn ffigwr o gig a gwaed ac wedi'i wisgo'n wahanol iddo ef ei hun, mewn carpau yn wir. Ac eto roedd hwn yn rhyw fath o efaill neu ddwbl. Ai hwn oedd ei hanner arall? Y cyd-enaid y bu'n chwilio amdano ar hyd ei oes i'w wneud yn gyflawn o'r diwedd?

Cyn i'r naill gael torri gair â'r llall fe afaelodd John Henry yn y Cadfridog gerfydd ei fraich fach a'i dywys yn ddiseremoni yn ôl at y garafán gan ei gicio (mwy neu lai) i mewn drwy'r drws. Ac fel yna y gwahanwyd Idwal Hopcyn a'r Cadfridog Claus Carlson y noson honno.

Daeth John Henry Morris i sefyll yn y canol o flaen y dorf eto, er gwaetha ambell 'bw', a dechrau eu hannerch eto.

'Foneddigion a boneddigesau. Hen ac ieuanc! Claf ac iach! Yn awr rydym yn dod at uchafbwynt y noson. Fe welwch chi arddangosfa o ryfeddodau gwyddonol sydd yn gwneud defnydd o niwmatics, sy'n gwneud defnydd o fagnetics, o electrics ac o heidrolics!'

Ar y gair agorodd y ffurfafen fel petasai cwmwl wedi torri a daeth y glaw fel cyrten o ddŵr o'r awyr dros y bobl. Rhedodd bob un am do. Gwasgarwyd pawb; aeth rhai yn syth i'r Cross Guns, eraill i'r Kings.

Safodd John Henry yn ddiymadferth gan weiddi yn ei siom, 'Ble chi'n mynd?'

Diwal

PARHAODD Y GLAW trwm am dair wythnos yn ddi-baid. Dywedodd Gwyneth Cefn Tylchau, a gafodd ei geni yn niwedd y ddeunawfed ganrif, na chofiai hi law fel hyn. Roedd y caeau yn socian a rhai o'r anifeiliaid ifainc yn marw. Er mawr siom i rai o'r pentrefwyr, gadawodd John Henry Morris y pentre heb lwyddo i gyflwyno'i sioe gyflawn ar ôl y noson honno. Doedd dim digon o le dan do i gael (gan fod yr eglwys a'r capel yn gaeedig iddo), ac er iddo aros dau ddiwrnod arall doedd dim arwydd bod y tywydd yn mynd i wella.

Ar ôl pythefnos o law penderfynodd nifer o'r pentrefwyr fynd i chwilio am loywach nen mewn trefi pell i ffwrdd. Gadawodd Siemi Dafydd a'i deulu.

'Pam ti'n myn' i Lerpwl?' gofynnodd Roni Prys iddo yn y Cross Guns noson neu ddwy cyn iddo ymadael.

'Ma 'da fi 'wher yn byw 'no,' meddai Siemi.

'Mae'n diwal y glaw yn Lerpwl ambell waith 'efyd, cofia,' meddai Dafydd Jones y tafarnwr.

'Oti,' meddai Siemi, 'ond mae gwaith arath i g'el yno pan fo'r tywydd yn ddrwg. Ta beth,' aeth yn ei flaen, 'bydd rhaid i bob un ohonoch chi symud yn hwyr neu'n hwyrach wa'th maen nhw'n dod â'r llafurwyr i mewn ac mae'r gwaith ar yr argae wedi dychre.'

Ni allai neb wadu hyn.

'O's rywun yn moyn y ddou gi 'na sy 'da fi?' gofynnodd Siemi. 'Wi ddim yn gallu mynd â nhw i Lerpwl 'da fi.'

Nid atebodd neb. Edrychodd Siemi o'i gwmpas ond doedd Pitar Ŵad ddim i'w weld yno y noson honno. 'Fe adawa i'r cŵn gyda Pitar Ŵad,' meddyliai Siemi; byddai ef yn gallu meddwl am ffordd ddeche o wneud eu diwedd.

Ar ôl i Siemi fynd parhaodd y dyddiau glawiog ac roedd rhai o'r pentrefwyr eraill yn ei weld e'n gall ac yn ystyried gwneud yr un peth. Meddylient am unrhyw gysylltiadau oedd ganddynt y tu hwnt i'r pentre. Roedd gan y rhan fwyaf ohonynt berthynas a aethai i ffwrdd ond mater arall oedd cysylltu â'r ewythredd a'r brodyr a'r chwiorydd hyn yn awr. Fe olygai fynd i weld Pantglas neu'r Canon neu Miss Plimmer a gofyn i un ohonynt ysgrifennu llythyr, ei bostio ac wedyn aros am ateb na ddeuai am amser hir, ac am ateb na ddeuai o gwbl o bosibl.

Ofnai ambell bentrefwr y boddid Pantglas ymhell cyn i'r argae gael ei godi gan fod yr afon wedi chwyddo i dairgwaith ei lled a'i dyfnder arferol a deuai'r dyfroedd i mewn i rai o'r bythynnod. Rhuai'r rhaeadrau i lawr o'r mynyddoedd. Diolchai Cati nad oedd y dŵr wedi gorlifo i mewn i'r siop, drwy ryw ryfedd wyrth meddyliai, er bod y siop wrth ymyl y bont. Roedd hi wedi gosod ei nwyddau i gyd ar y silffoedd ucha neu ar fordydd a chadeiriau, rhag ofn.

'Mae'r glaw di-stop 'ma yn pwyso ar 'y nghalon,' meddai Neli Lôn Goed yn y siop un diwrnod wrth Cati, nid am y tro cyntaf. 'Dwi ddim yn siŵr 'mod i'n gallu cymryd mwy ohono. Mae'n danto fi, wir.'

'Be nei di?' gofynnodd Cati. 'Do's dim dewis 'da ni, neg o's, dim ond ei dderbyn.'

Ar hynny daeth Pedws Ffowc i mewn i moyn ei snisin. Yn ddiweddar ni ddeuai mor gynnar ag arfer. Roedd Cati wedi meddwl gofyn pam ond eto roedd hi'n ofni'i hala hi'n grac. Mae'n debyg bod henaint yn cael effaith ar 'wrachod' hyd yn oed, meddyliai Cati.

'Gweud o'n i,' meddai Neli Lôn Goed, 'fod y glaw 'ma yn torri'n ysbryd i.'

'Fe beidith y glaw,' meddai Pedws a mewiodd Pom ei chytundeb ar ei hysgwydd. Cymerodd Pedws ei snisin a thalu a gadael. A phan aeth Neli Lôn Goed ma's ar ei hôl hi sylwodd fod y glaw wedi stopio.

'Dere m'es i weld,' galwodd Neli ar Cati, 'allet ti gredu hyn?'

Dolystumiau

Clymodd Pitar Ŵad gŵn Siemi Dafydd yn yr iard fechan tu cefn i'w gartre a'u gadael yno am ddiwrnod neu ddau tra oedd e'n meddwl beth i'w wneud gyda nhw. Ystyriodd eu defnyddio i fynd i waddota. Wedi'r cyfan, onid efe, Pitar Ŵad, oedd gwaddotwr gorau Pantglas, onid ei unig waddotwr? Oedd, roedd Pitar yn grefftwr o waddotwr ers lawer dydd, ond doedd e ddim yn waddotwr dibynadwy. Sawl ffarmwr oedd wedi galw ar Pitar am ei wasanaeth dim ond iddo anghofio'i gytundeb ac i waddod fod yn bla ar hyd y lle wrth aros wythnosau amdano? Yn y diwedd, penderfynodd Pitar na allai ddefnyddio'r cŵn hyn wrth waddota, beth bynnag, wa'th roedd tuedd yn y ddau ohonynt i gyfarth gormod. Mae gofyn ci tawel i helpu gwaddotwr.

Pan glywodd Pitar y cŵn yn dechrau brigawlan am fwyd un bore, ar ôl noson fawr o ymladd ceiliogod a boddi'i siom ar ôl i'w ddyrnod golli'n enbyd, ymysgwydodd o'r carabwtsh o hen ddillad rhacs, clytiau, papurach a ffetanau, dwmbwl dambal, yr hyn a alwai yn wely, a mynd ma's a datglymu'r cŵn.

'Dere,' meddai, a bant ag ef gyda Blac a Fflei yn sgwlcan ar ei ôl.

Aeth Pitar i gyfeiriad Plas Dyffryn lle gwyddai am le da ar bwys y tŷ. Roedd yr afon yn ddyfnach yno.

'Sdim eisie catw cŵn, mynyffarn i,' meddai Pitar i'r gwynt, 'mae 'da fi ddicon o ddolystumie ar hyd y lle 'ma i ddala popeth wi moyn, heb fwydo cŵn.'

Cyrhaeddodd Pitar fryncyn ar lan yr afon. Gafaelodd

yn Fflei yn gyntaf a dechrau'i thagu gyda'r rheffyn a oedd yn hongian am ei gwddwg hi. Pan welodd ei bartner yn ymgiprys am ei bywyd fe droes Blac i ffoi ond safodd Pitar ar gwt y rheffyn wrth ei wddwg yntau. Tagodd Pitar yr ast yn ddiseremoni. Yna, heb gymryd iot o sylw o sgrechiadau'r ci, tagodd Pitar hwnnw hefyd mewn chwinciad. Yna, cymerodd y rhaff oddi wrth gorff yr ast a chlymu'r ddau wrth ei gilydd. Wedyn cymerodd y rhaff arall ac yn gelfydd iawn fe lapiodd y ddau gorff yn dynn wrth garreg fawr a thaflu'r sypyn i mewn i'r afon lle roedd hi ddyfnaf.

'Nêt,' meddai Pitar Ŵad pan welodd ei grefftwaith yn suddo.

Yna edrychodd draw at y plas. Doedd neb yn byw yno. Y teulu a'r gweision wedi'i adael i gael ei fwrw lawr.

'Tr'eni mawr,' meddai Pitar Ŵad gan gerdded tuag ato. Ac wrth iddo nesáu fe ddaeth syniad i'w ben. Pam nad oedd e wedi meddwl amdano o'r blaen? Roedd y tŷ crand hwn yn mynd i gael ei dorri lan, fel pob tŷ arall yn y pentre, er mwyn gwneud llyn. Ond, meddyliai Pitar, cymerai hyn amser eto. Cerddodd yn nes gan weld y plas mewn goleuni newydd – ei gartref newydd nes iddo ef a'i ddyrnod gael eu gorfodi i symud. Ac fe deimlai'n siŵr y byddai'r teulu wedi gadael rhywbeth ar ôl; ambell gelficyn ac ambell drysor bach, efallai.

Roedd e'n edrych lan at ffenestri uchaf Dyffryn gan lunio cynllwyn sut a phryd i symud i mewn ac yn hel breuddwydion am fyw mewn lle mor ysblennydd pan aeth gwayw egr o boen drwy'i droed dde. Nid Pitar Ŵad oedd yr unig botsiwr yn yr ardal, ac nid efe oedd yr unig un i hau dolystumiau ar hyd y cylch.

'Diawl!' gwaeddodd Pitar Ŵad. 'Pwy ffwc neth ddodi hwn'na fan'na?'

Dedfywyd

ER NA LWYDDODD sioe John Henry Morris i wneud argraff ffafriol ar neb ym mhentre Pantglas, pan adawodd y consuriwr yn ei garafán liwgar fe gymerodd gydag ef nid yn unig ei gwmni a'i gŵn arbennig ond calonnau dau o drigolion y plwyf gan adael ar ôl gyrff eu perchnogion.

Eisteddai Idwal Hopcyn yn y gornel ar bwys y tân yn meddwl am ddim ond y Cadfridog Claus Carlson a'i wallt melyn tonnog a'i ruddiau gwyngoch. Ceisiai ei nai bach Tomos ei dynnu o'i gragen drwy ofyn cwestiynau a chanu iddo a'i annog i chwarae. Ni thyciai dim. Eisteddai Idwal yno yn gysgod o'i hen hunan – a chreadur cysgodol fu ef erioed. Gwyddai Tomos fod rhywbeth mawr o'i le ar ei ewythr er na ddeallai beth. Ni chymerai Idwal unrhyw fwyd. Ni chysgai'r nos ac yn ystod y dydd ni chymerai sylw o ddim byd.

Yn yr un modd, yn ei thre ar waelod y bryn roedd Nanw yn dal i fynd o ddydd i ddydd fel petai'n byw o hyd: galwai yn y siop, bwydo'r ieir, casglu wyau, cwnnu'r lliti, taflu crwstyn at Brandi ei chorgi. Ond ni chymerai sylw o driciau'r ci, peth a arferai'i difyrru ma's draw. Ni chribai'i barf, hyd yn oed. Ac fel un a oedd yn arbennig o hoff o'i bwyd roedd y ffaith nad oedd hi wedi bwyta'r nesa peth i ddim ers wythnosau – ers i'r sioe ymadael â'r pentre, yn wir – i'w gweld ar ei chorff.

'Be sy'n bod arni?' gofynnodd Neli Lôn Goed yn siop Cati. 'Mae'n dishgwl fel ysbryd.'

'Falle bod hi weti c'el smac o rwfath,' meddai Cati.

'Tr'eni amdani 'ddi,' meddai Neli, 'mae hi'n ddi-ddyn yn yr hen fwthyn 'na.'

'O'dd hi'n arfadd bod yn ddicon o ddyn ar ei phen ei

hun. Ond yn ddiweddar, 'sa i'n gwpod, ma rwpath weti dicwydd iddi.'

Freuddwydiai Nanw am neb nac am ddim arall ond am Vanessa y Fenws Farfog. Yn ei meddwl gwelai'r Fenws yn ei *boudoir* yn y garafán, ac ar ford fechan erchwyn gwely fe gadwai focs bach hardd mamaeth y perl. A beth oedd yn y bocs hwn'na ond ei chalon hi, Nanw Gwaelod y Bryn. Gwyliai hi'r Fenws yn agor y bocs bob hyn a hyn ac yn tynnu'r galon ma's gan ei dal hi yn ei llaw. Weithiau byddai'r Fenws yn gwasgu'r galon, o ran hwyl, a byddai Nanw yn teimlo hynny yn ei chorff. Ond ni phoenai Nanw; beth oedd gwerth corff heb galon?

Hy a Chadarn ydyw Ciwpid

O S OEDD SIOE John Henry Morris wedi gadael Idwal a Nanw heb eu calonnau, roedd hi'n fodd i uno dwy galon arall.

Yn ôl ei hen arfer ymwelai Mair Tŷ Cornel â'r efail bob dydd i weld ei ffefryn, Gladstôn y ci, er mwyn ei fwytho a siarad dwldod ag ef, a byddai hi'n cael gair gydag Estons y Gof hefyd, er mwyn bod yn gwrtais. Ond roedd ei gwir berwyl wrth alw yn yr efail wedi newid yn llwyr. Ei hunig wir ddymuniad oedd gweld Wil Tyddyn Cryman. Ni châi fawr o gyfle i whilia ag ef o flaen Estons a Gladstôn y ci. Er bod y gof yn cydymdeimlo â'r cariadon ac yn rhoi siawns iddyn nhw i wneud eu trefniadau ar gyfer y noson gan droi'i gefn i forthwylio neu chwilio am gelficyn, brysiog iawn o raid oedd yr ymweliad beunyddiol hwn. Cyfarfyddent bob diwetydd. Treulient bob munud sbâr yng nghwmni'i gilydd gan gerdded law yn llaw ar hyd llwybrau'r mynyddoedd, er bod un o chwiorydd Mair yn eu dilyn o bellter deche a byth yn gadael iddynt fod ma's o olwg. Roedd hynny yn dderbyniol i Wil a Mair am y tro gan eu bod yn gwybod nad oedd neb arall i'r naill na'r llall ac ymhen amser y caent fod gyda'i gilydd bob dydd a phob nos am weddill eu hoes.

Nid Wili Twpsyn Llyman oedd Wil Tyddyn Cryman bellach ond y diawl bach lwcus 'na o'dd weti dala Mair Tŷ Cornel.

Weithiau, wrth fynd am dro, byddent yn cerdded yn agos iawn i'r cytiau lle roedd y llafurwyr oedd yn gweithio ar yr argae yn byw. Ni sylwai Wil na Mair ar y cytiau na'r llafurwyr ond roedd y gweithwyr yn sylwi arnyn nhw, ac arni hi yn arbennig, bob tro y cerddent heibio. Byddent yn chwibanu arni. Ond sylwai hi ddim. Byddent yn chwibanu hefyd ar ba bynnag chwaer oedd yn eu dilyn ar ddyletswydd-cadw-llygad-arnynt. Felly peth annifyr oedd hyn i Gwladys ac Annes.

'Wi ddim yn mynd ar 'y mhen 'ymunan 'to,' meddai Gwladys, 'ti'n gorffod dod 'da fi.'

'Ti ddim ar dy ben dy hun, ti'n mynd 'da Wil a Mair, w!'

'Smo nhw'n dishgwl ble maen nhw'n myn' 'ytyno'd, smo nhw'n dishgwl ar neb ond i mewn i liced ei gilydd,' meddai Gwladys. 'Smo nhw'n gwpod os otw i gyta nhw neu b'ido. Felly, ti'n gorffod dod 'da fi.'

'Wi ddim yn moyn myn' bob tro.'

'Wel, moyn neu b'ido ti'n dod 'da fi neu smo fi'n mynd o gwbwl, wa'th do's 'da fi gynnig i'r dyn'on 'na. Smo ti weti gweld pa mor frwnt a gwyllt y'n nhw?'

Merch Afradlon

ROEDD GWASANAETH POPI Pwal yn fwy poblogaidd nag erioed ers i bentre'r nafis gael ei godi. Doedd hi ddim yn gorfod dibynnu ar nifer fechan o gwsmeriaid o'r pentre, a'r un hen rai o hyd, gan fod sawl un o'r gweithwyr yn dod i'w gweld hi bellach. Ac roedd ei busnes yn tyfu. Roedd mwy o Saeson a Gwyddelod yn dod bob wythnos wrth i'r sôn amdani ledaenu. Yn wir, roedd hi'n rhagweld y dydd yn dod pan fai ormod o gwsmeriaid ganddi ac y byddai'n gorfod troi rhai i ffwrdd.

Trueni na allai hi berswadio un neu ddwy o ferched o'r pentre i ddod i weithio gyda hi. Roedd hi'n anodd gan fod cynifer o gapelwyr ac eglwyswyr ar hyd y lle. Ond fe ddeuai'i chyfle, dim ond iddi fod ar ei gwyliadwriaeth. Yn hwyr neu'n hwyrach roedd rhyw ferch bert ond twp yn siŵr o 'gwympo', fel y gwnaethai hithau amser nôl. Pan fai'r ferch mewn trwbwl a'r teulu yn ei throi 'ddi m'es a'r capel neu'r eglwys yn cau'r drysau iddi, pwy fyddai yno i'w chymryd i mewn i roi tre iddi a bywoliaeth reit 'i wala pryd 'ny ond Popi Pwal.

Roedd rhai o'r dynion newydd 'ma o off yn rhai digon garw, wedi gweud 'ny. Roedd y rhan fwyaf yn reit 'i wala a digon o lap a lol ynddyn nhw. Ond roedd hi wedi cwrdd ag un neu ddou oedd yn od ofnadwy, yn moyn gwneud pethau poenus a chreulon iddi, ac roedd un wedi troi'n gas am ddim rheswm yn y byd, hyd y gallai hi weld. Ond dros y blynydde roedd Popi wedi dod yn ddigon ffit. Roedd hi bob amser yn garcus, heb drystio'r un dyn gant y cant. Roedd ganddi bethau wrth law wedi cwato – a rhai pethau heb eu cwato o gwbl – ar hyd ei hystafell fel y gallai hi eu defnyddio i'w hamddiffyn ei hun pe bai angen: siswrn, ffeil ewinedd, lamp y gellid ei throi yn bastwn mewn chwinciad, potel, cawg o'i dorri fyddai'n troi'n ddagr yn ei llaw. Y noson o'r blaen, pan ddechreuodd un o'r Gwyddelod gwalltgoch ei chnoi hi yn anifeilaidd, mewn fflach lapiodd ruban o'i gwallt ei hun rownd ei wddwg ddwywaith cyn ei fod yn gwpod pwy ddiwrnod o'r wythnos oedd hi a dechrau tynnu nes i'w wyneb droi'n las.

'That'll teach 'ew to mess with Popi Pwal,' meddai gan estyn cic iddo ar y llawr, 'nawr 'te. Go an' tell that to 'ew butties before they get any ideas.'

Gallai, fe allai ddishgwl ar ôl ei hunan. Ond byddai merch arall yn gwneud iddi deimlo'n saffach byth a byddent yn gwmni i'w gilydd.

Cnoc wrth y drws. Cwsmer arall, meddyliai Popi. Ond yno yn sefyll o'i blaen pan agorodd y drws oedd merch ifanc hardd gwallt du cyrliog, gwefusau a gruddiau coch. Roedd ei dillad yn dipyn o ryfeddod – glas, sidan a melfaréd a ffriliau o les – a het ar ei phen a phlu gwyn ynddi. Merch i bob pwrpas. Ond er gwaetha'r clymoca a'r cwafars i gyd roedd yr iâr yn nabod ei chyw yn syth.

'Daniel?'

Pruddglwyf Estons

DIHUNODD ESTONS YN foreuach nag arfer un diwrnod ac aeth i lawr i'r efail gyda Gladstôn wrth ei ochr. Eisteddodd ar y ffwrwm a thanio'i getyn. Edrychodd ar ei weithdy gyda balchder. Pob erfyn yn ei le, lle i bob erfyn: rhesi o lifiau amrywiol, bwyeill, morthwylion, tidau, geingiau, cythraul, gyrdd a charreg hogi. Sgleinient yng ngoleuni'r bore gan ei fod ef a Wili yn ymhyfrydu yn eu glendid. Roedd drysau mawr llydan yr efail yn agored a thrwyddynt gallai Estons weld y rhan fwyaf o ganol y pentre: y Cross Guns, siop Cati, y patsyn glas, mynwent yr eglwys, a'r eglwys ei hun, y bont a'r afon oddi tani.

Dyma ei gynefin. Ni fu Estons yn bell iawn o'r pentre erioed yn ei fywyd. Ni fu unrhyw alw arno i'w adael. Y pant hwn oedd ei fyd a'r mynyddoedd o'i gwmpas oedd ei orwel. Afraid dweud, roedd e'n nabod pob un o drigolion y cylch bach hwn ond ar ben hynny roedd e'n nabod pob ceffyl – efe oedd wedi pedoli pob un. Efe a droes bob olwyn ar bob cert yn y fro.

Ond nawr, yn sydyn, roedd popeth yn mynd i newid. Ni allai sefyll ar ôl ym Mhantglas. Roedd e'n gorfod mynd i chwilio am le arall i fyw. Ond un peth yw symud tŷ, peth arall yw symud gefail a gweithdy saer olwynion. Onid oedd gan bob pentre arall ei of ei hun yn barod?

Yn ddiweddar roedd y poenau yn ei ben wedi mynd yn waeth, roedd e'n siŵr o hynny. Dyna beth arall; ym Mhantglas roedd pob un yn gyfarwydd ag ef a neb ond y plant bach lleiaf yn cymryd sylw ohono. Echdoe daethai tri llafn i lawr o bentre bocsys y llafurwyr. Aethent yn gyntaf i'r

Cross Guns ac wedyn dyma nhw'n dod ma's yn eu cwrw ac yn codi stŵr ar y patsyn glas, ac yn anochel dyma nhw ill tri yn dod i edrych i mewn drwy ddrysau'r efail.

'Bloody hell! What the hell is that?'

'It's a monster.'

'It's horrible! Should be locked away out of sight.'

Dilynid pob un o'r sylwadau hyn − nad oedd Estons yn eu deall yn iawn − gan ffrwydradau o chwerthin, a deallai Estons hynny yn berffaith. Brifai'r chwerthin yn waeth nag unrhyw ergyd. Byddai unrhyw ddyn arall o faintioli Estons wedi chwifio'i ddyrnau a rhuo ar y bechgyn gan eu dychryn am eu bywydau. Ond nid Estons. Dim ond ei engan oedd yn ddideimlad.

'How the hell can he see with eyes on the side of his head like that?'

'Hey, fish eyes!'

Ar hynny, neidiodd Gladstôn o'i guddfan a chyfarth yn ffyrnig ar y cenau. A daeth Wil o rywle yn y cefn, lle bu'n gweithio, a gwaeddodd yntau ar eu hôl wrth iddynt redeg i ffwrdd. Oedd, roedd gan Estons ddigon o ffrindiau oedd yn barod i'w amddiffyn. Ond mewn bywyd rhaid i ddyn sefyll ar ei draed ei hun.

Clywodd Estons sŵn yn y daflod a dyma Wil yn dringo lawr gan dorri ar draws ei synfyfyrdod drwy ofyn,

'Ble ti moyn i fi ddechre heddi?'

Mae Cwrw'n Hyfryd Ddigon

ROEDD PITAR ŴAD yn dal i ymlwybro ar hyd y lle gan lusgo'i droed dde a honno wedi'i lapio mewn sopyn o nishiedi a hynny wythnosau ar ôl iddo gael y ddamwain. Gwyddai'n iawn fod y pentrefwyr yn gwneud clwtyn parth ohono – yntau'n botsiwr ac yn cael ei ddal mewn dolystum potsiwr. Fe deimlai'n ddigon twp. Wedi dweud hynny, roedd y loes yn mynd yn llai a'i droed yn gwella'n ara deg fel y gallai symud rhai o'i drugaredde lan i'r plas. Yr unig bethau o bwys oedd ar ôl yn ei hen dre oedd ei wely a'r ffowls. Ni allai symud ffrâm y gwely ar ei ben ei hun na'r dyrnod, yn enwedig gyda dim ond un droed yn gweithio a'i law mewn bandais o hyd ar ôl cnoad y ci. Roedd e wedi symud pethau bob yn dipyn bach. Aeth â phowlenni un diwrnod, cadair ddiwrnod arall.

Y tro hwnnw roedd e'n gorfod pasio'r twlc lle roedd yr hen Bedws Ffowc yn trigo a dyna lle roedd hi hefyd yn eistedd, stôl wrth y drws a'i chath ddu yn hongian am ei hysgwyddau hi. Syllodd y gath arno gyda'i llygaid gwyrdd a chwarddodd yr hen wrach arno drwy'i cheg fantach.

'Pam ti'n cilwenu arna i?' meddai Pitar Ŵad. 'Paid â doti dy felltith arna i 'to, ti'n gryndo?'

'Be sy'n bod, Pitar Ŵad? Ysgwrn yn dy dro'd?'

Nawr, os oedd Pitar Ŵad yn ofni rhywun ym Mhantglas, Pedws Ffowc oedd yr unig un, a hynny ar ôl ei brofiad o saethu'r gochen. Bob tro y gwelai'r Bedws ar ôl hynny byddai rhyw ryndod yn mynd lawr ei asgwrn cefn, ni wyddai pam. Ac ar ôl iddo ei phasio'r diwrnod hwnnw, ni wyddai fod Pedws Ffowc wedi galw ar Bren Cross Guns wrth i honna basio'i bwthyn yn ddiweddarach.

'Bren Siôn, dere 'ma.'

Ni feiddiai Bren ei hanwybyddu er bod y Bedws yn 'ala ofn arni.

'Hwre,' meddai'r hen ferch, 'pan ddaw Pitar Ŵad i'r tafarn heno 'ma dyro hwn iddo.'

'Beth yw e?' gofynnodd Bren gan gymryd cwdyn bach o ddail o grafanc yr hen fenyw fach.

'Rwpath fydd yn neud byd o les iddo ac yn gwella'i dro'd, whap.'

'Te yw e?'

'Nace, rhwpath i ddoti yn ei gwrw. Gweu'tho fe i ddoti fe yn ei gwrw. Ond paid byth â gweud ble cest ti fe, neu fe fydda i'n dod i wpod.'

Ac felly y bu. Y noson honno, wedi i Pitar ddechrau simsanu, fe arllwysodd Bren y deiliach i gyd i mewn i'w iolwrch heb weud gair wrtho. Yfodd y cyfan ar ei dalcen heb sylwi hefyd. Ac yfodd sawl peint arall ar ôl yr un hwnnw. Yn y diwedd fe gododd ar ei draed i wneud ei ffordd sha thre.

'Wel y mynyffarn i,' meddai, 'wi'n gallu sefyll ar y dro'd 'ma heb ddim lo's o gwbwl.' Chwarddodd gan wincio ar Bren, 'Be ti wedi doti yn y cwrw 'na heno, Bren?'

Y Dynged Werdd

'FE GOSTIODD HANNER coron i mi i g'el Tomi a Ned i gario fy mocsys hetiau, fy nghotiau a'r *portmanteau* 'na lan i'r llofft 'ma.'

'O'n nhw'n nabod ti?' gofynnodd Popi Pwal.

'Mam, paid â phoeni. Doedd dim amcan 'da'r naill na'r llall.'

'W, wi ddim yn poeni. Wedi'r cyfan, 'dyw'n enw i yn y pentre 'ma ddim yn ddilychwin. Meddwl o'n i pwy ond dy fam dy hun fyddai yn nabod ti.'

Chymerodd Dani ddim sylw a dechrau dadbacio.

'Ti'n meddwl sefyll 'ma 'te?'

'Otw,' meddai Dani, 'am dro.'

'Wel, ga i fod mor hy â gofyn pam ti wedi dod nôl mor sytyn a ble ti wedi bod yr holl amser 'yn?'

'O's rhaid iti fy holi a hela nawr, w? Wi weti trafeilio milltiroedd yn yr hen goetsh fech 'na. A sôn am anghyffordus, *mon dieu*, lan a lawr, lan a lawr, wi weti c'el yn siglo a'n ysgwd fel wy wedi clapo. Wi moyn mynd i gysgu.'

Ac ar hynny estynnodd botel fach o un o'i fagiau ac ynddi ryw hylif gwyrdd ffiaidd yr olwg. Llyncodd ddracht o'r botel a thynnu wyneb wrth ei lyncu, a bron yn syth gorweddodd ar y soffa ac aeth i gysgu.

Gwelai Popi nad oedd gobaith cael mwy o'r hanes ohono am y tro ond gwelodd hefyd ei chyfle i fynd drwy'i fagiau a chanfod ambell lygedyn o wybodaeth yn ei ffordd ei hun. Roedd y *mon dieu* yna yn rhoi amcan iddi. Wedyn edrychodd ar y botel yn llaw 'i mab. Er na fu Popi ymhellach na Chroesoswallt yn ei chwech a deugain mlynedd o fywyd digon anturus, roedd hi'n fwy soffistigedig na'r rhan fwyaf o fenywod Pantglas yn sgil ei chysylltiadau niferus â dynion o bob man. Felly roedd y label *absinthe* yn golygu rhywbeth iddi, er nad oedd yn siŵr sut i gynanu'r gair, ac roedd yn cadarnhau'i drwgdybiaeth fod ei mab wedi treulio peth amser, o leiaf, yn Ffrainc. Roedd ei ddillad yn gweud hynny hefyd; gwelsai Popi ddarluniau o ferched ffasiynol Paris. Ym mhwrs ei mab canfu arian Ffrengig hefyd. Gwyddai Popi fod Dani wedi rhedeg i Lundain yn y lle cyntaf – roedd e wedi dweud taw dyna'i amcan cyn iddo redeg i ffwrdd – ond yn amlwg roedd e wedi lledu'i esgyll a hedfan ymhellach na hynny. Mewn poced yn y bag canfu nifer o lythyron a dogfennau na ddeallai ond tybiai taw iaith Ffrainc oedd hi. Teimlai'n rhwystredig na allai ddarllen yr iaith gan ei bod hi'n synhwyro bod yr allwedd i gyfrinach ei mab – neu'r allwedd i rai o'i gyfrinachau, o leiaf – i'w chael yn y papurau hyn. Yna fe welodd ar waelod un llythyr yr enw Étienne a rhes o xxx yn golygu swsys. Credai taw enw merch oedd Étienne ond doedd Popi ddim yn siŵr. Ond ar waelod llythyr arall roedd yr enw Théodore, ac ar un arall Gustave, a gwyddai taw enwau bechgyn oedd y rheina.

Yn ddeheuig iawn dododd Popi bob peth yn ôl yn ei le fel na all ond mam ei wneud, fel na fyddai'i phlentyn yn gwybod dim am ei chwilmentan.

Wedyn eisteddodd hithau mewn cadair gyferbyn â'i mab gan ei astudio yn cysgu. Roedd e'n gwneud merch bert iawn. Dyna'i broblem, dyna'i felltith. Gwyddai Popi hithau am felltith harddwch, o brofiad. Ystyriodd y peth.

'Iefe fy mai i yw hyn?'

'Y dynged werdd...'

Clawd

ROEDD PITAR ŴAD yn dost. Ni allai gwnnu o'i wely. Roedd e'n oilin, yn dost fel ci, yn shimpil, yn glawd.

'Wi'n marw,' criai rhwng pyliau o daflu i fyny a phyliau o gwsg rhwyfus, annaturiol pan gâi hunllefau arswydus, ffiaidd. Pan gyfogai roedd ei gyfog yn frown a gwyrdd. Fe freuddwydiai am anifeiliaid a gwledydd nas gwelsai erioed yn ei fyw. Gwelai ef ei hun o bell fel petai, yn disgyn disgyn fel darn o blwm drwy dywyllwch dudew ac weithiau byddai dyfroedd yn chwyrlïo o'i gwmpas a gallai glywed y mwstwr roedd y dŵr yn ei wneud yn rhuo yn ei glustiau. Gwelodd Pedws Ffowc gydag esgyll enfawr fel rhai ystlum a chrafangau yn lle dwylo a safn ddi-ddant yn agored yn gollwng sgrechiadau uchel, ac ehedai tuag ato gan agor a chau'i cheg gyda chlec.

Yna fe welodd ei hunan yn rhedeg am ei fywyd gyda'i draed mewn cors; prin y gallai symud er y gwyddai fod rhywbeth ofnadwy yn dod ar ei ôl. Yna fe welodd y ddau gi y tu ôl iddo, Blac a Fflei, yn dod amdano, yn ei gwrsio, eu llygaid yn fflamgoch, eu dannedd yn fflachio yn y tywyllwch o'i gwmpas. Ac roedd y ddau mor agos fel y gallai glywed eu gwynt ar ei wegil a'i draed yn drwm ac yn sownd yn y baw, ac yntau mor fach â llygoden neu wadd.

Yn sydyn aeth popeth yn dawel a dyna lle'r oedd e ar ddiwrnod braf yn y pentre yn cerdded dros y patsyn glas tuag at y Cross Guns ac roedd e'n edrych ymlaen at ei beint cyntaf − bron na allai flasu ewyn y cwrw ar ei wefusau yn barod. Agorodd y drws a dyma rhywun y tu ôl iddo yn rhoi hwb i mewn iddo. Roedd y lle yn ffwrnais, yn fflamau i gyd, ac yn y tân roedd yna wynebau salw, ffiaidd yn rhegi arno ac yn ei felltithio. Pan gaeai'i lygaid roedd e'n gweld yr un olygfa ddychrynllyd yr un mor glir fel na allai ddianc rhagddi. Ofnai Pitar Ŵad ei fod wedi marw yn barod ac wedi cwympo i uffern ac nad oedd gwaredigaeth i gael.

Dadebrodd dro a chael ei hun yn ei wely rhacs yn ei fwthyn yn gybolfa o chwys; yn wir, roedd ei ddillad yn socian. Teimlai fel petai'i groen a'i gylla ar dân.

'O leia smo fi weti trengi 'to,' meddai mewn munud o eglurder, 'be dwi weti neud i 'aeddu 'yn?'

Ymweld â'r Pentre

DOEDD GAN NANW Gwaelod y Bryn ddim dewis y bore hwnnw ond mynd i siop Cati i gael neges wa'th roedd y pantri yn wag. Ond doedd ganddi ddim awydd symud o'i chadair ar bwys y tân yn hel breuddwydion am Vanessa. Wedi dweud hynny, nid un i ildio i ddigalondid oedd Nanw. Felly dyma hi'n ymysgwyd ac yn dodi'i basged ar ei braich a'i het ar ei phen a siarsio Brandi i aros i edrych ar ôl y bwthyn a bant â hi tua'r pentre.

Roedd rhai eraill wedi penderfynu mynd i'r pentre y bore hwnnw hefyd, am resymau gwahanol i rai Nanw. Iddi hi, lle cyfarwydd a saff oedd y pentre. Iddyn nhw, lle bach dieithr a doniol oedd e. Criw o fechgyn a dynion ifainc o bentre bocsys y nafis oedden nhw, wedi cael diwrnod bant o'r gwaith. Dim ond chwech ohonynt, ond digon i gael hwyl. A chyn iddynt gychwyn lawr y llethrau fe gawsant ddiferyn i iro'r ffordd, fel petai.

Ond mae tynged yn trefnu pethau i'r eiliad, o ran direidi weithiau, gellid tybio. Pe bai Nanw ond wedi nyrsio'i hunandosturi gan alw i gof wyneb blewog ei hanwylyd am bum munud arall, pe bai'r bechgyn ond wedi cael un ddiod arall cyn mynd i'r pentre yn y gobaith o gael mwy yn y tafarnau yno, ni fuasai'u llwybrau wedi croesi yr un foment honno ar y patsyn glas o flaen siop Cati fel y gwnaethant. Daeth y llafnau a Nanw i sefyll o flaen y drws gyda'i gilydd. Ac yn sydyn doedd dim dihangfa iddi hi.

'What in the name of Jee...?' dechreuodd un o'r bechgyn.

'The place is full of 'em,' meddai un arall a welsai Estons y diwrnod o'r blaen. 'Freaks!'

A dyna lle roedden nhw yn ei hamgylchynu, yn dawnsio o'i chwmpas mewn cylch yn llythrennol, yn chwerthin, yn gwneud hwyl am ei phen, yn galw enwau arni, ac er na ddeallai hi'r geiriau deallai'r ergyd iddynt, a'i gwawdio a'i dilorni oedden nhw. Cymerodd un ei het oddi ar ei phen. Ac aeth un llanc eofn, digywilydd mor bell â chydio yn ei barf a thynnu – peth nas gwnaethai'r un dyn erioed.

Ar hynny, wrth weld yr olwg ar wyneb y fenyw farfog, tawodd y bechgyn. Daeth Cati a rhai o'i chwsmeriaid ma's o'r siop, croesodd Bren a Tomi a Ned o'r Cross Guns, roedd Dicw a Jaco, fu'n chwarae ar y patsyn glas, yno yn sydyn er mwyn bod yn dystion hefyd. Oblegid os oedd gan Nanw farf fel dyn roedd ganddi hefyd gyhyrau fel dyn – yn wir, roedd hi'n gryfach o lawer na'r pethau eiddil hyn – ac mewn amrantiad diflannodd y felan a'r clefyd serch fu'n sugno'i nerth dros y misoedd diwethaf. Dyma hi'n hemio'r un a fu mor hy â chyffwrdd â'i barf, clatsien i'r un a gymerodd ei het, snoben i'r un a'i galwodd wrth ryw enw cas nas deallai. A chyda hanner eu nifer ar wastad eu cefnau dyma'r tri arall yn ei 'ffarnu hi.

'Ew!' meddai Ned. 'Da iawn ti.'

Mynegodd eraill eu hedmygedd a gwaeddodd Dicw a Jaco 'Hwre!'

Ond cododd Nanw'i basged o'r llawr, dodi ei het yn ôl ar ei phen a throi i fynd i mewn i'r siop.

'Be sy'n bod 'da chi gyd,' meddai, 'neg y'ch chi weti gwel' llicod yn rheteg i ffwrdd rhag y geth o'r bl'en?'

Y Ffair

YN UNION FEL y mae'r wennol yn gwybod pryd mae'r gwanwyn wedi cyrraedd ac fel y gŵyr y wiwer pryd i fynd i'w gwâl er mwyn cysgu drwy'r heth ac fel y gŵyr yr eirlysiau pryd i wthio'u trwynau bach gwyrdd drwy'r pridd wrth i'r heth ddirwyn i ben, felly y gŵyr y pentrefwyr pryd i gynnal ffair. Ac roedd y ffair y flwyddyn honno yn bwysig i drigolion Pantglas gan na wyddent i sicrwydd a gaent un arall neu beidio. Yn reddfol, dechreuasai'r paratoadau wythnosau cyn y diwrnod penodedig. Yna, dros nos ar ddiwrnod y ffair ei hun, trawsffurfiwyd y patsyn glas yn sioe ysblennydd. Crogai rubanau o bob lliw o rai o'r coed mwya ac o unrhyw bostyn ac ar rai o'r perthi a'r gwrychoedd. Gwisgai'r merched rubanau hefyd yn eu gwallt ac ar eu ffrogiau. Gwisgai Nanw Gwaelod y Bryn rubanau yn ei locsyn hyd yn oed (anghofiasai bob dim am y Fenws Farfog erbyn hyn, neu dyna a ddywedai wrthi'i hun). Safai nifer o geirt ar ymylon y comin yn gwerthu cnau wedi'u rhostio, afalau, toffi ac afalau mewn toffi, a chig moch a chig cyw iâr. Roedd y tafarnau yn cystadlu gyda'i gilydd ac er bod y tri ohonynt yn gwneud cwstwm da roedd mantais gan y Cross Guns gan ei fod mor agos at y patsyn glas. Serch hynny, nid oedd Dafydd a Bren yn rhoi cwrw am ddim i neb. Wrth gwrs, roedd hi'n ddydd Sul gan taw dyna'r diwrnod y câi pob un fod yn rhydd o'i waith ac yn naturiol gwgai'r Canon Gomer Vaughan a Pantglas ar y rhialtwch hyn yn swyddogol, ond yn answyddogol ni allai'r naill na'r llall beidio â chymryd rhan ynddo. Cerddai'r Canon fraich ym mraich gyda'i wraig, eu ci bach trwyn smwt wrth eu traed, gan flasu'r cigoedd a'r cnau a'r afalau. Roedd y Canon wrth ei fodd ac ymhyfrydai yn hwyl y pentrefwyr. 'On'd yw hyn yn fendigedig, Mrs Gomer Vaughan?' Afraid dweud, cytunai hithau â'i gŵr. Mwy gwrthnysig a gwargaled oedd Pantglas wrth gerdded ar hyd y cae. Teimlai yn annifyr wrth weld bechgyn a merched yn meddwi ar y Sul ac wrth fod yn dyst i arferion paganaidd masweddus. Ond roedd y cyfan hefyd yn ei ddenu fel magned yn gwbl groes i'w ewyllys ei hun. Roedd e'n dadlau gydag ef ei hun a ddylai brynu afal neu beidio pan ddaeth i sefyll wyneb yn wyneb â Popi Pwal a oedd yn gwisgo mwy o baent ar ei hwyneb na charafán y consuriwr a ffrog goch a het goch a les ar ei garddyrnau ac o gwmpas ei mynwes a oedd – ni allai beidio â syllu arni – yn noeth. Ac wrth ei hochr safai rhoces dal, osgeiddig, yr un ffunud â Popi Pwal ond yn ifancach ac, os oedd yn bosibl, yn harddach. Roedd hithau wedi'i gwisgo'n grand, yn blu ac yn les i gyd, ond bod ei ffrog o liw coch tywyllach, lliw gwaed, bron. Ond o leiaf roedd hon wedi cuddio'i mynwes a sylwai Pantglas fod blaen ei dillad yn dod lan at ei gên, lle roedd ganddi goler o les a gemau. Cochodd Pantglas hyd at ei glustiau am yr eiliad y safodd o'u blaenau. Nid oedd yn briodol, meddyliai, iddo ddweud gair wrthynt. 'Dwy gyffoden,' meddyliodd gan dreio pasio heibio iddynt ar y chwith yn gyntaf ac yna ar y dde ac yna yn ôl i'r chwith – roedd y ddwy fel petaent wedi'i hudo fel na allai'u pasio. Troes ar ei sawdl a cherdded i ffwrdd oddi wrthynt, wedi methu'u pasio, ei wyneb yn garabwtsh o chwys.

'Gwared da,' meddai Popi wrth ei weld e'n mynd, 'yr hen gorgi, yr hen lymgi fel ma fe.'

'Paid â bod yn rhy ges,' meddai Dani, 'ma fe dros ei ben a'i glustiau mewn cariad 'da ti.'

'Nece cariad yw e,' meddai Popi, 'fel y dylset ti, o bawb, wbod.'

Mewn cwtsh mewn cae heb fod yn bell i ffwrdd o'r ffair roedd gornest geiliogod yn cael ei chynnal a dyna lle roedd Pitar Ŵad yn crefu ar ei aderyn ef i ladd un Siôn y Teiliwr. Daethai Pitar Ŵad dros ei salwch, o'r diwedd, a gwyddai pawb am y symud ohono i Ddyffryn lle roedd e'n byw fel arglwydd. Roedd aer y cwtsh yn llawn mwg baco a gwynt cwrw a chwys ac ambell bluen a godai o'r ffratach yn y canol. Roedd y llawr yno yn waed ac yn blu ac yn friwgig i gyd.

'Dere! Mynyffarn i!' gwaeddai Pitar Ŵad. 'Ma fe'n c'el ei ledd! Ma fe'n c'el ei ledd!'

Chwarddodd Siôn y Teiliwr gan bocedu arian y dynion oedd wedi dala ar ei aderyn ef i drechu un Pitar Ŵad.

''Na'r trytydd ti wedi'i golli heddi,' meddai Siôn gan grechwen ar Pitar, 'be sy weti dicwdd i dy lwc di?'

Gadawodd Pitar y cwtsh dan natur, rhag ofn iddo dagu'r Siôn 'na. Ond roedd yr hyn a ddywedodd y teiliwr yn wir; oedd, roedd ei lwc wedi dod i ben. Nid oedd y ceiliogod wedi talu dim yn ddiweddar.

'Maen nhw'n costi mwy i'dd eu catw na'u lledd. Tro yng ngwddw pob un ohonyn nhw, 'na'r peth gore,' meddai Pitar gan gerdded yn ôl tua'r ffair.

Bob tro y cynhelid ffair byddai Estons y Gof yn dodi dyfais a luniwyd ganddo ef flynyddoedd yn ôl i sefyll o flaen y gweithdy. Roedd arni fotwm mawr crwn ar y gwaelod ac y tu ôl i hwn roedd postyn hirgul a dau stribyn o fetel arno fel rheiliau; o daro'r botwm gyda gordd bren anferth rhedai saeth fetel lan rhwng y rheiliau, a phe'i trewid â digon o ergyd cyrhaeddai'r saeth gloch ar ben y postyn gan ei chanu. Roedd mesuriadau ar hyd y postyn, 10, 20, 30 lan at 150 lle roedd y gloch. Heidiai cryts a llanciau'r pentre i gael tro ar y ddyfais hon. Ffyrling y tro. Eithriad oedd gweld un yn bwrw'r botwm gyda'r ordd a chael y gloch i ganu ond ymffrostiai pob bachgen a lwyddai i gael y saeth fach i basio 100. Y flwyddyn honno nid oedd Estons yno i reoli'r gamp yn ôl ei arfer gan ei fod yn dost yn ei wely yn dioddef gyda'r poenau yn ei ben, a Gladstôn yn gorwedd wrth ei draed, wrth gwrs. Felly trosglwyddwyd y cyfrifoldeb o weld chwarae teg i Wili Tyddyn Cryman. Drwy'r bore bu ef, gyda Mair Tŷ Cornel wrth ei ochr, yn gwylio bachgen ar ôl bachgen yn rhoi cynnig ar ganu'r gloch. Cawsai Dicw a Jaco ill dau dro arni yn gynnar yn y dydd; cafodd Dicw'r saeth i gyrraedd 40 a Jaco ei chael i fynd damaid bach ymhellach ond heb gyrraedd 50. Er mor araf oedd Iori Watcyn cawsai yntau dipyn o fri pan aeth y saeth lan i 90 ar ei gynnig ef. Roedd Roni Prys wedi gwneud yn dda gan sgorio 110. Ar ôl gwylio'r dynion yn gwneud mor wael daeth Nanw Gwaelod y Bryn i'r blaen a mynnu cael tro. Aeth ei saeth hi lan i 140, ymhellach na'r rhan fwyaf o'r dynion, er mawr lawenydd iddi hi.

''Swn i'n rhoi cynnig arni,' sibrydodd Wil yng nghlust Mair, 'ac yn cael y gloch i ganu, 'set ti'n cytuno i 'mhriodi i?'

Yn ei chalon gwyddai Mair ei bod hi'n barod i briodi Wil pe na bai'r saeth yn cyrraedd deg hyd yn oed. Roedd hi wedi gwneud ei phenderfyniad, er na allai ddweud hynny eto.

'Ond, elli di gatw gwraig?' gofynnodd.

'Dwi'n of nawr,' meddai Wil, 'mae Estons yn meddwl rhoi'r gore iddi a rhoi'r busnes i mi. Ma fe weti gweu'tho fi.'

'Ond he' fo'n 'ir bydd rhaid inni symud i rywle arall i fyw,' meddai Mair.

'Wi'n gallu dechre gweithdy yn rhywle arall,' meddai Wil. 'Gwnelwn i rywpath i gael di i fod yn wraig i mi.'

''Na fe 'te,' meddai Mair, 'tria di i g'el y gloch i ganu.'

Aeth Wil i sefyll o flaen y ddyfais, a chyn gafael yn yr ordd tynnodd ei grys amdano.

'Jiwcs,' meddai Sioned Mynydd Glas, 'wi'n ffilu cretu taw Wili Twpsyn Llyman yw 'wn'na.'

Sgleiniai ei gyhyrau yn yr haul. Sythodd Wil ei ysgwyddau llydan a gafael yn ffon yr ordd. Wrth iddo'i chodi uwch ei ben plygodd ei gorff yn ôl fel bwa. Roedd calon Mair yn ei cheg. Ac yna, gyda'i holl nerth a'i holl gariad tuag at Mair, fe drawodd y botwm a chyn iddo godi'i ben eto fe glywodd y gloch yn canu gan atseinio drwy'r pentre am y tro cyntaf y flwyddyn honno. Edrychodd Wil ar Mair ac atebodd hithau'i edrychiad.

Erbyn y prynhawn roedd y bechgyn a'r dynion ifainc i gyd yn hogi i gymryd rhan yn yr ornest tynnu rhaff.

Penodwyd Dafydd Jones Cross Guns yn ddyfarnwr yr ornest tynnu rhaff. Ffurfiwyd dau dîm: Roni Prys ar un ochr gyda Ned a Tomi y potswyr a Pitar Ŵad a sawl un arall yn ffurfio un tîm, a Siôn y Teiliwr a Haydn Mynydd Glas a Wili Tyddyn Cryman (ar anogaeth Mair) ac Iori Watcyn ac eraill ar y tîm arall. Rhyw ddeg o ddynion a bechgyn i bob ochr. Pan oedd pawb yn barod ac yn dal y rhaff safodd Dafydd Jones yn y canol rhyngddyn nhw a phan farnodd ef fod popeth yn iawn dyma fe'n datgan 'Tynnwch!'

Tynnodd dynion y ddau dîm am eu bywydau. Tynnent hefyd wynebau salw, eu llygaid wedi cau yn dynn, y chwys yn sefyll fel sylltau ar eu talcennau. Roedd traed pob dyn yn sownd ar y ddaear ond roedd eu cefnau a'u pennau bron yn cyffwrdd â'r llawr, heb dro na phlyg yn eu cyrff. Gorwedd-safent ar letraws, fel petai, tîm Roni Prys â'u traed i'r gorllewin a'u pennau nôl i'r dwyrain a thîm Siôn y Teiliwr a'u traed i'r dwyrain â'u pennau nôl yn y gorllewin. Mewn cylch o'u cwmpas safai'r merched a'r plant, yr hen ddynion a'r hen fenywod, rhai'n gweiddi cefnogaeth i'r naill dîm ac eraill i'r llall. Roedd Dicw'n cefnogi tîm Roni a Jaco yn gweiddi 'Dere Siôn, dere Wil.' Yn naturiol, roedd llygaid Mair Tŷ Cornel ar un cystadleuydd yn unig.

Roedd y frwydr ar ei hanterth a thîm Roni yn cael eu gorfodi i symud bob yn fodfedd yn nes at y marc ar y llawr a wnaed gan Dafydd Jones, lle safai yntau o hyd, pan ddaeth y dynion lawr y llethrau o wersyll y llafurwyr, rhwng deg ar hugain a deugain ohonynt. Ymunodd y dynion hyn â'r cylch o bentrefwyr a oedd yn gwylio'r ymryson.

Daeth un i sefyll ar bwys Cati a gofyn 'Who's winning?'

Troes Cati ei phen i edrych arno am eiliad, a gweld dyn â gwallt golau a gruddiau hynod o goch.

'I'm not sure,' meddai hi, wa'th doedd hi ddim, a doedd hi ddim yn siŵr fod ei geiriau Saesneg yn gywir chwaith.

'Bloody useless,' gwaeddodd un o'r dynion dieithr, 'couldn't pull a cat's tail,' a chwarddodd ei gyfeillion.

Yn sydyn tynnwyd Roni a'i ddynion dros y marc a chwympodd ambell un, Ned a Tomi yn eu plith, ymlaen ar eu hwynebau i'r baw. Cafodd y dieithriaid lawer o hwyl ar ben hyn.

'Buncha hicks! Yokels!'

Cyhoeddwyd tîm Siôn yn fuddugol a'u llongyfarch gyda chymeradwyaeth y dorf. Yna cafodd Dafydd Jones air gyda Siôn a Roni ac wedyn troes at y newydd-ddyfodiaid,

'Now then, gentlemen,' meddai yn ei Saesneg gorau, 'would you like to challenge the men of our village? Our two teams here together and the same number of your men?'

Roedd y gweithwyr yn fwy na pharod i ymgymryd â'r her. Penodwyd un o'r enw Rogers yn gapten ac yn sydyn roedd y cyn-elynion o dimau Roni a Siôn ar yr un ochr â'i gilydd yn wynebu'r dynion oedd yn gweithio ar yr argae.

Safodd Dafydd Jones uwchben y marc eto, tîm y gweithwyr ar y dde iddo a thîm Pantglas ar y chwith. Safodd nes fod pawb yn barod cyn bloeddio 'Go!'

Dyma'r dynion ar y ddwy ochr yn tynnu'n ffyrnig – yn tynnu gyda'u dannedd, yn tynnu gyda'u tafodau, yn tynnu, pob un ohonynt, gyda phob gewyn yn ei gorff. Unwaith eto, roedd y dynion gyferbyn â'i gilydd bron ar wastad eu cefnau wrth dynnu. Pob cell ym mhob corff yn sgrechian. Trigolion y pentre yn llafarganu 'Pant-glas, Pant-glas, Pant-glas!' A dynion nad oedd lle iddynt yn nhîm y gweithwyr yn crefu arnynt 'Pull you buggers! Pull! Show these hicks what you're made of!'

'Ew, mae'u dynion nhw mor fowr a blewog,' meddai Sioned, 'sdim gobeth 'da'n rhai ni.'

'Paid â whilia fel'na,' meddai Neli Lôn Goed. 'Pant-glas! Pant-glas!'

Sylwodd Cati fod y dyn gwallt golau yn dal i sefyll wrth ei hochr ond nad oedd yn gweiddi'i gefnogaeth dros ei gydweithwyr.

'Why aren't you shouting,' gofynnodd gan ddifaru gofyn bron yn syth, 'for your men?'

'They're not my men,' meddai. 'I can't stand any of them. If I could find some other sort of work I'd be off like a shot.'

Er bod Cati yn gweld hyn yn beth od i'w ddweud roedd geiriau'r dyn wedi cynnau ei diddordeb ynddo. Roedd e'n wahanol i'r gweddill ohonynt, synhwyrai. Troes i edrych arno; roedd ganddo drwyn nobl, ac yn sydyn troes yntau i edrych arni hi a gwelodd fod ganddo lygaid glas golau, glaslwyd bron, lliw nad oedd hi wedi'i weld erioed mewn llygaid o'r blaen.

'Why do you look at me like that?'

'I'm not looking at you at all,' meddai Cati gan deimlo'i hwyneb yn cochi.

'Smo fi'n myn' i sefyll fyn 'yn a gat'el i'n dyn'on ni g'el eu trechu,' meddai Nanw Gwaelod y Bryn gan afael yng nghwt y rhaff a thynnu gyda thîm y pentre.

Roedd tîm y gweithwyr yn dechrau ildio, yn cael eu tynnu yn nes at y marc er gwaetha eu holl rym, ac mae'n debyg y buasai tîm cyfan Pantglas wedi cario'r dydd oni bai i Pitar Ŵad ddigwydd gweld o gil ei lygad pwy oedd yn sefyll reit wrth ei ochr – pwy arall ond Pedws Ffowc. Chwap! Rhedodd y rhaff drwy'i ddwylo gan losgi'i gledrau. Ac wrth iddo gwympo yn ôl ar wastad ei gefn yn y baw fe droes ei gefn yn lletchwith.

Roedd popeth drosodd. Tynnwyd bechgyn Pantglas dros y marc a bu'n rhaid iddynt ddioddef gwawd a gorfoledd y gweithwyr buddugoliaethus.

Safodd Pedws uwchben Pitar Ŵad ac edrych lawr ei thrwyn hir arno.

'Be sy'n bod, Pitar Ŵad,' meddai, 'neg wyt ti'n gallu cwnnu?'

Cati a'r Dieithryn

BOB NOS YN ystod yr wythnos yn dilyn y ffair daeth y dyn a siaradodd â Cati i'r siop. Ac fe brynai'r un peth bob nos, bocs o fatsys.

'Peth od,' meddyliai Cati, 'rhaid ei fod e'n defnyddio shew o fatsys.' A sylwodd fod ei chyflenwad o fatsys wedi mynd yn isel yn sydyn. Ar y nos Fercher fe brynodd gwdyn o faco, mae'n wir, ond pam yn y byd oedd angen cymaint o fatsys ar y dyn?

Un tro wrth iddo gymryd y matsbocs o'r cownter sylwodd Cati ar ei law ac ar ei fysedd. Llaw wedi'i chaledu gan waith garw ond llaw hardd serch hynny. Synhwyrai fod tynerwch i'w gael oddi fewn i galedrwydd y croen cwrs.

Ar y nos Iau dyma fe'n ymwroli ac yn gofyn cwestiwn, ond cwestiwn od iawn.

'What do you call matches,' meddai, 'in Welsh?'

'Fflwch a fflache,' meddai Cati yn syth. Dyna'i henw hi amdanyn nhw, ta beth.

'F… f…? Can't say that,' meddai gan gymryd ei fatsys a gadael.

Roedd hi'n barod amdano ar y nos Wener. Roedd hi'n gorfod gweud wrtho na allai hi werthu bocs arall o fatsys iddo wa'th doedd dim digon ar ôl ar gyfer ei chwsmeriaid eraill nes i'r cert ddod â chyflenwad newydd o nwyddau iddi ar ddiwedd y mis. A dyma fe'n dod i'r siop, ac fel arfer doedd neb arall yn y siop pan alwodd e, yn union fel petai wedi aros am ei gyfle.

'Box o' matches, please,' meddai.

Ac estynnodd Cati focs o'r silff y tu ôl iddi wa'th roedd

ei thafod wedi mynd yn gwlwm yn ei phen. Nid oedd hi'n siŵr pam. Ansicrwydd wrth siarad Saesneg, efallai? Na, gallai hi fod yn ddigon ffit gyda'r dynion a ddeuai â'r nwyddau os nad oedd popeth yn ei phlesio i'r dim. Am ei bod yn fenyw ar ei phen ei hun, efallai? On'd oedd hi'n ddigon cyfarwydd â delio gyda chorgi fel Pitar Ŵad ar ei waetha a neb arall yn y siop ond Jil? Yna torrodd y dyn ar draws ei dyfaliadau.

'I know your name,' meddai, 'they call this Katie's shop. So you must be Katie?'

'I am.'

'Wouldn't you like to know my name?'

Y Wewcs

NI ALLAI PITAR Ŵad symud gewyn. Roedd e'n gorwedd ar y llawr yn ei hen gartref, y bwthyn, lle roedd rhai o'r dynion wedi'i gario ar ôl iddo anafu'i gefn yn y ffair. Roedd e wedi gofyn iddyn nhw'i gario lan i Ddyffryn ond 'Rhy bell', medden nhw. A doedd dim tamaid, neu'r nesa peth i ddim tamaid, i gael yn yr hen fwthyn wa'th roedd e wedi cario popeth i Ddyffryn, er mawr loes iddo ac yntau wedi anafu'i droed y tro hwnnw. Dwy hen ffetan, dyna'i wely. A phob tro y triai symud roedd e'n gwingo gyda'r boen. Doedd e ddim wedi cael dim i'w f'yta nac i yfed ers tridiau. Daeth Ned a Tomi i'r drws ar ôl ei glywed yn gweiddi un diwrnod.

'Chi'n gorffod helpu fi,' meddai, 'wi ffilu symud.'

'Be sy'n bod 'da ti?' gofynnodd Tomi.

'Nest ti ddim gweld fi'n mynd lawr wrth dynnu'r rhaff yn y ffair?'

'Neddo,' meddai Tomi ac aeth ei gi, Boi, a chi Ned, Capten, i lyfu wyneb a chlustiau Pitar Ŵad ar y llawr.

'Cymerwch y cŵn diawletig 'ma i ffwrdd a cherwch i ôl y Dr James 'na.'

'Ni ddim yn myn' ffor'na,' meddai Ned, 'sha Mynydd Glas ni'n myn'.'

''Co bois, wi mewn po'n uffernol 'ma, wi'n gorffod c'el doctor, wi ffilu symud.'

'Be sy'n bod 'da fa, Tomi?'

'Wi ddim yn gwpod,' meddai Tomi, 'wi'n cretu taw'r wewcs yw a.' A bant â nhw ill dau a'u cŵn wrth eu sodlau.

'Bois! Bois!' gwaeddodd Pitar Ŵad. 'Dewch â diferyn o

ddŵr i mi, mynyffarn i, 'med bech o fara! Wi'n llwcu.'

A chwarae teg iddyn nhw, daeth y ddau yn ôl a gadael powlen o ddŵr a chrwstyn iddo. Echdoe oedd hynny.

'Po'n neu b'ido, wi'n gorffod symud neu bydda i'n trengu 'ma.'

Ond roedd y boen yn drech na'i ewyllys ac ni lwyddodd i gwnnu.

Er iddo gludo'r rhan fwyaf o'i ieir a'i geiliogod i Ddyffryn, ni ddaliodd bob un ohonynt ac roedd ambell un yn dal i grwydro yn yr iard ac yn dod mewn a ma's o'r bwthyn. Ei unig obaith oedd i un o'r rhain ddod yn ddigon agos fel y gallai'i dal. Ond roedd yna reswm pam na chawsai Pitar Ŵad afael ar y ffowls hyn o'r blaen; roedd arnynt ei ofn. Cawsant eu cicio ganddo. Yn ei natur roedd e wedi taflu pethau atynt, wedi tyngu a rhegi arnynt wrth eu gweld. Roedd yr adar call hyn wedi dysgu cadw draw rhagddo.

Wrth lwc, roedd un hen iâr dwpach na'r lleill wedi gwneud ei chartref mewn cornel heb fod yn bell oddi wrtho ac roedd hi'n setlo lawr i ori.

'Tsiwc, tsiwc,' meddai Pitar Ŵad, 'pryd wyt ti'n mynd i ddod â wya i Pitar?'

Profedigaeth

GORWEDDAI IDWAL HOPCYN yn ei arch a gorweddai honno ar y ford yn y gegin. Eisteddai Tomos yn ei le arferol, lle gallai weld yr arch fechan. Yn wir, prin yr edrychai Tomos ar ddim arall. Fe welsai wncwl 'Dwal yn marw o flaen ei lygaid. Aethai ei dad i ôl Dr James a daethai hwnnw i'r tŷ yn oriau mân y bore ac ni allai wneud dim i helpu Idwal wedi'r cyfan. A bu farw Idwal heb i'r un aderyn guro yn erbyn y ffenestr, heb i'r gyhyraeth ganu a heb i neb weld ei ddwbl na'r toili na'r gannwyll gorff na'r ci du. Ac wrth weld Idwal yn mynd yn wannach bob dydd roedd Tomos wedi gofyn am ei wellhad yn ei weddïau bob nos. Pan aeth wncwl 'Dwal yn wirioneddol glawd penderfynodd Tomos weddïo a chrefu ar y Bod Mowr i'w arbed. Ond nid atebwyd ei weddïau a gwireddwyd ei ofn gwaethaf.

Roedd yr angladd ymhen tridiau. Tri diwrnod arall o orfod byw yn yr un ystafell ag arch ei ewythr. Ond roedd Tomos wedi dod yn gyfarwydd â phresenoldeb y bocs â chorff Idwal ynddo. Doedd e ddim yn edrych ymlaen at yr angladd o gwbl wa'th roedden nhw'n gorfod mynd â'r arch ar gefn cert a hwythau y teulu yn gorfod dilyn mewn troliau eraill a thrafeilio dros Fynydd Llwyd i'r plwyf nesaf i gladdu wncwl 'Dwal mewn mynwent ddieithr.

'Chaiff neb ei gladdu ym mynwent Pantglas o hyn ymlaen,' meddai'r gweinidog, Pantglas. 'Yn wir,' aethai yn ei flaen, 'he' fo'n 'ir, bydd rhaid inni symud yr hen feddau o'r pentre 'ma i'r llecyn uwchlaw'r cwm lle mae rhai ohonon ni'n mynd i fyw cyn iddyn nhw foddi'r ardal.'

'Symud y meirw!' meddai ei fam-gu. 'Chewch chi ddim symud y meirw.'

'Ond does dim dewis,' meddai Pantglas, 'chawn ni mo'u gadael nhw ar ôl i orwedd dan y dŵr, na chawn?'

'Ond be sy'n myn' i ddicwdd inni os y'n ni'n trwblo'r meirw?'

Poeni oedd ei fam-gu fod y meirw yn mynd i ddod nôl fel ysbrydion a'u cosbi am aflonyddu ar eu hir gartref. Ond roedd Tomos wedi dysgu rhywbeth. Y noson gyntaf ar ôl i Idwal gael ei ddodi yn yr arch, ac yntau, Tomos, yn gorfod sefyll yn yr un ystafell ni allai gysgu o gwbl rhag ofn i ysbryd ei ewythr gwnnu clawr yr arch a dod ma's a'i gipio. Ond cysgodd yr ail noson a'r noson ar ôl honno a phob nos wedyn. Ni ddaethai'r un smic o sŵn o'r arch ac ni welodd Tomos yr un ysbryd. Ac roedd e'n gwybod bellach nad oedd y meirw yn gallu gwneud dim. Doedd dim Ladi Wen na channwyll gorff chwaith. Gwyddai hefyd fod ei fam-gu yn siŵr o farw yn hwyr neu'n hwyrach, a'i dad hefyd, ac ef ei hun yn y diwedd.

'Ond be dwi'n myn' i neud cyn 'ny?'

Melltith

ROEDD GAN Y criw o weithwyr gynulleidfa. Ymhlith y rhai oedd yn eu gwylio oedd Dicw a Jaco, a oedd yn eistedd dan goeden ar un o'r llethrau, a heb yn wybod iddyn nhw, ac eto heb fod yn bell oddi wrthynt, cwatai Pedws Ffowc mewn llwyn.

'Be ma'n nhw'n neud?' gofynnodd Dicw.

'Dodi pethach o dan Maen Einion ac wedyn eu tanio ac wedyn bydd y garreg yn chwthu lan,' meddai Jaco.

'Sut wyt ti'n gwpod?'

'Wi'n gwpod, 'na gyd!'

Oedd, roedd Jaco yn gwybod, bob amser, ond sut oedd e'n cael gwybod oedd yn ddirgelwch i Dicw.

'Oti 'ddi'n ddanjerys?'

'Oti, wrth gwrs,' meddai Jaco, ''na pam ni'n eiste nôl fan 'yn, dicon pell i ffwrdd.'

'O'n i'n meddwl ein bod ni'n catw draw rhag ofn i'r dyn'on ein gweld ni.'

''Ny 'efyd.'

Roedd y dynion wedi gosod pethau a ymddangosai, o bell, fel ffyn byrion wrth waelod y maen, roedd rhyw linynnau yn dod o'r ffyn hyn ac roedd y dynion yn dad-ddirwyn y rhain yn ofalus wrth ymbellhau oddi wrth Faen Einion.

Yn sydyn llamodd Pedws Ffowc o'i chuddfan yn y llwyn gyda sgrech uchel annaearol, er mawr syndod i'r dynion a chan ddychryn Dicw a Jaco.

'Peidiwch!' gwaeddodd y Bedws. 'Peidiwch â chyffwrdd â Maen Einion!'

'What's that old crone on about?' meddai un o'r dynion, y fforman tybiai Jaco.

'Peidiwch â thwtsied y garreg 'na, gadewch lonydd iddi!'

'Get lost you old bag,' meddai un o'r dynion, 'or you'll get your 'ead blown off!'

'Mae'n gandryll,' sibrydodd Jaco yng nghlust ei ffrind.

'Os symutwch chi'r garreg 'na fe newch chi ddeffro Ysbryd Einion!'

Siglodd y dynion eu dyrnau arni a thaflodd un neu ddau ohonynt gerrig i'w chyfeiriad.

'Dere,' meddai Dicw, 'wi ddim yn moyn sefyll fan 'yn.'

'Dere c'el gwel' be sy'n myn' i ddicwdd,' meddai Jaco.

Yn ei phlyg estynnodd Pedws Ffowc ei hen freichiau tenau a phwyntio at y dynion gyda'i bysedd crafanglyd a dechrau llafarganu:

'Y sawl a symuto Carreg Einion
Melltithied ef a'i holl ymdrechion.'

A gallasai Dicw a Jaco dyngu llw iddynt weld fflach o oleuni yn mynd o fysedd Pedws Ffowc yn syth at y dynion, er wnaeth yr un ohonyn nhw ddim cymryd sylw. Troes Pedws ar ei sawdl a hyd y gallai'r bechgyn weld fe ddiflannodd.

'She's gone now, thank God,' meddai'r fforman, 'carry on with it boys.'

'Dere,' meddai Jaco, 'amser i ni fynd cyn y tanwa.'

'Mae Pedws Ffowc weti doti melltith ar y dyn'on 'na, on'd yw hi, Jaco?'

'Do, ond wi ddim yn cretu naiff ei melltith stico.'

'Pam lai?'

'Wyt ti'n cretu bod y dyn'on 'na'n gallu c'el eu melltithio os nag o'n nhw'n deall y geirie?'

Wil a Pantglas

AR ÔL TRAFOD y syniad o briodi ymhellach gyda Mair gwelodd Wil ei fod yn druenus o anwybodus ac yntau heb dad a dim llawer o ffrindiau o'r un oedran ag ef. Ni allai holi Estons gan ei fod yn dost o hyd. Beth bynnag, roedd Estons bron mor ddibrofiad ag ef ei hun parthed y rhyw deg. Yn y diwedd penderfynodd taw'r person gorau i ymgynghori ag ef oedd Pantglas, wa'th roedd tad a mam Mair yn gapelwyr a byddai Mair ac ef yn priodi yn y capel.

Un noson felly aeth i alw ar yr hen weinidog yn ei gartref. Ar ôl iddo amlinellu'i sefyllfa fe ddechreuodd Pantglas roi cyngor iddo.

'Mae'ch corff chi,' meddai'r pregethwr yn chwithig, 'y corff dynol, yn deml sanctaidd wyddoch chi. Y'ch chi'n deall hynny?'

'Ydw,' meddai Wil er nad oedd e'n deall o gwbl.

'Mae'n bwysig cadw'r deml hon yn lân bob amser,' meddai. 'Nawr 'te , mae sawl ffordd y gallwch chi halogi'r deml. Yn gyntaf,' meddai gan godi un bys, 'drwy fwyta pethau aflan. Yn bersonol nid wyf yn bwyta cig. Yn ail,' meddai gan godi dau fys, 'drwy yfed y ddiod feddwol. Rwy'n mawr obeithio nad ydych chi, Wiliam, yn mynychu tafarndai.' Doedd Wil ddim. 'Yn drydydd,' meddai Pantglas gan godi tri bys, 'ac mae hyn yn beth braidd yn lletchwith i'w esbonio. Yn drydydd, gallwch chi halogi'r deml drwy hel meddyliau aflan, ydych chi'n deall?'

'Nag'w,' meddai Wil, wa'th roedd e'n gorfod cyfaddef nad oedd e ddim yn deall o gwbl y tro hyn.

'Os y'ch chi'n meddwl am ferched hardd neu am ferched llac eu moesau fel Popi Pwal ac yn dychmygu... yn y meddwl... eich bod chi ac un o'r merched hyn...' Roedd y gweinidog yn anghyfforddus iawn a cherddai yn ôl ac ymlaen o flaen Wil, a gawsai'i orfodi i eistedd ar gadair bren fel crwtyn bach. 'Os ydych chi'n eich gweld eich hunan yng nghwmni un o'r merched hyn yn y meddwl, mae hynny yn ffordd o halogi'r deml. Nawr 'te, yn bedwerydd,' meddai Pantglas â phedwar bys yn yr awyr, 'gallwch chi halogi'r corff drwy hunanhalogi. Ydych chi'n deall beth mae hwn'na yn ei feddwl?'

'Nag'w,' meddai Wil.

'Wel, mae dyn neu lanc, fel chi, yn gallu andwyo a halogi'r deml drwy... gyffwrdd... drwy dwtsio...' Roedd y gweinidog yn amlwg yn teimlo'n annifyr iawn. Roedd ei wyneb yn goch a chasglai diferion o chwys ar ei dalcen. 'Mae dynion yn gallu halogi'r deml drwy rwbio'u hunain mewn mannau tyner. Ydych chi'n deall?'

'Mae peth amcan 'da fi,' meddai Wil.

'Wel, dyna hunanhalogi, chi'n gweld? Ac mewn ffordd dyna'r ffordd waetha, wa'th mae'n andwyol i'r corff a'r meddwl a'r enaid fel ei gilydd. Ar ben hynny, mae'n arwain at y bumed ffordd y gallwch chi halogi'r deml,' meddai Pantglas gyda'i fawd lan gyda'r bysedd. 'Yn syml, fe allwch chi halogi'r deml yn llwyr drwy fynd gyda menyw lac ei moesau neu gydag unrhyw fenyw, o ran hynny, oni bai eich bod yn ŵr priod iddi.'

Edrychodd Pantglas ar Wil ac roedd e wedi ymlacio rhywfaint.

'Ydy hynny yn glir i chi nawr?'

'Oti,' meddai Wil, er nad oedd dim yn glir iddo.

'Ond y peth pwysica i chi nawr, gan eich bod yn ddyn

ifanc â'i fryd ar briodi merch landeg, bur fel Mair yw eich bod yn ymatal rhag arfer hunanhalogi. Ydych chi'n deall?'

'Otw,' meddai Wil, er ei fod wedi rhoi'r gorau i dreio deall.

'Unrhyw gwestiwn arall?'

Dani a Popi

B U DANI YN twrio yn ei fagiau a'i focsys drwy'r bore.
'O'n i'n siŵr bod potel arall 'da fi yn rhywle,'
meddai.

'Wel,' meddai'i fam, 'does dim un arall ar ôl. Ti weti yfed
y cyfan.'

'Paid â gweud 'ny!' meddai Dani â gwylltineb yn ei lais.

'Nag oedd y poteli bech 'na yn ddiwaelod ti'n gwpod.'

'Ond o'dd shew ohonyn nhw 'da fi. Ble maen nhw weti
mynd?'

'Lawr dy lwnc.'

'Mam,' meddai Dani, ei amynedd yn pallu, 'os nag wyt
ti'n gallu gweud rhwpeth o werth paid â gweud dim.'

Chwarae teg iddi, gallai Popi weld y pryder a'r gofid yn
llygaid ei mab. Ni allai fyw heb yr hylif gwyrdd yn y poteli
bach 'na. Ac os na allai gael mwy ohono yn y pentre roedd
e'n siŵr o adael Pantglas eto. Yn ystod blynyddoedd ei
absenoldeb bu Popi yn hiraethu amdano drwy'r amser hyd
nes iddi dorri'i chalon, bron. Pan ddaeth yn ei ôl roedd hi'n
barod i'w dderbyn ar unrhyw dermau. Dros yr wythnosau
diwethaf daethai'n ddigon cyfarwydd â'i wedd newydd ac,
yn wir, roedd hi wedi dechrau meddwl amdano fel merch
iddi yn hytrach na mab. Ond nid anghofiai fod y rhan fwyaf
o'r pentrefwyr yn gwybod yn iawn taw 'i mab Daniel oedd
e, hetiau a ffrogiau Paris neu beidio. Felly doedd hi ddim yn
barod i adael iddo fynd eto.

'Dani…?'

'Danielle!'

'Danielle, beth wyt ti'n mynd i neud os wyt ti'n mynd i

sefyll yma ym Mhantglas? Sut wyt ti'n mynd i ennill dy fara menyn?'

'Fel o'n i'n neud yn Llunden a Paris.'

'A beth yn gwmws nest ti yn y dinasoedd 'na?'

''Run peth â ti yn y pentre 'ma.'

''Sa rhai o 'nghwsmeriaid i'n c'el uffer o sioc i gwnnu dy bais di a gwel' be sy 'da ti.'

'Ti'n meddwl?' meddai Dani yn dal i ffureta ym mhobman yn y gobaith o ddarganfod un botel arall. 'Dwi wedi dysgu nag o's lawer o ots gan y rhan fwya o ddynion ond iddyn nhw gael y gwefr maen nhw'n chwilio amdano. Ta beth, mae'n well 'da rhai ohonyn nhw be sy dan 'y mhais i na be sy dan dy bais di.'

'Wi'n diall 'ny,' meddai Popi, 'ond, mae'n gallu bod yn ddanjerys i ti.'

'Dim mwy danjerys i mi nag i ti.'

Ni allai Popi wadu hynny. Roedd hi'n wir. Roedd hi'n amlwg fod Dani yn gwybod sut i edrych ar ôl ei hun neu fe fyddai wedi cael ei ladd yn Llundain neu Ffrainc.

'Ond mae rhywun ar dy ôl di, on'd oes?' gofynnodd Popi. 'Chei di ddim mynd nôl i Paris eto.'

'Sut wyt ti'n gwpod?'

'Y fi yw dy fam,' meddai Popi, 'a walle nag o'n i ddim yn fam dda ond mae mamau yn diall pethe, ni'n gwpod pethe am ein plant heb fod rhaid iddyn nhw weud dim.'

'Pwy wyt ti nawr 'te ? Y Forwyn Fair?'

'Os wyt ti'n mynd i fyw a gweitho 'da fi rhaid inni fod yn gefn i'n gilydd, dishgwl ar ôl ein gilydd, ontefe?'

'Os wyt ti'n gweud.'

'Dere,' meddai Popi. 'Beth am fynd am dro lan i bentre'r nafis?'

Cwsmeriaid

ROEDD Y SIOP fach yn brysur y bore hwnnw, ac er y gallai Cati glywed pobl yn siarad doedd hi ddim yn gwrando arnynt.

'Be chi'n feddwl?' gofynnodd Sioned Mynydd Glas ond heb oedi i ganiatáu i neb ateb. 'Mae Dafydd Hopcyn weti gat'el y pentre 'da'i d'ulu ac weti mynd dros y mynydd i fyw.'

'Nego'dd e'n claddu'i frawd, Idwal, ym Mrynglas?'

''Na be ddicwyddws,' meddai Sioned yn ysu i gael rhannu'i gwybodaeth. 'O'dd yr yngladd ym Mryngles ac o'n nhw gyd yn sefyll man'na dros nos ac 'eth Dai Hopcyn i whilo am le i fyw a gwaith a'r peth nesa o'dd popeth yn ei le. D'eth e nôl ar ei ben ei hun i ôl trucaredde'r t'ulu, a bant ag e.'

Roedd Cati yn eistedd y tu ôl i'r cownter, Jil wrth ei thraed, ond roedd ei meddwl yn bell i ffwrdd. Ac eto, heb fod mor bell.

'Wi dim yn synnu,' meddai Neli Lôn Goed, 'ar ôl i 'Dwal bech farw fel'na. Hedd i'w lwch.'

'Fydd dim hedd i lwch neb yn y pentre 'ma 'e fo'n 'ir,' meddai Sioned, 'wa'th ma'n nhw'n dechra symud y bedda lan i fynwent Bryngles. Ma fe'n gwiddyl.'

Clywsai Cati hynny. Roedd Joe – Joseph oedd ei enw, ond roedd Joe yn well 'dag e – yn un o'r dynion a neilltuwyd i symud yr hen feddau, pa bynnag weddillion oedd ynddyn nhw, a'r cerrig. Roedd ambell un o ddynion y pentre yn helpu.

'Mae Dafydd ni yn neud peth o'r gwaith 'na 'da'r nafis a

Bryn gŵr Gwenno a Llwyd gŵr Nansi,' meddai Bren Cross Guns.

Doedd Joe ddim yn licio'r gwaith. Gwelsai hen esgyrn, darnau o eirch, penglogau hyd yn oed.

Ar hynny daeth Gwenno i mewn i'r siop.

'Gweud o'n ni,' meddai Sioned, 'fod t'ulu Hopcyn wedi gat'el Pantglas ac weti mynd i ffwrdd i fyw.'

'Licwn i at'el y pentre 'ma,' meddai Gwenno yn bwdlyd, 'wa'th ma'r hen gansan drws nesa 'na yn 'yn danto fi.'

Roedd pawb yn gwybod am yr elyniaeth rhwng Gwenno a Nansi.

'Wel,' meddai Sali Stepen Drws, 'bydd rhaid inni gyd ymat'el â'r lle 'e fo'n 'ir. Mae Dr James yn barod i symud.'

'Dicon rhwydd iddo fe,' meddai Sioned, 'ma fe'n ddoctor.'

Ni allai Cati oddef y siarad ofer hyn. Buasai hi wedi licio 'ala nhw i gyd ma's o'r siop.

'Sdim rhaid inni symud am sbel 'to,' meddai Bren Cross Guns, 'mae blynydde o waith i neud ar yr argae 'to.'

Ar hynny agorodd y drws a daeth Nansi i mewn. Aeth ton o dyndra drwy'r siop gan fod Gwenno a Nansi o fewn hyd braich. Nid bod hyn yn digwydd am y tro cyntaf, ond bob tro y digwyddai teimlai pob un yn anghyffordus. Peth ymfflamychol oedd cael y ddwy mewn un lle ar yr un pryd; roedd y naill yn fatsien a'r llall yn olew. Doedd dim angen mwy na gair neu ystum ma's o le i achosi tanwa.

'Glywsoch chi am y ddamwain 'na?' gofynnodd Bren Cross Guns, yn y gobaith o dorri'r garw. 'Ro'dd rhai o'r dyn'on yn trio symud Maen Einion drwy neud tanwa oddi tano a chwmpws ambell ddarn o'r hen faen ar 'u penna nhw. Ces un ei ddiwedd yn y fan a'r lle.'

'Fe welws Dicw ni'r ddamwain,' meddai Gwenno, 'mae

dou o'r dyn'on erith yn yr ospital bech 'na sy 'da nhw ym mhentre'r nafis.'

'O'dd Jaco ni fan'na 'efyd,' meddai Nansi, ond cyfarch y siop oedd hi ac nid ateb ei chymdoges, 'ac o'dd e'n gweud fod y garreg weti torri'n yfflon.'

'O'dd Dicw ni'n lwcus ches e ddim anaf.'

'Ei fai e oedd e,' meddai Nansi, 'wetes i wrth Jaco i b'ido mynd yn acos at waith y nafis.'

Roedd y siop dan ei sang gyda menywod yn clebran a neb yn prynu dim, meddyliai Cati, a Gwenno a Nansi ar fin ffrio pan agorodd y drws eto a daeth tri o'r gweithwyr i mewn. Gwaetha'r modd sylwodd Cati nad oedd Joe yn un ohonynt. Dau canol oed ac un ifanc iawn, digon glân a digon parchus yr olwg. Gwahanol i'r sachabwndîs a ddeuai o wersyll y gweithwyr weithiau. Diolchodd Cati iddynt dan ei gwynt. Tawodd y menywod.

'What can I do for 'ew?'

Pitar ar ei Draed Eto

GALLAI PITAR ŴAD sefyll ar ei draed eto, a'r peth cyntaf a wnaeth unwaith y gallai gerdded yn weddol oedd mynd lan wrth ei bwysau i Ddyffryn. Pan gyrhaeddodd roedd sioc yn ei aros.

'Yffarn dên,' meddai, 'ma'r tŷ'n wêg 'to!' Roedd ei gadeiriau wedi diflannu. Doedd dim sôn am ei gwpwrdd tridarn. Roedd ei ford, hyd yn oed, wedi mynd. 'Smo'r diawliaid weti gat'el dim ar ôl! Dim yw dim!' Roedd e'n benwan walacs ond ni allai ffusto'r wal gyda'i ddyrnau wa'th roedden nhw'n dal i frifo ar ôl y cnoad gan y ci, er bod misoedd ers hynny, ac ni allai ffusto'r llawr â'i draed wa'th doedd yr un dde byth wedi gwella'n iawn ar ôl iddi gael ei dal yn y dolystum, ac ni allai neidio lan a lawr wa'th roedd pob symudiad ohono yn gyrru saethau gwynias o boen drwy'i gorff yn sgil yr anaf i'w gefn. Ar ben hynny, wedi'r bola tost 'na ac wedi byw ar ddim ond wyau, dim byd ond wyau ddyddiau bwygilydd heb eu coginio, roedd e'n llai na hanner y dyn yr arferai fod. Safai yng nghanol yr ystafell fawr grand yn y plasty lle roedd e wedi gobeithio gwneud ei gartref am dro, o leiaf, a dechrau llefain. Caeodd ei lygaid yn erbyn y dagrau ond deuai'r dagrau o dan ei amrannau, serch hynny, a phowlio lawr ei ruddiau trwy'i farf, fel dŵr yn torri trwy wal argae. Safai Pitar Ŵad yn ddiymadferth, yn winad, ond yn glwtyn parth o ran ei allu i wylltio.

'Mae'r ffowls i gyd 'ti mynd,' meddai yn y gwacter a'i amgylchai, 'y cadnoaid weti c'el nhw. Y rhai gore 'efyd.'

Gwyddai taw dynion o bentre dros dro'r nafis oedd wedi dwyn ei gelfi. Ond yn wahanol i'r hen Bitar Ŵad mawr a

144

allai 'ala ofn ar bob un yn y pentre, ni allai'r Pitar Ŵad bach newydd hwn ddychryn llygoden.

'Ar y Bedws Ffowc 'na mae'r bai am hyn i gyd,' meddai rhwng ei ddannedd.

A dyna pryd y penderfynodd Pitar Ŵad ei fod wedi talu digon, hen ddigon am saethu'r gochen a bod yr amser wedi dod iddo dalu'r pwyth yn ôl iddi. Ond, wedi iddo feddwl hynny, nid oedd gan Pitar Ŵad amcan sut i wireddu'i ddymuniad. Wedi'r cyfan, gwyddai ef yn well na neb pa mor beryglus y gallai'r Bedws fod.

'Rhaid bod yn garcus,' meddai, 'wa'th mae'r hen witsh 'na yn gwpod popeth.' Cnodd ei dafod a chystwyo'i hun am feddwl yn uchel. Gallai'r hen wrach fod ar ei bwys heb yn wybod iddo, yn llercan mewn congl ar ffurf llygoden neu'n hongian o'r nenfwd ar ffurf corryn, neu'n gwrando wrth y ffenest ar ffurf llwytyn.

Casglodd Pitar yr ychydig o bethau o'r eiddo ef a adawyd ar ôl – plât, cyllell a fforc, ambell ffetan, hen ystên – a hwylio i adael Dyffryn unwaith ac am byth. Yna fe glywodd sŵn.

'Hoi!' meddai. 'Pwy sy 'na?'

Y Breichiau Weithiau'n Blino

PAN GWNNAI WIL a mynd lawr i'r gweithdy byddai Estons yno o'i flaen wrth ei waith gyda Gladstôn yn gorwedd wrth y drysau. Ond nid felly yn ddiweddar. Weithiau deuai Estons i'r gweithdy tua deg o'r gloch wedi cael gwaith cwnnu, meddai, ac weithiau cwynai fod y poenau yn ei ben yn drech nag ef ac na allai weithio o gwbl. Yn wir, digwyddai'r pyliau hyn yn amlach ers rhai misoedd.

Pan alwodd Mair Tŷ Cornel y bore hwnnw i weld Gladstôn – ac, wrth gwrs, galwai yn amlach nawr er mwyn cael gweld ei chariad hefyd – mynnodd Wil gael gair â hi o'r neilltu.

'Wi'n becso am Estons,' meddai.

'Be sy'n bod?' meddai Mair. 'O leia ma fe weti dod i'r gweithdy heddi.'

'Ie, ond dishgwl arno fe. Smo fe'n gw'itho. Smo fe'n gallu gw'itho, ma fe'n rhy dost, a wi ddim yn gwpod beth i neud.'

'Mae golwg frou arno fe,' meddai Mair, 'ac mae Gladstôn yn poeni amdano fe 'efyd.'

Eisteddai Estons ar ffwrwm yng nghefn y gweithdy, ei ben mawr yn pwyso ar ei frest, tra safai'r tri, Wil, Mair a'r ci, wrth y porth yn edrych yn ôl arno.

'Beth am alw Dr James?' gofynnodd Mair.

'Na,' meddai Wil, 'wi ddim yn cretu'i fod e'n dost yn y ffordd 'na.'

'Be ti'n feddwl?'

'Mae'n dost galon, ma fe'n drist.'

'Mewn cariad ti'n feddwl?'

'Nage, ddim Estons. Ond mae fe weti bod yn ddigalon ers sbel. Wi ddim yn diall pam.'

'Ti wedi mynd i weld Pedws Ffowc a gofyn am ei moddion hi?' gofynnodd Mair.

''Swn i ddim yn myn' yn acos at y Bedws,' meddai Wil, 'a 'sa Estons ddim yn diolch i mi am neud. Smo fe'n cretu mewn pethach fel'na.'

Ond nid yw cariadon yn gallu meddwl am bobl eraill yn hir iawn cyn i'w holl sylw droi yn ôl at eu hunig wir ddiddordeb, sef eu serch eu hunain. Rhoes Mair hwb i Gladstôn i fynd yn ôl at ei feistr ac wedyn aeth hithau a Wil y tu ôl i ddrws y gweithdy i gusanu.

Roedd Estons yn gwybod am y garwriaeth hon ac, yn wir, dyma'r unig beth ar wahân i gwmni Gladstôn ffyddlon a roddai bleser iddo yn ddiweddar. Roedd y syniad o golli'r gweithdy a cholli'i gartref a'r pentre i gyd, yn wir, yn pwyso'n drwm ar ei enaid. Ar wahân i hynny, fe synhwyrai rhyw wendid yn lledu drwy'i gorff fel diferyn o saim neu olew ar arwynebedd pwll o ddŵr.

'Ma 'nilo'n wannach,' meddai wrth Gladstôn gan agor a chau'i ddyrnau, 'wi'n ffilu gaf'el mewn pethach.' Fe allai synhwyro'r un diffrwythder yn ei draed yn aml ac yn ei goesau weithiau. Hwn oedd y dyn y credai rhai o'r pentrefwyr ei fod e'n gallu cwnnu ceffyl a'i gario dros ei ysgwyddau. Ac yn wir, dyn mawr cryf fu e ers ei lencyndod. Roedd ei ddiffyg nerth yn gywilydd iddo. Ni wyddai'i oedran i'r flwyddyn ond gwyddai nad oedd yn hen iawn; roedd ei henach yn dal i weithio ar y ffermydd ac mewn sawl maes arall. Roedd Siôn y Teiliwr yn henach a Pitar Ŵad yn henach o dipyn a Dafydd Cross Guns a Morris Bifan y pobydd, ac roedd

Dafydd Lewys mewn gwth o oedran, dros ei bedwar ugain yn ôl rhai, ac roedd hwnnw yn cludo llythyrau'r pentrefwyr o hyd. Ond, meddyliai Estons, ni aned yr un o'r rheina fel y ganed ef.

'Doedd Mam ddim yn erfyn i mi fyw yn 'ir,' meddai wrth Gladstôn, 'ond mae hi a 'Nhad yn y fynwent ers blynydde.' Wrth feddwl hynny fe gofiodd fod y beddau'n cael eu symud a daeth pwl o alar drosto fel ton, ac yn sydyn fe gofiai fel y teimlai yn syth ar ôl eu claddu, ei fam yn gyntaf ac, o fewn dwy flynedd, ei dad.

Ond doedd e ddim ar ei ben ei hun yn y byd ers i Wili ddod.

'Mae fe fel meb i mi,' meddai gan anwylo clustiau'r hen gi a synnu mor feddal oedden nhw, fel melfaréd, sidan hyd yn oed. 'A tithau,' meddai wrth y ci, 'wi ddim wrth 'ymunan os wyt ti 'ma, nag w i?' A dododd y ci bawen ar ben glin ei feistr yn union fel petai'n deall pob gair ac yn cydymdeimlo.

'Wi ddim yn gallu gw'itho heddi,' meddai Estons, 'ac mae'n bryd i mi roi'r busnes 'ma i gyd i Wili. Caiff e'r cyfan. Wi ddim yn moyn gw'itho, Glads. Beth yw'r diben nawr?'

Symud y Beddau

ROEDD Y CANON Gomer Vaughan wedi derbyn yn llawen y cyfrifoldeb o oruchwylio'r dasg o symud y beddau o fynwent y plwyf i'r fynwent lan ar y bryn yn y plwyf nesaf. Gan fod rhai o braidd y Parchedig John 'Pantglas' Jones hefyd wedi'u claddu yno fe estynnodd y Canon wahoddiad (braidd yn hwyrfrydig, efallai) iddo ef i weithredu fel dirprwy gyfarwyddwr yn y broses. Ond roedd y Canon, yn dawel bach, yn falch pan ddywedodd Pantglas, 'Diolch am ofyn i mi ond rwy'n ofni y bydd rhaid i mi wrthod wa'th rwy'n siŵr na allwn i oddef gweld esgyrn dynol petaen nhw'n dod i'r wyneb.' Dywedodd y Canon ei fod e'n deall i'r dim; roedd ambell i asgwrn yn siŵr o gael ei ddatgelu ac os oedd hynny yn debygol o beri gofid iddo, yna gwell iddo gadw draw. Ond roedd Gomer Vaughan wrth ei fodd yn arolygu'r gwaith pwysig a difrifol hwn. Efe oedd wedi gweithredu fel canolwr rhwng fforman y llafurwyr a dynion y pentre. Roedd rhaid cael rhai o'r pentrefwyr i gynorthwyo yn y gwaith gan eu bod â gwell dealltwriaeth o arwyddocâd y beddau. Ar y llaw arall, roedd y llafurwyr yn anhepgor i wneud y gwaith caled, annymunol hwn, y gwaith caib a rhaw yn llythrennol. A chan na ddeallai'r rhan fwyaf o'r pentrefwyr y nesa peth i ddim Saesneg roedd rhaid cael un o leiaf a allai fod yn lladmerydd ar eu rhan. Ei syniad ef oedd cael Dafydd Jones Cross Guns i wneud hynny a rhoi rhyw deitl iddo, fel *secretary* neu *assistant*, er mwyn gwneud iddo deimlo'n bwysig ac ar yr un lefel os nad yn uwch ei statws na'r fforman. Fel arall ni fyddai Dafydd Jones wedi cymryd rhan, ac yntau o'r farn ei fod yn well na'r pentrefwyr cyffredin am ei fod yn dafarnwr llewyrchus.

Roedd yna broblem o'r dechrau, gwaetha'r modd, gan fod y Canon wedi cael y fforman, Mr Bickerstaff, yn ddyn oriog ac anwadal ei hwyliau. 'Yn wir,' meddai'r Canon wrth Mrs Gomer Vaughan ar ôl diwrnod o gydweithio â Bickerstaff, 'nid ydw i wedi cyfarfod â dyn mwy cyfnewidiol ei dymer yn fy myw. Mae'n medru newid fel y gwynt. Un munud mae o'n glên a bonheddig a'r munud nesaf mae'n anghwrtais a chas. Wiw i un o'r dynion edrych arno yn y ffordd anghywir neu mae'n troi'n ddigofus ac yn ei daro. Ac yna, reit sydyn, mae'n tawelu eto ac yn rhannu baco efo nhw.' Bu'n rhaid i'r Canon alw ar ei holl ddoniau fel cymodwr er mwyn dyhuddo Bickerstaff. 'Rhaid i mi'i drin a'i drafod â chyllell a fforc, fel petai,' meddai wrth Mrs Gomer Vaughan.

Ond o'r diwedd gallai weld cynffon y gwaith. Dim ond rhyw ddeg o feddau a beddfeini oedd ar ôl.

'Gofal! Take care!' meddai am yr ugeinfed tro y bore hwnnw wrth i un o'r pentrefwyr a thri o'r nafis fynd ati i balu i mewn i fedd arall. Mewn man arall roedd rhai o'r dynion yn cario gweddillion ar drestl at y cert a oedd i fynd â'r meirw i fyny'r bryn i'w hail hir gartref. Roedd hi'n anodd cadw llygad ar bopeth oedd yn digwydd gan fod cymaint yn mynd yn ei flaen mewn gwahanol fannau.

'Be careful! Those are human remains,' meddai'r Canon ond yn ei lais mwyaf caredig wa'th ni hoffai weiddi ar neb. 'That's someone's foot that's fallen to the floor, look!'

Ar hynny daeth Bickerstaff draw ato yn wên o glust i glust.

'The men are working well today, don't you think, sir? We'll soon have the last grave removed.'

'Yes, indeed,' meddai'r Canon, yn falch o gael y fforman mewn hwyliau da, 'it's all going according to plan.'

Yn sydyn daeth golwg dywyll i lygaid Mr Bickerstaff, crychodd ei dalcen yn ffyrnig. Heb feddwl roedd y Canon wedi'i dramgwyddo. Fflam yn cyffwrdd â gwair crin.

'I'll have you know my men have worked very hard to clear out this boneyard on time! We just lost one of our men in an explosion, two seriously injured.'

'Mr Bickerstaff, I wasn't suggesting for a moment that...'

'My men shouldn't even be down here doing this, they should be up there,' meddai gan bwyntio at y craeniau anferth yn y pellter a'r wal a godai fel mynydd newydd lle na fu unrhyw fynydd o'r blaen, 'up there building the bloody dam.' Ac ar hynny troes ei gefn ar y Canon a cherdded i ffwrdd a dechrau ceryddu'r gweithwyr a'r pentrefwyr fel ei gilydd.

Daethai'r Canon yn gyfarwydd â'i duedd i ymfflamychu fel'na, yn union fel roedd y pentre i gyd yn dechrau dod yn gyfarwydd â muriau'r argae a dyfai o'u cwmpas bob dydd; ei anwybyddu oedd y dacteg orau. Felly edrychodd y Canon yn ei lyfr, yn yr hwn roedd e wedi rhestru'n fanwl bob un o'r beddau a'r arysgrifiadau ar y cerrig beddau. Mewn colofn, yn ei ysgrifen fân ei hun, roedd e wedi rhoi enwau'r claddedigion yn unig. Yn achos bedd heb garreg neu heb ddim i ddweud pwy oedd yn y ddaear, neu yn achos y beddau na chofiai neb amdanynt, rhoddai'r Canon rif yn unig. Ar ôl i'r dynion godi'r gweddillion o'r pridd a'u dodi i orwedd ar y cert, rhoddai'r Canon farc ar bwys yr enw. A chyn i'r dynion fynd â'r creiriau i ffwrdd mynnai'r Canon ddweud gweddi fach drostynt gan ofyn iddynt am faddeuant am aflonyddu arnynt a'u symud. Weithiau nid oedd llawer i'w weld, dim ond olion yr arch, penglog a rhai o'r esgyrn, ond ceisiai'r Canon gydymdeimlo â phob un ohonynt. Os oedd perthnasau ar dir y byw yn y pentre byddai'r Canon yn eu croesawu i'r fynwent i gymryd rhan yn y weddi hon. Roedd yn bwriadu mynd i fyny i Frynglas i gyfarwyddo claddu'r meirw eto a rhoi gwasanaeth ailgladdu i bob un ohonynt. Ond dim ond y tlodion oedd ar ôl nawr a'r rhai na chofiai neb amdanynt. Edrychodd ar gynffon y rhestr:

Elizabeth Margaret Williams
Thomas Elias Daniel
Rhif 247
Gabriel Morgan
M. Morgan
Mary Mai Morgan
Evan John Jones
Rhif 248
Rhif 249
Ann Elizabeth Thomas

'Ys gwn i pwy,' wrth nodi'r enwau gofynnodd y Canon, 'oedd yr unigolion hyn?'

Anafiadau Pitar Ŵad

CERDDODD PITAR ŴAD i mewn i'r Cross Guns a dychryn pob un, nid gyda'i regfeydd a'i fygythiadau fel y gwnaethai sawl gwaith yn y gorffennol ond gyda'r gwaed ar ei ben ac ar draws ei wyneb. Roedd tyllau yn ei ddillad hefyd ac arllwysai'i waed ohonynt. Cwympodd i'r llawr yn syth ar ôl iddo ddod drwy'r drws. Aeth Dafydd Jones a rhai o'r dynion, Tomi a Ned yn eu plith, i dendio arno.

'Pwy neth hyn i ti, Pitar Ŵad?' gofynnodd y tafarnwr. Ond prin y gallai Pitar siarad. 'Tomi,' meddai Dafydd Jones, 'cer i ôl Dr James neu mae'r gŵr 'ma yn mynd i farw.'

Edrychai Pitar Ŵad yn gwmws fel un o'r ceiliogod a hanner laddwyd gan un o'i ddyrnod ffyrnicaf ei hun, yr hen Satan neu'r hen Liwsiffer ers talwm.

'Mae'n trio gweud rhwpeth,' meddai Ned. Dododd Dafydd Jones ei glust mor agos at geg Pitar Ŵad ag y gallai.

'Wi ffilu clywed,' meddai Dafydd a chodi a gweiddi, 'pob un yn y tŷ i gadw'n dawel, os gwelwch yn dda!' Yna dododd ei glust yn agos at wefusau Pitar eto.

'Rhwpeth ambyti dyn'on,' meddai Dafydd, ''na gyd wi'n gallu clywed drosodd a throsodd, "dyn'on".'

'Dere i mi g'el gryndo,' meddai Bren gan benlinio ar y llawr ar bwys y claf, 'ma 'nghlyw i'n well.' Dododd hithau'i phen mor agos ag oedd yn briodol at geg Pitar Ŵad.

'Ti'n siŵr taw "dyn'on" mae'n gweud?' gofynnodd i'w gŵr. 'Mae'n swno fel "dyrnod" i mi.'

'Pam yn y byd 'se fe'n sôn am ddyrnod?' gofynnodd Dafydd braidd yn ddiamynedd.

'Wel, o'dd e'n catw dyrnod on'd o'dd e?' meddai

rhywun yn y cefn, wa'th roedd pawb yn gylch o gynulleidfa o gwmpas y gŵr gwaedlyd.

'Pidwch â bod yn dwp, yr iolod fel y'ch chi gyd,' meddai Dafydd Jones yn ddibwyll, 'pam 'se fe'n whilia am ei ddyrnod fel ag y ma fe?'

'Walle taw "dyrnau" mae fe'n gweud,' meddai Bren ar ôl gwrando eto, 'erbyn meddwl, wi'n cretu taw "dyrnau" mae'n gweud.'

''Se "dyrna" yn neud peth sens,' meddai Ned.

'Ma's o'r ffordd, ma's o'r ffordd,' meddai Dafydd Jones, ''dewch i mi ryndo 'to.' Ac aeth Dafydd Jones lawr eto a phwyso'i glust ar wefusau Pitar Ŵad. Ond ar ôl gwrando am sawl munud datganodd, 'Na, wi ffilu c'el dim sens 'dag e. Ffilu clywed dim nawr.'

O'r diwedd agorodd y drws eto a daeth Dr James i mewn gyda Tomi ar ei ôl ac ar ei ôl ef Boi, ci Tomi. Roedd y doctor yn cario'i gas lledr a chan agor hwnnw a phenlinio ar bwys y gŵr clwyfus gofynnodd,

'Beth digwydd iddo?'

Ffrindiau'n Ffarwelio

'TI'N MYND 'TE?' meddai Dicw.

''Tyn,' atebodd Jaco.

'Ble ti'n mynd 'te?'

'I le o'r enw Merthyr Tudful.'

'Pam? Be sy yn y lle 'na?'

'Lot o waith i ddyn'on.'

'Pwy sy'n gweud?'

''Nhad. Mae fe weti bod draw i whilo am le inni g'el byw a gwaith i 'Nhad.'

Roedd y newyddion bod ei ffrind yn gadael Pantglas yn sioc iddo. Er nad oedd e wedi mynd eto – yn wir, dyma fe'n eistedd wrth ei ochr ar dwyn yn gwylio'r gwaith ar yr argae yn symud yn ei flaen – fe deimlai Dicw'r bwlch ar ei ôl yn barod. Neb drws nesa. Neb i rannu cyfrinach ag ef. Neb i chwarae. Beth oedd e'n mynd i wneud yn y pentre ar ei ben ei hun? Roedd Tomos Hopcyn a'i deulu yntau wedi gadael ers amser, a Phylip a Dyfed Watcyn, tad a brawd mawr Iori.

'Pryd ti'n mynd 'te?' gofynnodd Dicw.

'Wythnos nesa.'

Fel rheol swniai wythnos fel amser hir i Dicw, yn enwedig pan oedd rhywbeth i ddisgwyl ymlaen ato fel y ffair, neu'r gêm bando oedd yn cael ei threfnu, ond yn awr fe deimlai Dicw nad oedd digon o amser i ddod yn gyfarwydd â'r syniad bod Jaco yn mynd heb sôn am yr ymadawiad terfynol ohono. Ond roedd Dicw yn benderfynol o beidio â dechrau llefain fel y babi mwya, er y gallai deimlo'r dagrau yn ei lwnc yn barod. Od fel roedd y dagrau wastad yn dechrau yn y llwnc.

'Ti'n myn' i golli'r gêm bando,' meddai. 'Smo ni weti c'el gêm bando yn y pentre ers blynydde.'

'Wi ddim yn cofio'r un,' meddai Jaco.

'Na finne.'

'Hen gêm yw bando,' meddai Jaco, 'maen nhw'n whare ffwtbol a rygbi drwy'r amser ym Merthyr Tudful.'

Taflodd Dicw gipolwg llechwraidd dros ei gyfaill ond ni allai weld unrhyw arwydd ar ei wyneb i ddweud ei fod e'n poeni dim am ymadael ag ef, Dicw, a Phantglas. Byddai Jaco wrth ei fodd ym Merthyr Tudful yn chwarae ffwtbol a rygbi drwy'r dydd gyda'i ffrindiau newydd.

Lawr yn y pentre roedd mam Jaco wedi dechrau pacio. Roedd hi'n gwneud ffanffer o'r peth er mwyn i honna drws nesa gael gwybod. Roedd hi'n edrych ymlaen at gael cartref newydd mewn lle newydd, cymdogion newydd a baban newydd ar y ffordd.

Cnoc wrth y drws. A phwy oedd yno yn sefyll mor bowld â thresel ei mam-gu ond honna drws nesa ei hun, Gwenno.

'Ti'n mynd 'te?'

''Tyn,' meddai Nansi.

'Pryd?'

'Wythnos nesa.'

''Dyn ni weti byw drws nesa i'n gilydd ers gwell na ician mlynedd,' meddai Gwenno.

''Tyn,' meddai Nansi.

Yn sydyn roedd y ddwy yn gafael rownd ei gilydd, dagrau'r naill yn arllwys dros ysgwydd y llall.

'Wi'n myn' i weld d'eise di,' meddai Gwenno rhwng ebychiadau o grio.

'A finne,' meddai Nansi. 'Be dwi'n myn' i neud heb dy gwmni di?'

Dyn Tywyll

'MAE FE'N DDIRGELWCH,' meddai Sali Stepen Drws wrth ei chynulleidfa yn siop Cati, 'smo fe'n cofio dim.'

'Ble ma fe nawr 'te ?' gofynnodd Sioned Mynydd Glas.

'Yn y gwely yng nghefn tŷ'r doctor,' atebodd Sali, a gwyddai pawb fod gan Dr James ddarpariaeth yn ei gartref ar gyfer pobl oedd yn glawd ofnadwy, rhywbeth tebyg i ysbyty bach.

'Faint o anafiadau o'dd gytag e?' gofynnodd Bren Cross Guns. 'Wa'th wi'n cofio gweld rhyw 'whech ar ei gorff.'

'Deg i gyd oedd y doctor yn gweud,' meddai Sali, 'ac oedd e'n lwcus, wedws y doctor, wa'th doedd dim un yn rhy ddwfwn a dim un weti myn' miwn i'w "vital organs". Ond collws e lot o w'ed.'

'Pwy 'se'n meddwl 'sa rhwpeth fel 'yn yn dicwdd i Pitar Ŵad o bawb,' meddai Neli Lôn Goed.

'Ond mae fe'n dychra gwella,' meddai Sali, 'mae fe'n gorffod gorwedd yn llonydd er mwyn i'r cwtau gau, 'na beth mae'r doctor yn gweud.'

'Oti fe weti dod ato'i hun?' gofynnodd Sioned.

'Mae'n glir ei feddwl ambell waith,' meddai Sali gydag awdurdod nyrs, 'ond smo fe'n cofio dim, twel. Cas e shew o anafiadau i'w ben, w'eth na'i gorff a gweud y gwir. Gwetws y doctor, "Mae rhywin bwrw hwn ar pen fe gyda *cudgel*", 'na be wetws e.'

'Beth yw *cudgel*?' gofynnodd Neli Lôn Goed.

'Pastwn,' meddai Bren Cross Guns.

'Gwneth hwn'na fwy o lo's iddo na'r gyllell 'eth i mewn i'w gorff,' meddai Sali, 'neu dyna be wetws y doctor.'

'Shw ma fe'n bihafio?' gofynnodd Sioned.

'Smo fe'n gallu symud, nag yw e?' meddai Sali. 'A dyna be sy'n od; smo fe'n gallu gweld.'

'Be ti'n feddwl?' gofynnodd.

'Ma fe'n dywyll,' meddai Sali, 'smo fe'n gallu gweld dim. Mae'i liced e ar acor ond smo fe'n gweld dim.'

'Jiw, jiw,' meddai sawl un, a dyna oedd y consensws.

'Mae Dr James yn cretu walle daw ei olwg yn ôl,' meddai Sali, 'ond am y tro dyn tywyll yw Pitar Ŵad.'

'Bydd e'n gorffod mynd ar y plwy os na ddaw ei liced i weld 'to,' meddai Bren Cross Guns.

Wrth wrando ar hyn i gyd a gweld neb yn prynu dim roedd Cati yn dechrau poeni y byddai hithau'n gorfod dibynnu ar y plwyf, ond fel ateb i weddi agorodd y drws a dyna lle roedd Joe. Cochodd Cati a gwyddai fod pob un o'r menywod yn y siop wedi nodi hynny yn y llyfrau tystiolaeth yn eu pennau.

'Wel, wel,' meddai Cati mewn ymgais ofer i ymddangos yn ddidaro, 'Pitar Ŵad ar y plwy, yn wir, pwy 'se'n meddwl?'

Bando

SYNIAD DAFYDD JONES Cross Guns oedd y gêm bando rhwng dynion y pentre a'r llafurwyr o'r pentre dros dro. Efe oedd wedi crybwyll y syniad wrth Bickerstaff, ac ar ôl eu llwyddiant yn yr ornest tynnu rhaff roedd ei ddynion ef yn fwy na pharod i herio'r pentrefwyr mewn unrhyw gystadleuaeth. Cytunwyd ar ddydd Sul yn yr hydref fel y dyddiad ac fe gyrhaeddodd y diwrnod hwnnw.

Roedd hi fel ffair yn y pentre eto. Dododd Wili'r bechingalw-profi-nerth o flaen y gweithdy eto. Addurnwyd y coed a'r gwrychoedd ac unrhyw bostyn â rubanau. Roedd rhai pobl yn gwerthu cnau a chigoedd, a'r merched yn gwisgo'u dillad pertaf. Ond doedd dim ymladd ceiliogod wa'th roedd Pitar Ŵad yn fethedig bellach. Ac am y tro cyntaf roedd hi'n amlwg fod llai o bentrefwyr i gael. Roedd sawl teulu cyfan a nifer o unigolion wedi ymadael â'r pentre yn ystod y flwyddyn a aeth heibio.

Cysurai Dafydd Jones ei hunan fod rhai o'r bechgyn cryfaf gyda thîm Pantglas o hyd, bechgyn fel Wil Tyddyn Cryman, Siôn y Teiliwr, Iori Watcyn, Haydn Mynydd Glas a Bryn Stryd Fowr, ac ni allai neb warafun i Nanw Gwaelod y Bryn ei lle; yn wir, roedd hi'n gaffaeliad i'r tîm. Ond roedd gan Bickerstaff lawer mwy o ddynion cryf ac ifanc. Cerdyn cyfrinachol Dafydd Jones, yn wir ei unig obaith, oedd nad oedd gwŷr Bickerstaff yn gyfarwydd â bando.

'Pryd mae'r gêm yn dechre, Dadi?' gofynnodd Megan ei ferch, a gresynai Dafydd Jones nad oedd mab gyda fe. 'Dyma Mr Bickerstaff yn dod nawr 'co.'

Croesodd Bickerstaff y comin gyda chriw o ddynion ofnadwy o gyhyrog yr olwg yn ei ddilyn cwtgwt.

'Now, look here, Jones,' meddai Bickerstaff heb unrhyw gyfarchiad, dim 'bore da' na 'sut y'ch chi?' na dim. 'My boys want to know what they're getting into. How do you play this game?'

'What are the rules?' meddai un o'r dynion y tu ôl iddo.

'You shut up!' meddai Bickerstaff. 'I'll ask the questions. What are the rules?'

'They're simple,' meddai Dafydd Jones, 'you'll pick them up as you go along.' Chwifiodd Dafydd ei fraich a galw'i fechgyn draw i ganol y patsyn glas. Yn ei law oedd y bêl, y tu ôl iddo yn bentwr oedd y ffyn bando, ond roedd gan bob un o chwaraewyr y pentre ei fando'i hun yn barod.

'Now then, gentlemen,' meddai Dafydd Jones wrth yr ymwelwyr, 'choose your weapons.'

'But how many are there in a team?' gofynnodd Bickerstaff.

'We'll see how many sticks there are to go round, shall we?'

'It seems to me,' meddai Bickerstaff, 'that there are not as many sticks for my men as your men have.'

'Well, if there's not enough to go round don't worry,' meddai Dafydd Jones, 'some of your boys can share a stickle. So we may have more sticks but you'll have more players.'

Rhoes Mair Tŷ Cornel gusan i Wil Tyddyn Cryman ar ei foch.

'Paid ag anafu dy hun,' meddai wrtho.

Roedd y Canon a Mrs Gomer Vaughan yn llawn cyffro. Penodwyd y Canon yn ddyfarnwr terfynol pe bai unrhyw anghytundeb ar y diwedd rhwng y pentrefwyr a'r llafurwyr.

'On'd ydi hyn yn ysblennydd, Mrs Gomer Vaughan?'

'Dwi'n cofio ti'n chwarae bando yn dy lencyndod, Gomer,' meddai Mrs Gomer Vaughan.

Safai Popi a Dani Pwal ar ymyl y patsyn yn eu dillad mwyaf lliwgar a ffriliog a phluog, yn denu cryn dipyn o sylw o du dynion y pentre a dynion yr argae fel ei gilydd, wa'th roedden nhw ar delerau clòs iawn â rhai yn y naill dîm a'r llall.

'Ys gwn i pwy fydd rheina'n eu cefnogi,' meddai Sioned Mynydd Glas mewn sibrwd digon uchel, 'ein gwŷr ni neu eu gwŷr nhw?'

Ond, chwarae teg iddynt, o dan yr holl golur roedd wynebau Popi a Dani yn gwbl ddiduedd.

'Now the object of the game,' datganodd Dafydd Jones gan ddal y bêl bren yn yr awyr uwch ei ben ar flaenau'i fysedd, 'is to get this ball from here up through the village up the mountainside to Maen Einion – or at least where Maen Einion used to be...'

'We can't go there!' meddai Bickerstaff. 'One of my men was killed in that spot...'

'You only have to go round it and get the ball back here,' pwyntiodd Dafydd Jones gyda'i droed chwith at farc ar y llawr yn y patsyn glas. 'No time limit, no foul play.'

'How will we know if they go round the spot where the rock was?' gofynnodd Bickerstaff.

'If you are suggesting our men would cheat, don't worry, I've already placed two gentlemen of the highest reputation there to ensure that all is accounted for fairly: Mr Thomas Parry – he is known to everyone in the village as Tomi – and Edward Thomas, known as Ned.'

Chwarddodd rhai o'r pentrefwyr ond gwgodd Dafydd Jones arnynt nes iddynt dewi yn sydyn.

'Now gentlemen,' meddai Dafydd Jones wrth Bickerstaff a'i dîm, 'you will not object if I repeat these instructions in Welsh for the men of the village who have very little English.'

Os oedd gan ddynion yr argae wrthwynebiad ni chafodd yr un gyfle i'w leisio.

'Nawr 'te fechgyn,' meddai Dafydd Jones gan droi at y pentrefwyr, 'chi'n cofio prif reol bando, on'd y'ch chi? Does Dim Rheolau. Beth bynnag chi'n gorffod neud i ennill, gwnewch e. Pwniwch, hwpwch, ciciwch, poerwch, baglwch, cledrwch, crafwch, cnowch, clatsiwch, gwasgwch, defnyddiwch eich ffyn bando fel pastynau, peidiwch â dal dim yn ôl. Lladdwch nhw, bois! Dewch â'r bêl yn ôl i Bantglas!'

Bloeddiodd y pentrefwyr 'Hwre!'

'The prize for the man who places the ball on this mark,' meddai Dafydd Jones gan ddodi'r bêl ar y marc yn ddramatig, 'is this lovely silver tankard donated by Canon and Mrs Gomer Vaughan.' Gwenodd Canon a Mrs Gomer Vaughan fel dwy gath fawr falch. 'A-one! A-two! A-three! A-go!'

Y cyntaf i daro'r bêl â'i fando oedd Siôn y Teiliwr, y chwaraewr mwya profiadol, yn noethlymun at ei wasg fel y rhan fwyaf o chwaraewyr y pentre – yr eithriad amlycaf oedd Nanw Gwaelod y Bryn, a rhyddhaodd hithau sgrech annaearol wrth i'r gêm ddechrau, ei locsyn yn llifo y tu ôl iddi dros ei hysgwydd. Yn sydyn roedd y dynion yn un ffrwgwd o freichiau a phennau a chefnau, coesau a ffyn bando, yn gybolfa o gnawd a dannedd a thraed a phren. Ni allai neb weld y bêl fechan a phrin oedd y sgarmes yn symud o gwbl. Roedd hi'n un cwlwm tyn o gyrff a neb yn ildio modfedd.

Rhywsut neu'i gilydd fe lwyddodd Wil Tyddyn Cryman i gael y bêl ma's o'r sgrym ac i ymryddhau ohoni. A bant ag ef gan chwipio'r bêl o'i flaen gyda'i fando, cyn i'r rhan fwyaf o'r chwaraewyr eraill sylwi. Roedd e'n bell ar y blaen cyn i'r lleill ddechrau ei ddilyn. Efe nawr oedd y cadno a'r lleill oedd y cŵn, yn bentrefwyr ac yn llafurwyr.

Safai Mair, ei dwylo dros ei cheg, yn gwylio gyda'i chwiorydd.

Roedd Dicw yn wyliwr hefyd. Ond heb Jaco yn gwmni iddo prin y gallai fwynhau'r hwyl.

Eisteddai Cati ar y ffwrwm o flaen ei siop ac wrth ei hochr eisteddai Joe. Doedd ganddyn nhw ddim diddordeb mewn bando ond gan fod sylw pob un arall ar y gêm honno dyma nhw'n achub ar y cyfle i ymlacio yng nghwmni'i gilydd heb boeni am neb arall.

Buan y diflannodd y chwaraewyr yn ruban o wŷr a bechgyn a ffyn pren i'r pellter ac ambell blentyn a chriwiau bach o ferched yn eu dilyn o bell.

'This game doesn't seem fair to me at all,' meddai Bickerstaff wrth Dafydd Jones.

'All in good fun,' meddai Dafydd, 'come into the inn with me and have a drink on the house.' Prin y gallai'r hen ddynion oedd yn adnabod Dafydd Jones am ei gybydd-dod gredu'u clustiau. Ond roedd gan y tafarnwr resymau ysgeler dros fod mor hael tuag at y fforman.

Yn y pellter eisteddai Tomi a Boi a Ned a Capten mewn pant lle'r arferai Maen Einion fod.

'Diawl,' meddai Ned, 'sgwn i lle ma'n nhw.'

'Fe ddo'n nhw 'e fo'n 'ir nawr, cei di weld,' meddai Tomi.

'Ew,' meddai Ned, 'mae'r lle 'ma yn dishgwl yn od heb yr hen garreg.'

'Ac i feddwl bod un o'r gweithwyr 'na weti c'el ei

ddiwedd yn y danwa,' meddai Tomi. 'Cwmpws darn mowr o'r hen faen, botsh! ar ei ben. 'Na ti ffratach!'

'Dial Ysbryd Einion?' meddai Ned.

Chwarddodd y ddau.

'Na!' meddai Tomi gan ymddifrifoli'n sydyn. 'Wi ddim yn cretu bod Ysbryd Einion weti talu'r pwyth 'to.'

Ar hynny cyfarthodd y ddau gi a chlywodd y dynion fwstwr yn y pellter.

''Co,' meddai Tomi, 'dyma nhw'n dod.'

'Mae dy liced di'n well na rhai fi,' meddai Ned, 'pwy sydd ar y bl'en, ein bechgyn ni neu'u bechgyn nhw?'

'Anodd gweud 'to,' meddai Tomi, 'wa'th ma'n nhw'n ddicon pell o 'yd.'

Yn fuan y nesaodd y fintai swnllyd.

'Wi'n gallu gweld ambell un â gw'ed ar ei ben ac ar ei wyneb nawr,' meddai Tomi, 'ond wi ddim yn napod neb 'to.'

Wrth i'r chwaraewyr redeg tuag at Tomi a Ned roedd eu lleisiau i'w clywed yn yr awyr; melltithion a rhegfeydd ffyrnig yn y ddwy iaith ond yn gwbl annealladwy serch hynny. Seiniau cyntefig a bwystfilaidd oedden nhw, fel anifeiliaid yn ysgyrnygu ac udo ymhlith ei gilydd.

'Dyma nhw'n dod nawr,' meddai Tomi, 'wi'n gallu gweld Siôn y Teiliwr, a rhai o'r dyn'on o off, ac wedyn 'na Iori Watcyn…'

'Ew, ma fa weti tyfu'n sytyn on'd yw e?' meddai Ned. 'Weti sbringo lan.'

'A dyna Wil Tyddyn Cryman a dou o'r nafis yn treio tynnu fa lawr.'

'Wi'n gwel' nhw nawr,' meddai Ned. ''Co Nanw yn ffusto pob un 'da bando, mae'n myn' i ledd rhywun.'

Ar unwaith roedd y rhuthrad ar eu gwarthaf bron.

'Dere ma's o'r ffordd,' meddai Tomi, 'rhag ofn inni g'el clewten gan un o'r ffyn 'na.'

A rhedodd y ddau i gwato dan wrych gerllaw. O'u cuddfan gallent weld bod y bechgyn ar y blaen yn ymladd â'i gilydd yn ddidrugaredd, ond yn llusgo wrth gwt yr arweinwyr oedd rhai dynion a bechgyn wedi'u hanafu'n ddifrifol. Prin y gallai ambell un gerdded.

'Mae rhai o'n bechgyn ni weti c'el anaf,' meddai Ned.

'O's,' meddai Tomi, 'ond dishgwl, mae mwy o'u dyn'on nhw'n gwidu.'

''Co, ma un weti cwmpo lawr,' meddai Ned.

'Paid poeni, un o'u bechgyn nhw yw a.'

'Cerwch nôl am y pentre nawr, bois!' gwaeddodd Tomi. 'Dim pellach, nôl am y pentre!'

A dyma'r lliaws yn troi, dwmbwl dambal.

Yn nhafarn y Cross Guns roedd Mr Bickerstaff yn dod ymlaen yn dda iawn gyda'i ffrindiau newydd.

'I'll never forget your hospitality, the kindest people on God's earth,' meddai â dagrau yn ei lygaid.

'O 'co,' sibrydodd Bren, 'ma'r dŵr yn dod 'to.'

'Mae fe weti'i dala hi,' meddai Dafydd.

'Hey!' meddai Bickerstaff yn sydyn gan daro'i ddwrn ar y cownter. 'What are you saying? Are you talking about me? You are aren't you, you…'

'Now then, now then, Mr Bickerstaff,' meddai Dafydd Jones, 'how about another pint? The boys'll be back soon.'

'Oh, go on then,' meddai Bickerstaff, 'you know, Jones, you're a chum. You are my chum. We should be best chums, we should.'

Roedd Mair Tŷ Cornel yn cnoi'i hewinedd ar y patsyn glas a'i chwiorydd yn gwneud eu gorau i'w chysuro hi.

'Mae fe weti c'el ei fwrw lawr yn rhywle, wi'n gwpod,' meddai.

'Paid â bod yn ffrwmpan,' meddai Gwladys gan roi'i braich am ysgwydd Mair, 'bydd e'n dod nôl nawr, waff, cei di weld.'

Wrth gwrs, ni wyddai Gwladys fwy na'i chwaer, na neb arall o ran hynny, a ddeuai Wil neu unrhyw fachgen yn ôl mewn un darn, ond roedd hi'n gorfod dweud rhywbeth gobeithiol fel'na er mwyn tawelu Mair.

Roedd y rhan fwyaf o'r pentrefwyr eraill yn lolian ar hyd y patsyn glas wedi bachu'r cyfle i gael tamaid i f'yta neu i bicio i un o'r tafarnau.

Roedd Joe wedi gofyn i Cati i'w briodi ac roedd hithau wedi'i dderbyn. Roedden nhw'n dal i eistedd ochr yn ochr ar y ffwrwm o hyd ac ni fuasai neb wedi gallu dweud wrth edrych arnynt fod rhywbeth mor bwysig wedi digwydd yn eu bywydau.

Yn sydyn dyma gawod sgaprwth o law yn dechrau a buasai pob un wedi rhedeg am do oni bai i'r cŵn ddechrau cyfarth a'r plant ddechrau neidio lan a lawr dan weiddi, 'Maen nhw'n dod! Maen nhw'n dod!'

Roedd hyn yn anghywir yn dechnegol. Dim ond un oedd yn dod.

'Wil!' meddai Mair, y gyntaf i'w adnabod, a buasai hithau wedi rhedeg tuag ato oni bai i'w chwiorydd afael ynddi gerfydd ei breichiau.

Wrth glywed y cri daeth Dafydd Jones ma's o'r Cross Guns, Bren a Bickerstaff wrth ei sodlau, ac roedden nhw'n dystion i weld Wil Tyddyn Cryman yn taro'r bêl gron bren gyda'i fando ar draws y patsyn glas nes iddi ddod i orffwys ar y marc penodedig.

'Yr enillydd!' meddai Dafydd Jones gan godi braich y llanc. 'The winner!'

''Co'r gw'ed ar ei gorff,' meddai Mair, 'ma fe'n mynd i lewycu!'

Ond wnaeth Wil Tyddyn Cryman ddim llewygu, er bod golwg arno. Pwy a lewygodd yn ei le, fel petai, ond Mr Bickerstaff, a ddisgynnodd i'r llawr fel sach o datws y tu ôl i Dafydd Jones.

'Ffilu dal ei ddiod,' meddai Dafydd Jones.

Wedyn dyma ragor o'r chwaraewyr yn dod lawr y twyn i'r pentre. Siôn y Teiliwr, ei frest a'i ysgwyddau blewog yn diferu o chwys a glaw a gwaed, oedd yn ail. Wedyn un o ddynion yr argae na wyddai neb o'r pentre beth oedd ei enw, dyma fe'n baglu tuag at y patsyn glas, ei drwyn yn gwaedu ac yn amlwg wedi'i dorri. Cafodd y dieithryn hwn floedd o gymeradwyaeth gan y pentrefwyr er ei fod yn perthyn i'r ochr arall. Wedyn Nanw Gwaelod y Bryn heb farc arni, ei bando yn ei dwylo o hyd, a heb fod ma's o wynt hyd yn oed. Yna Bryn Stryd Fowr ac Iori Watcyn. Ar ôl hynny daeth y dynion yn ôl un ar ôl y llall, weithiau dau yn cynnal ei gilydd, daethent dwmbwl dambal dan wegian, ambell un yn cropian ar ei bedwar, a thaflu'u hunain ar y llawr ar y patsyn glas. Prin oedd y rhai heb anafiadau ac roedd bron pob un ohonynt yn gwaedu.

'Mae hi fel y gad 'ma, Mrs Gomer Vaughan,' meddai'r Canon.

'Gan fod y rhan fwyaf o'r dynion wedi dychwelyd,' meddai Dafydd Jones yn uchel, 'dyma'r amser gorau i gyflwyno'r wobr. Mrs Gomer Vaughan, liciech chi gyhoeddi enw'r enillydd yn swyddogol a rhoi'r cwpan iddo?'

'Bydd hi'n fraint,' meddai Mrs Gomer Vaughan, 'a'r enillydd yw Wil Tyddyn Cryman!' Wrth iddi roi'r stên arian yn ei ddwylo gwaeddodd y pentrefwyr 'Hwre!' a chwibanodd ambell blentyn. Ni ellid dal Mair Tŷ Cornel yn ôl wedyn a rhedodd hithau ato a thaflu'i breichiau am ei wddw a dodi ei phen ar ei frest noeth.

Roedd y pentrefwyr yn hapus ond roedd rhai o'r gweithwyr, y rhai na fu'n chwarae, yn flin fod cynifer o'u ffrindiau wedi cael eu hanafu. Aeth ambell ferch o'r pentre ati i drin briwiau bechgyn a dynion Pantglas ond roedd dynion yr argae yn gorfod cario rhai o'u chwaraewyr hwy lan y llethrau i'r ysbyty yn y pentre dros dro.

'Wi moyn dangos y tancard 'ma i Estons,' meddai Wil.

'Dere 'te,' meddai Mair gan afael yn ei law, a bant â nhw.

'That was a rough game,' meddai Joe wrth Cati, 'our boys look half dead.'

'I told you it would be,' meddai Cati. 'I'm glad you didn't play.'

'I'll have to go and help,' meddai fe, 'I'll come back down later,' a gwasgodd ei llaw. Doedd hi ddim yn briodol iddyn nhw gusanu ar goedd eto.

Law yn llaw aeth Wil a Mair i mewn i'r gweithdy ac i'r cefn lle roedd Estons yn byw. Roedd Gladstôn yno i'w derbyn ond doedd e ddim yn siglo'i gynffon ond yn crio.

'Mae rhywpeth yn bod,' meddai Mair.

'Paid â dod mewn,' meddai Wil ac aeth ef i'r llofft ar ei ben ei hun. Mewn eiliad daeth yn ôl, ei wyneb fel y galchen.

'Be sy'n bod?'

Er Maint a Wêl Hi Yma a Thraw

A R ÔL Y gêm bando aeth rhai o'r dynion o'r argae i gartref Popi Pwal.

'Beth maen nhw'n erfyn i ni neud 'da nhw?' gofynnodd Dani. 'Nece nyrsys y'n ni.'

'Smo ti'n diall dyn'on,' meddai Popi, 'er taw dyn o fath wyt ti dy hun.'

'Isht!'

'Mae pob un yn gwpod,' meddai Popi, 'ac o leia un o'r dyn'on hyn yn gwpod yn siŵr. 'Co Paul myn'na.'

Edrychodd Dani ar y dyn a orweddai ar y llawr. Roedd anaf ar ei ben ac roedd e'n gwaedu ac yn anymwybodol. Roedd dyn arall yn gorwedd ar y gwely, ac un arall wedi cwympo'n swp i'r gadair.

'Does dim lle i ni 'ma,' meddai Dani, 'gad inni fynd nawr a gat'el y pentre diawledig 'ma. Nawr yw'r amser i fynd.'

'A gat'el rhain 'ma yn gwidu?'

'Beth yw'r ots amdanyn nhw?'

'Sdim calon 'da ti o gwbl, neg oes?'

'Pwy fagws fi?'

'Ti wastad yn tawlu hwn'na nôl i'm wyneb i.'

'Wel, mae'n wir, on'd yw hi?'

'Yr unig beth ti'n poeni amdano yw'r ddiod werdd 'na.'

'Ti weti atgoffa i pam fod rhaid imi fynd o'r pentre 'ma nawr – sdim diferyn ar ôl 'da fi.'

Aeth Popi i chwilio am fandais ac i ddodi dŵr mewn basn er mwyn golchi briwiau'r dynion.

'Pam ti'n potshian 'da rheina, y ffwlpan?' meddai Dani. 'Unwaith y do'n nhw at eu hunain byddan nhw'n ffrio 'da'i gilydd ac yn dy daro di ac yn neud petha gwa'th. Chei di ddim diolch gan yr un ohonyn nhw.'

'Wi ddim yn erfyn diolch.'

'Pwy wyt ti nawr 'te? Florence Nightingale?'

'Paid â whilia 'da fi fel'na, a paid â 'ngalw i'n ffwlban byth eto!'

Pwdodd Dani a mynd i eistedd yn yr unig gadair sbâr yn yr ystafell fechan. Edrychodd ar ei hunan mewn drych a mynd ati i gywiro'i golur ac ymbincio.

'Dere i helpu golchi'r anafiadau 'ma,' meddai Popi.

'Na, wi'n mynd i ddechra pacio ac wedi'ny wi'n mynd. Wi'n mynd, ti'n gryndo? Mynd!'

'I ble, sgwn i?'

''Sai'n gwpod 'to – i Lerpwl neu i Gaerdydd, neu i Lunden neu i Ffrainc 'to. Lle bynnag maen nhw'n gwerthu'r wermod.'

'Cer 'te,' meddai Popi, 'gwarad da.' Ond unwaith y dywedodd y geiriau roedd hi'n difaru iddi agor ei phill heb feddwl. Roedd Dani wrthi yn pacio o ddifri.

'Dani, paid â gat'el 'to,' meddai, 'gad i mi neud rwpeth dros y bechgyn ac weti'ny fe awn ni gyta'n gilydd heb ddishgwl nôl. Ble ti'n mynd?'

Angladd

ROEDD ESTONS WEDI crogi'i hunan. Pan ddaeth Wil o hyd iddo ar ôl ennill y gêm bando fe gawsai ergyd ofnadwy. Prin y gallai siarad am ddyddiau wedyn gyda neb ond Mair. Cawsai hithau'i dychryn er na welodd hi mo'r corff. Ond roedd pawb arall yn y pentre yn siarad am y peth. Bu'n rhaid cael dau heddwas i ddod dros y mynydd i gadw trefn.

Nid oedd Pantglas yn fodlon claddu Estons a gwyddai'r Canon nad oedd yn arfer uniongred ond fe benderfynodd fod Estons yn achos arbennig ac fe'i claddwyd gyda gwasanaeth ym mynwent Brynglas. Dringodd ei ffrindiau'r llethrau gan ddilyn yr elorgerbyd (a'r ceffylau a'i tynnodd wedi'u pedoli gan Estons ei hunan). Cydnabyddid Wil Tyddyn Cryman fel ei brif alarwr, Mair wrth ei ochr ac wrth ei hochr hi pwy arall ond Gladstôn y ci. Yn wir, daeth y rhan fwyaf o drigolion y pentre a allai gerdded i'r angladd er mwyn talu gwrogaeth i'r gof hoffus. Yn ei deyrnged iddo soniodd y Canon am ei anfanteision corfforol ond fel y bu iddo oresgyn y rheina ac fel y cafodd ei dderbyn gan bob un o frodorion Pantglas er bod dieithriaid yn aml iawn yn gwneud hwyl greulon am ei ben. Nododd hefyd fel y câi pob plentyn groeso i'r efail ac fel yr oedd plant ac anifeiliaid fel ei gilydd yn arbennig o hoff ohono. Canwyd emyn, er nad oedd Estons yn ddyn duwiol iawn, a darllenodd y Canon weddi. Cariwyd yr arch gan Wil a Siôn y Teiliwr ac Iori Watcyn a thri dyn o Frynglas a'i rhoi hi yn y pridd. Roedd Wil ei hunan wedi talu am ddarn o bren ag enw Estons arno: 'Eustace Stevens, Gof,

1846?–1884.' Roedd rhai yn gweld ei enw iawn a'i enw llawn am y tro cyntaf.

Ac wedyn bu'n rhaid i'r pentrefwyr ei adael yno, ym mynwent Brynglas – lle dieithr iddo fyddai'i hir gartref – a throi tua thre.

Wrth iddynt ymlwybro lawr y llethrau am Bantglas eto gallent weld y pentre wedi'i amgylchu bellach gan waliau a darpar-waliau yr argae. Os nad oedden nhw wedi'i amgyffred cyn hynny roedd hi'n amhosibl i neb o'r criw beidio â sylweddoli bod eu dyddiau fel trigolion y llecyn hwn wedi'u dyddio a bod rhaid i bob un ohonynt ymadael yn hwyr neu'n hwyrach. Serch hynny, doedden nhw ddim yn barod i fynd eto a phenderfynodd sawl un na fyddai'n ildio tan y funud olaf.

Gwasgodd Wil law Mair yn ei law yntau. Roedd e'n wahanol i'r lleill gan ei fod yn barod i bacio a chwilio am rywle arall i fyw a dechrau newydd a gloywach nen, ar ôl priodi Mair.

Ond safodd hithau'n sydyn.

'Be sy'n bod?' gofynnodd Wil.

'Ble mae Gladstôn?' gofynnodd hi. 'Smo fe weti dod gyta ni.'

'Mae fe'n moyn sefyll 'dag Estons,' meddai Wil.

'Chewn ni ddim gat'el e ar ei ben ei hun,' meddai Mair, 'mae fe'n siŵr o nwni.'

'A' i nôl i'w g'el e,' meddai Wil.

'Na, a' i,' meddai Mair, 'ti weti blino'n gortyn ac mae Gladstôn yn nabod fi.'

'Cer yn glou 'te,' meddai Wil.

Cyn iddi fynd troes ei phen a gofyn, 'Nei di sefyll yn yr efail nes inni ddod nôl?'

Dicter Bickerstaff

ROEDD BICKERSTAFF YN gandryll o hyd. Doedd e ddim yn gallu anghofio am y gêm bando. Collasai un o'i ddynion ei lygad chwith – ni allai hwnnw weithio eto. Roedd pump o'i ddynion yn yr ysbyty o hyd – o ganlyniad i'r gêm bando, nid yn sgil anafiadau wrth wneud eu gwaith ar yr argae. Bu ond y dim i ddau ohonynt farw. Roedd e'n gorfod ysgrifennu adroddiad ar bob un o'r dynion a gâi'i drin yn yr ysbyty a'i gyflwyno i'r rheolwyr. Peth anodd i'w egluro iddyn nhw oedd unrhyw anaf a achoswyd ar wahân i'r gwaith o adeiladu'r gronfa. Yn wir, oni allai gyfiawnhau'i benderfyniad i fynd â'r dynion i'r ysbyty, gallai'i swydd ei hun fod yn y fantol, ac roedd ganddo wraig a phedwar o blant i feddwl amdanynt yn Preston.

Roedd e'n dal y tafarnwr Dafydd Jones yn gyfrifol am y cyfan. Efe oedd wedi trefnu'r gêm ac wedi gweithredu fel canolwr, ac efe oedd wedi dechrau'r gêm heb amlinellu'r rheolau, heb baratoi'i ddynion ef ar gyfer sbort hollol ddieithr iddyn nhw. Ac wedyn roedd y pentrefwyr wedi chwarae'n frwnt, fel anifeiliaid, gan fwrw'i ddynion ef gyda phastynau a chicio dynion yn y ceilliau a'u cnoi a'u baglu. Pa obaith oedd gan ei ddynion mewn chwarae annheg o'r fath? Ac wedyn roedd y twyllgi, y triciwr Jones yna, wedi mynd ag ef i'w dafarn dan gymryd arno fod yn gyfaill ac wedi'i gael ef, Reginald Bickerstaff, yn chwil feddw gaib. Oedd, roedd e'n gandryll. On'd oedd ei gymdogion yn Preston wedi'i rybuddio yn glir, 'Never trust a Welshman', ac wedi gofyn iddo, 'What's the word for one who goes back on a promise? Welch.' Roedd e'n mynd i gerdded i

mewn i'r Cross Guns a rhoi pryd o dafod i'r diawl Jones
'na. Torsythodd o flaen drws y tafarn cyn mynd i mewn.
Doedd e ddim yn un i oddef ffyliaid. Roedd ganddo'r
enw ymhlith y gweithwyr o fod yn ddyn unplyg, caled.
Roedd rhai yn ei ofni hyd yn oed. Agorodd y drws ac aeth
i mewn.

'Ah!' meddai Dafydd Jones yn esgyn ei freichiau mewn
ystum croesawgar. 'Bickerstaff, my old friend! Come in, sit
down, have a pint!'

'I'm not here to have a good time,' meddai Bickerstaff
rhwng ei ddannedd, 'I'm here to talk about that fiasco you
call a game which put five of my men in the infirmary
and…'

'I know it's a rough game,' meddai Dafydd Jones, 'and
your men are not used to it, but you have to admit it's
fun.'

'Fun? One of my men lost an eye. He's gone home.
Can't work any more. You call that fun?'

'Accidents do happen,' meddai Dafydd Jones gan osod
peint o gwrw o flaen y fforman.

'And how do I explain these accidents to my bosses?
They'll want to know how my men got injured outside
work and why they have to pay for their recovery in the
work's infirmary.'

'Difficult,' meddai Dafydd Jones gan grafu'i ên. 'But you
only wanted the men to have some fun and to socialise with
the villagers. Nothing wrong with that.'

'It costs the company money while these men are flat on
their backs doing nothing in the hospital.'

'You must regret bringing them down to the village and
entering them in the competition.'

'I had no idea it would be so violent.'

'We had a woman and boys on our side.'

'Are you implying the company could blame me for the harm that came to my men?'

Gwaredigaeth

NI ALLAI MAIR gael Gladstôn i symud modfedd oddi wrth fedd ei feistr. Roedd hi wedi treio popeth: siarad ag ef, cynnig tamaid o gaws iddo, dodi tennyn am ei wddw a'i dynnu. Ei wthio fe. Ond roedd e'n gi mawr ac ni thyciodd ei hymdrechion.

'Dere, Gladstôn,' meddai, ond fe allai hi weld y tristwch yn ei lygaid. Roedd e'n gweld eisiau Estons ac yn torri'i galon ar ei ôl. 'Rhaid i ti ddod 'da fi, 'chan,' meddai gan eistedd ar y llawr wrth ei ochr, er bod hynny yn golygu'i bod hi'n eistedd wrth ymyl bedd newydd Estons, 'pwy sy'n mynd i roi bwyd i ti yma? Bydd plant y pentre yn gweld d'eisie di. Dere 'da fi nawr.' Ond symudodd e ddim, yn wir roedd e'n pallu edrych arni gyda'i lygaid mawr brown annwyl fel yr arferai wneud. Roedd ei gynffon yn dawel. Pwysai'i drwyn rhwng ei bawennau.

Daeth hi i fwrw yn gas, ac i Mair edrychai'r pentre yn bell nawr ac roedd hi'n tywyllu. Roedd hi wedi treio popeth o fewn ei gallu.

'Wel, cei di sefyll 'ma am heno,' meddai wrth y ci, 'ond wi'n dod nôl 'fory a bydd Wil yn doti ti mewn cert ac yn dy glymu di a bydd rhaid i ti ddod nôl gyta ni.' Cusanodd y ci ar ei gorun cyn ffarwelio ag ef a dechrau ar ei ffordd lawr y mynydd tua thre.

Daeth y glaw yn drymach. Lwcus ei bod hi wedi gwisgo siôl i'r angladd fel y gallai hi'i thynnu dros ei phen. Buasai hi wedi rhedeg oni bai fod y llwybr yn serth ac wedi mynd yn llithrig yn sydyn.

Teimlai Mair braidd yn euog am adael y ci ar ei hôl hi ar

ei ben ei hun yn y glaw. A wnaeth hi ddigon i'w berswadio i ddod gyda hi?

Rhaid bod Wil a'r lleill wedi cyrraedd y pentre ers amser; ni allai hi weld na chlywed neb.

Yn sydyn daeth rhywun allan o'r cysgodion a sefyll o'i blaen hi. Dyn tal, ond roedd hi'n dywyll ac roedd e'n gwisgo sgarff wedi tynnu lan dan ei drwyn, dros ei geg, ac roedd ei het yn isel dros ei lygaid.

'Dwi ar fy ffordd i'r pentre, syr,' meddai Mair. 'Ydych chi'n mynd, syr?'

Atebodd e ddim a symudodd e ddim ac roedd e'n sefyll ar ganol y ffordd. Ar y naill ochr iddi roedd gwrychoedd garw yn drwch ac ar yr ochr arall ddibyn. Teimlai Mair ofn yn gafael yn ei chalon ac yn ei throi.

'Gadewch i mi basio, syr,' meddai hi ond eto symudodd e ddim. Roedd ei ddistawrwydd rhyfedd yn ei dychryn fwy na'i ffigur tal, tywyll, diwyneb.

Penderfynodd Mair taw gwthio heibio iddo oedd ei hunig obaith a dyna hi'n ei pharatoi i wneud hynny pan lamodd y dieithryn tuag ati a gafael ynddi gerfydd ei hysgwyddau. Roedd hi'n mynd i sgrechian ond fe stwffiodd y dyn glwtyn i'w cheg. Yna fe'i gwthiodd hi i'r llawr ac roedd e'n gorwedd drosti. Roedd ei gorff yn fawr ac yn drwm a phrin y gallai hi anadlu gyda'i bwysau arni. Roedd hi'n gallu teimlo ei ddwylo'n twro dan ei dillad.

Gwyddai Mair fod y dyn â'i fryd ar ei gwaradwyddo hi. Meddyliai am ei mam a'i thad ac am Wil.

Yn sydyn daeth rhywbeth arall allan o'r tywyllwch a neidio ar gefn yr ymosodwr.

Lawr yn y pentre roedd Wil yn dechrau poeni.

'Ble yn y byd ma Mair?'

Edrych ar ôl Pitar Ŵad

Roedd Pitar Ŵad wedi mynd yn ôl i'w hen fwthyn eto. Sali Stepen Drws oedd wedi mynd ag ef yn ôl ar orchymyn Dr James. Ond heb unrhyw orchymyn hyhi oedd yn ymweld â Pitar Ŵad bob dydd nawr ac yn rhoi bwyd iddo ac yn mynd i ôl neges drosto. A gwyddai holl fenywod y pentre am hyn.

'Pam ti'n potshan 'da'r hen Bitar Ŵad 'na?' gofynnodd Sioned Mynydd Glas pan oedd hi yn siop Cati un diwrnod.

'Smo fe'n gallu neud dim,' atebodd Sali, 'dim ond eishte mewn cornel a syllu i'r pellter heb weld dim.'

'Ers pryd wyt ti weti bod yn gyfrifol am gleifion Dr James ar ôl iddyn nhw at'el ei ofal ef 'te?' gofynnodd Gwenno Stryd Fowr.

'Meindiwch eich busnes,' meddai Sali. A da iawn ti, meddyliai Cati.

'Pwys o 'alan,' meddai Sali heb gymryd sylw o neb na dim. Ac ar ôl iddi gael yr halen a thalu a chael ei newid fe adawodd y siop a mynd yn syth i dŷ Pitar Ŵad.

'Be ti moyn i swper 'eno?' gofynnodd. 'Wy weti berwi?'

'Ych a fi,' ebychodd Pitar Ŵad, 'wi ddim yn gallu godde wya.'

'Ma pishyn o gig ar ôl. Cei di hwn'na.'

Ni ddywedodd Pitar ddim. Anaml yn wir y dywedai air. Ni ddiolchai iddi am ei chymwynas ac nid oedd hi'n disgwyl iddo wneud. Yn wir, ni wyddai Sali pam oedd hi'n 'potshan' gyda Pitar Ŵad. Doedd hi ddim yn licio fe o gwbl. Hen ddyn cas fu e erioed, a nawr ar ben popeth roedd e'n gas a chwerw ac yn ddall. Ond am ryw reswm ni allai Sali'i adael ar ei ben ei hun heb neb i edrych ar ei ôl. Roedd hyn yn od hefyd, wa'th roedd Gwenno Stryd Fowr yn llygad ei lle; ni fu hithau erioed yn angyles. Fel morwyn Dr James ymhyfrydai Sali mewn cario clecs i'r pentre am gleifion y doctor, a siaradai gydag awdurdod nyrs. Ond nid nyrs mohoni ac yn gyffredinol roedd hi'n casáu pobl, yn enwedig pobl dost. Roedd hi'n bymtheg ar hugain oed ac nid oedd hi wedi cymryd ffansi at unrhyw lanc nac wedi meddwl cymryd un yn ŵr. Ac roedd hi'n siŵr o un peth, doedd hi ddim yn ffansïo Pitar Ŵad. Wrth iddi baratoi'i swper edrychodd arno yn eistedd yn ei gadair yn smygu'i getyn pib. Roedd e'n gwynto fel hen gwrci wedi marw ers pythefnos, roedd ei farf fel draenllwyn dros ei wyneb i gyd, cawsai'i drwyn ei dorri dairgwaith o leia fel nad oedd ond lwmp o gnawd di-siâp, doedd dim dant yn ei ben nad oedd yn ddu fel colsyn ac roedd ei ddwylo'n bawennau brwnt. Roedd popeth amdano yn wrthun iddi.

Ond dyma rywun a oedd yn gwbl ddibynnol arni ac roedd rhywbeth am hynny yn rhoi gwefr iddi. Doedd dim rhaid iddi fod yn gwrtais wrtho nac yn serchus, a chan ei fod yn gwbl ddiymadferth bellach ni allai fod yn frwnt wrthi, yn wahanol i'w thad a'i brodyr. A phe dymunai hi fod yn gas wrtho fe nid oedd dim y gallai ef wneud am hynny. Penderfynodd ei bod hi'n mynd i'w gadw fe i gyd, heb ei rannu gyda neb arall o hyn ymlaen.

'Be wyt ti'n myn' i neud, Pitar Ŵad,' gofynnodd, 'pan ddaw hi'n bryd inni gyd fynd o'r pentre 'ma?'

Cwsmer i Popi a Dani

A R ÔL IDDI lwyddo i gael gwared â'r olaf o'r dynion clwyfedig drwy'i gicio fe ma's o'i chartref (chwarae teg iddi, bu hi'n edrych ar ei ôl fel dirprwy nyrs iddo am ddau ddiwrnod) fe droes Popi'i holl sylw ar ei mab, Dani. Yn y diwedd fe gafodd Popi lwyddiant arall gan ei berswadio i beidio â gadael y pentre eto.

'Dim ond i ti sefyll ddiwrnod neu ddou arall ac fe ddo i 'da ti,' meddai Popi.

'Pam aros? Gwastraff amser,' meddai'i mab.

'Mae cwpwl o betha 'da fi i sorto m'es,' meddai cyn ymhelaethu, 'ta beth, mae'n anodd i mi at'el y pentre 'ma am byth. Yma ces i 'ngeni, yma ces i 'macu. A tithe.'

'Twll o le,' meddai Dani gan lymeitian sieri. Prynasai Popi botel ohono iddo yn y gobaith y byddai'n ei gadw'n ddiddig nes ei bod hi'n barod i hel ei phac.

'Walle dy fod ti'n iawn 'efyd,' meddai Popi, a wyddai o brofiad nad oedd anghytuno ag ef yn talu, 'mae rhaid inni fynd ta beth, man a man inni fynd nawr yn lle sefyll tan y funud ola.'

Edrychodd Popi drwy'r ffenest a theimlo hiraeth am y lle yn barod. Nid oedd hi'n gyfarwydd ag unrhyw le arall; ni fu'n bell i ffwrdd yn ei bywyd. Ond rhaid iddi fentro. Roedd hi'n siŵr fod llefydd gwell i gael, llefydd mwy diddorol gyda siopau a theatrau a strydoedd mawr, tai crand, pethau y bu hi'n breuddwydio amdanynt ar hyd ei hoes. Pam oedd hi'n petruso, ni ddeallai.

Yna gwelodd ddyn yn dod trwy'r glwyd.

'Mae rhywun yn dod at y tŷ,' meddai.

'O na!' meddai Dani. 'Wi wedi blino.'

Aeth Popi i ateb y curo wrth y drws.

'Pantglas!' meddai Popi wrth ei agor. 'Dere mewn.'

Roedd e'n gwisgo het ac wedi tynnu coler ei got lan at ei glustiau rhag i lygaid y gymdogaeth ei weld, ond roedd Popi yn ei nabod yn syth.

'Diolch,' meddai'r gweinidog, 'ro'n i'n dishgwl 'set ti'n 'y ngyrru i ffwrdd.'

''Swn i byth yn neud hynny, Pantglas.'

Roedd golwg ofnadwy arno. Roedd ei wyneb yn llwyd a'i lygaid yn goch.

'Be sy'n bod?' gofynnodd Popi.

'Helpa fi,' meddai gan gwympo ar ei liniau a thaflu'i freichiau o amgylch gwasg Popi, 'helpa fi! Wi'n crefu arnat ti.'

'Wi ddim yn gwpod sut i helpu ti,' meddai Popi gan frwydro i'w wthio i ffwrdd ac ymryddhau.

'Mam! Be sy'n bod ar hwn nawr?' gwaeddodd Dani o'i gornel ar y soffa. Troes Pantglas i edrych arno a'i weld fel petai am y tro cyntaf. Neidiodd i'w draed.

'Wyddwn i ddim fod neb arall yma,' meddai, 'pwy yw'r lodes bert hon?'

'Dyma fy ma-erch i. Fy merch, Danielle.'

'Merch. Wyddwn i ddim bod merch 'da ti, Popi,' meddai gan wenu ar Dani. Wrth lwc doedd Pantglas ddim yn cofio dim am Daniel; doedd e ddim ymhlith dynion mwyaf sylwgar y byd. 'Ble ti wedi bod yn ei chadw 'ddi?'

'Mae hi wedi bod i ffwrdd, yn Llunden a Ffrainc. On'd wyt ti, Danielle?'

'Ffrainc!' meddai Pantglas. 'Mae'n debyg dy fod ti wedi

dysgu nifer o bethau yn Ffrainc,' meddai gan symud tuag at y soffa. Roedd e wedi anghofio am Popi yn llwyr.

'Pantglas,' meddai Popi, 'liciet ti g'el awr neu ddwy ar dy ben dy hun i ddod i nabod Danielle yn well?'

Greddf

Pan ddaeth Wil o hyd i Mair yn gorwedd ar ochr y lôn i Frynglas, wrth ei hochr yn ei gwarchod oedd Gladstôn. Roedd hi'n anymwybodol ond heb unrhyw anafiadau difrifol. Cariodd Wil y ferch yn ei freichiau yr holl ffordd i'r pentre gyda'r ci yn dilyn wrth ei sodlau bob cam. A'r unig berson a welodd oedd un o'r dynion o'r argae. Wrth ei basio edrychodd ar Wil a'r ferch yn ei freichiau ond ni ddywedodd ddim. Fel bachgen cefn gwlad teimlai Wil fod hyn yn od. Peth od hefyd oedd gweld dyn ar ei ben ei hun fel'na. Aeth Wil â hi i'w chartref.

Cwestiwn cyntaf ei thad pan ddaeth Mair ati ei hun oedd, 'Be ddigwyddws i ti?' Doedd hi ddim yn siŵr i ddechrau ond yna fe gofiodd am y dyn mawr yn sefyll yn ei ffordd ac yna yn ei thynnu i'r llawr ac yn gorwedd arni.

'Pwy oedd e? O't ti'n nabod e?'

Doedd hi ddim yn gallu gweld ei wyneb yn iawn, dim ond ei lygaid.

'Ro'dd rhwpeth yn gyfarwydd amdano fe,' meddai, 'ond wi ddim yn gwpod pwy oedd e.'

'Wetws e rwpeth?'

'Dim un gair.'

Roedd Ben Tŷ Cornel a Wil yn benwan. Petasen nhw'n gallu cael eu dwylo ar y dyn buasen nhw'n ei sibedo fe.

'Walle dylsen ni weud wrth y plismyn 'na,' meddai Enid, ei mam.

'Be? Y dyn'on sbrachu 'na?' meddai Ben yn llawn dirmyg. 'Ffusto pen ci marw 'se myn' atyn nhw am bwyth. Newn ni ddelio â hyn, fi a Wil.'

'Y ci!' meddai Mair gan eistedd lan yn ei gwely yn sydyn. ''Co, ma Gladstôn 'ma!'

'Nag o'dd e 'da ti?' gofynnodd Wil. ''Na pam est ti nôl, i ôl y ci.'

'Do, ond o'dd e'n pallu gat'el bedd Estons.' Yna fe gofiodd Mair fel roedd hi wedi gwneud popeth i annog Gladstôn i'w dilyn ond yn y diwedd wedi'i adael. Ac yna fe gofiodd iddo ddod o rywle a neidio ar y dyn dieithr oedd ar fin ei difwyno.

'Gladstôn achubws fy mywyd eto,' meddai, gan daflu'i breichiau am ben yr hen gi, 'dyma'r ail dro.'

'Mae'n wir,' meddai'i chwaer Annes, 'rhaid ei fod e'n gwpod o bell fod rhwpeth ofnatw'n digwdd i ti.'

'Mae rhyw linyn yn cysylltu ti a Gladstôn, on'd oes?' gofynnodd Gwladys ei chwaer arall.

'O's,' meddai Mair, 'a nawr bod Estons weti mynd a Gladstôn weti achub 'y mywyd ddwywaith wi ddim yn mynd i at'el iddo fe fynd. Ma fe'n mynd i fyw yma gyta fi nes bo Wil a finne'n prioti ac yn myn' rhywle arall i fyw yn ein tre'n hunain a daw Gladstôn gyta ni ond caiff e fynd gyda Wil i'r efail bob dydd i weithio yn ôl ei arfer.'

Dyna'r tro cyntaf i Ben ac Enid Tŷ Cornel glywed am gynlluniau priodasol Mair a Wil, er eu bod wedi sylweddoli ers tro fod hynny yn y gwynt, a chan eu bod ill dau mor falch bod Mair yn saff a hithau newydd gael braw ofnadwy nid oedd modd iddyn nhw wrthwynebu na dweud bod Wil a hithau yn rhy ifanc ac yn rhy dlawd.

'Pryd y'ch chi'n mynd i brioti?' gofynnodd Annes. 'Ga i fod yn forwn yn y briotas?'

Ffurfiau Pedws Ffowc

A NAML Y GWELID Pedws Ffowc yn cerdded ar hyd y pentre, ei chath Pom yn gorwedd dros ei hysgwyddau, ar ei ffurf ei hun yn ddiweddar. Ei ffurf gysefin oedd hen wraig gefngrwm, fantach, esgyrnog ond roedd rhai yn honni ei gweld ar ffurf ceinach – ar y ffurf honno y saethwyd hi yn ei hystlys gyda bwled arian gan Pitar Ŵad dro yn ôl, medden nhw, a dyna pam y melltithiodd y Bedws ef nes ei adael yn fodach tywyll a gâi ei gam-drin gan gansen o fenyw yn ei dre'i hun. Roedd rhai eraill yn honni'i gweld ar ffurf cawci yn sgrechian o gwmpas y simdde – wrth lwc roedden nhw wedi doti siswrn agored yn y simdde fel na allai unrhyw wrach gael mynediad i'r tŷ y ffordd honno – ac eraill eto wedi'i gweld ar ffurf cath yr un sbit â Pom a'r ddwy yn cerdded ochr yn ochr, ond doedd neb yn gwybod am gath arall debyg i Pom yn y pentre ac felly roedd hi'n amlwg taw meistres Pom oedd y Pom arall hon, ac eraill eto wedi'i gweld hi ar ffurf llygoden fawr, rhy fawr fel na allai neb cath ei dala, ac eraill eto byth wedi'i gweld hi ar ffurf boncath. Ac yn wir, ar y ffurf honno y gwelid hi amlaf yn ddiweddar, yn troi cylchoedd yn yr awyr, yn dringo grisiau anweladwy. Roedd hi'n amlwg eto taw neb arall ond Pedws Ffowc oedd y boncath arbennig hwn gan ei fod bob amser ar ei ben ei hun ac, fel y gwyddai'r pentrefwyr, fel rheol gwelir tri boncath yn yr awyr gyda'i gilydd, ac ar ben hynny fe ddeuai'r boncath hwn yn rhy agos i'r pentre weithiau, peth nad oedd yn naturiol. Dywedai'r pentrefwyr, yn siop Cati ac yn y Cross Guns, fod y Bedws yn ymhyfrydu yn y ffurf hon yn ddiweddar gan ei bod yn gallu gweld y pentre a'r pentrefwyr i gyd yn ogystal â'r dynion oedd yn gweithio ar yr argae a'i bod hi'n cadw llygad ar bawb a phopeth a'i bod hi'n gwybod hanes pob un ym Mhantglas ac ym mhentre bocsys y llafurwyr, a'i bod hi fel hyn yn gallu dilyn hynt a helynt beunyddiol y gymdeithas. A chan ei bod hi wedi dodi'i melltith ar wŷr yr argae am dorri Maen Einion gan aflonyddu ar Ysbryd Einion, roedd ganddi ddiddordeb mawr yn eu trallodion hwy.

Ond ar y diwrnod arbennig dan sylw daeth Pedws Ffowc i'r pentre ar ffurf Pedws Ffowc, ei chath dros ei hysgwyddau. Cerddodd heibio i fwthyn Pitar Ŵad dan laschwerthin ac ymlaen â hi at siop Cati i brynu snisin ac wedyn safodd i fwrw golwg dros y fynwent wag lle nad oedd ond tyllau cochion yn y ddaear yn lle beddau, ac ymlaen â hi heibio tŷ'r gweinidog Pantglas lle safodd am funud eto i adennill ei gwynt a thaflu cipolwg i mewn drwy'r ffenestri tywyll. Ac ymlaen â hi gan sibrwd yng nghlust y gath,

'I ble'r ewn ni nawr 'te, Pom?'

'daeth Pedws Ffowc i'r pentre ar ffurf
Pedws Ffowc, ei chath dros ei hysgwyddau'

Popi a Dani yn Ymadael

'**O**TI POPETH WETI'I bacio nawr?' gofynnodd Popi.
'Oti, wi'n cretu,' meddai Dani, 'sut y'n ni'n mynd i gario'r holl drugaredde 'ma?'

'Dy drugaredde di yw'r rhan fwya ohonyn nhw felly gad dy gonan. Wi'n myn' i'r pentre i weld os wi'n gallu c'el cert i fynd â ni.'

'Paid gat'el fi yma ar 'y mhen 'ymunan!'

'Rhaid i mi, bydda i'n rhwyddach 'ymunan,' meddai Popi, 'bollta'r drysa ar 'yn ôl i.'

'Cer yn glou 'te. Paid bod yn 'ir.'

Gadawodd Popi'r bwthyn i chwilio am Tomi neu Ned i'w cludo ar gefn cert ynghyd â'u holl nwyddau a chelfi i rywle arall, nid oedd Popi yn siŵr eto i ble, ond roedd ganddi alwad arall i'w wneud ar ei ffordd. Aeth i mewn i'r efail.

'Wil?' galwodd.

'Ie,' atebodd Wil a synnu gweld Popi Pwal o bawb pan ddaeth o'r cefn lle bu'n gweithio.

'Dwi'n gat'el y pentre 'ma heddi,' meddai Popi, 'ond cyn i mi fynd ma 'da fi rwpeth pwysig i weud 'tho ti.'

Teimlai Wil yn annifyr; doedd dim amcan 'da fe beth oedd gyda Popi o bawb i'w ddweud wrtho ef nad oedd wedi cyboli gyda hi yn ei fyw ac roedd e'n ofni pe galwai Mair a'i ddal ef gyda Popi Pwal y byddai hi'n camddeall ac yn meddwl rhywbeth drwg.

'Well inni eiste ar y ffwrwm 'ma,' meddai Popi.

'Well i ti eiste, fe 'na i sefyll fan 'yn.'

'Ond well i ti eiste wa'th ma'r hyn sy 'da fi i'w weud yn rhwpeth mowr.'

Roedd difrifoldeb ei gwedd yn ei boeni felly eisteddodd ar ymyl pen pella'r ffwrwm, mor bell ag y gallai oddi wrthi.

'Wil,' meddai Popi Pwal, 'myfi yw dy fam. Y fi nath d'at'el di yn faban ar dy ben dy hun ar stepyn drws Tyddyn Cryman.'

Taranfollt oedd y datganiad hwn i Wil felly gadawodd Popi amser iddo gael meddwl amdano cyn dweud dim rhagor. Chwarae teg iddo, roedd ei wyneb fel y galchen ac er ei fod yn eistedd roedd e'n gwegian.

'Does dim amser 'da fi i weud y cyfan,' aeth Popi yn ei blaen yn wyneb distawrwydd ei mab, 'wa'th 'dyn ni'n gorffod mynd, gorffod gat'el, waff. Ond ro'dd babi arall 'da fi, Dani, ac o'n i'n ffilu disgwl ar d'ôl di.'

Roedd Wil yn dal i eistedd wrth ei hochr yn syllu arni, wedi'i daro'n fud, fel petai.

'Wel, gweud rhwpath, gweud dy fod ti'n grac, wi'n diall 'ny. Ond fe ddewises i dre'r hen ferch 'na gan ei bod hi'n ddi-ddyn ac yn ddi-blant, o'n i'n siŵr 'se hi'n cymryd trugaredd. Ond fel dwi'n diall do'dd hi ddim mor garetig wrtho ti. Wrth lwc neth Estons y Gof gymryd ti miwn. O'dd e'n well na thad i ti yn y diwedd, on'd o'dd e?'

'Tad,' meddai Wil o'r diwedd, 'pwy yw fy nhad?'

'Allwn i byth â gweud,' meddai Popi, 'wa'th ma fe'n ddyn sy'n byw yn y pentre o 'yd.'

'Rhaid i ti weud,' meddai Wil yn daer.

'Alla i ddim. Wi'n gorffod rheteg i ffwrdd o'r pentre 'ma nawr. Helpa fi!'

'Dim ond os wyt ti'n gweud pwy yw fy nhad.'

''Swn i'n gweud nawr fe allai fod yn beryg bywyd i ti, fel y mae i mi a Dani nawr. Ond ar ôl i mi fynd i ffwrdd a ffeindo lle newydd i fyw fe sgrifenna i lythyr a'i yrru atat ti yma ym Mhantglas.'

'Ond pwy sy'n myn' i'w ddarllen i mi?'

'Fe elli di fynd â'r llythyr at rywun arall sy'n gallu darllen.'

'Rhywun fel y Canon?' gofynnodd Wil. 'Neu Miss Plimmer, Cati'r siop neu Pitar Ŵad, wa'th ma fe'n gallu darllen peth.'

'Na! Paid byth â dangos y llythyr i Pitar Ŵad, paid â mynd yn acos at y gŵr hwnnw. Wrth lwc mae fe'n dywyll ar hyn o bryd ond paid myn' yn acos ato 'yt 'yn o'd os daw ei olwg yn ôl.'

Neidiodd Popi Pwal lan o'r sedd yn llawn gofid. Ac am y tro cyntaf erioed edrychodd Wil Tyddyn Cryman arni ac yn lle'i gweld hi fel putain y pentre gyda'i hwyneb paentiedig a'i chlymoca a'i chwafars a'i dillad ffansi i gyd fe welodd ei fam. Ffaith anodd i'w derbyn. Astudiodd ei hwyneb a gweld ei llygaid gleision mor debyg i'w lygaid ef, a thrwyn syth hefyd yr un siâp â'i drwyn ef, yr un talcen, yr un ên. Pam nad oedd e wedi gweld y tebygrwydd hyn o'r blaen a pham nad oedd neb arall wedi sylwi arno? Ac eto, doedd e ddim yn rhannu pob un o'i nodweddion hi; gwyddai fod rhai ohonynt yn perthyn i rywun arall, dyn oedd yn un o drigolion y pentre, un o'i gymdogion.

'Dere,' meddai Popi, 'sdim amser 'da fi hel clecs a gofitio fel 'yn. Elli di ffindo rhywun i fynd â ni i ffwrdd yn glou? Fel gof ti'n nabod pob un â cheffyl a chert neu drap. O'n i'n mynd i ofyn i Ned neu Tomi ond wi'n ofni neg yw'r naill na'r llall yn mynd i fod yn ddicon rhwydd.'

'Beth yw'r 'ast? O's rhywun wedi dy fygwth di?' gofynnodd Wil. 'Y diwrnod o'r bla'n neth rhyw ddieithryn geisio difwyno Mair, ond dwi a rhai o ddyn'on y pentre yn mynd i ffindo fe a sorto fe ma's.'

Tywyllodd wyneb Popi Pwal am eiliad wrth iddi feddwl bod menyw arall wedi cael ei dychryn.

'Na, wi'n gorffod mynd. Nawr! Ta beth, mae Dani yn moyn gat'el. Felly, beth am y cerbyd 'na?'

'Fe 'ala i rywun draw 'e' fo'n 'ir,' meddai Wil.

'Diolch. Wi'n mynd nawr,' meddai Popi, 'wi weti bod yn becso am Dani yr 'oll amser 'yn ar ei ben ei hun.'

Troes Popi 'i chefn a bant â hi. Gwyliodd Wil ei ffigur yn ymbellhau oddi wrtho eto. Peth od, ond er i'r datguddiad ei ysgwyd i ddechrau, yn ystod y munudau y bu'n siarad â hi wedyn fe ddaethai i deimlo rhyw agosrwydd tuag ati ac awydd i'w hamddiffyn fel roedd e'n awyddus i amddiffyn Mair. Pam oedd Popi yn gorfod rhedeg i ffwrdd, pwy oedd wedi'i brawychu hi?

Ond, yn bwysicaf oll – pwy oedd ei dad, a phwy oedd Wil Tyddyn Cryman?

Unigrwydd Dicw

BOB MIS ROEDD mwy o drigolion Pantglas yn gadael y pentre. Yn ddiweddar gadawodd Wil y Cobler a'i wraig, a Sioned a Haydn Mynydd Glas, a Siôn y Teiliwr a'i deulu, ac roedd tafarn y Lamb wedi cau. Roedd dros hanner y tai yn wag a gallai Dicw fynd i mewn iddynt heb i neb ddweud dim wrtho. Roedd y tai hyn, yn wir, pob tŷ, yn mynd i gael ei dynnu i lawr yn y diwedd i wneud lle i ddŵr y llyn. Roedd ei dad a'i fam ef yn hwylio i adael hefyd ond ni wyddai Dicw pryd. Doedd ei dad ddim wedi penderfynu beth i'w wneud eto. Roedd rhai, fel Roni Prys a'i deulu, wedi mynd i America. Dymunai'i dad fynd i America hefyd ond doedd ei fam ddim yn licio'r syniad o fynd dros y môr. Tan yn ddiweddar roedd Dicw wedi gobeithio mynd i Ferthyr Tudful ar ôl Jaco, ond roedd e'n dechrau anghofio am Jaco. Un diwrnod roedd Dicw wedi treio galw wyneb ei hen ffrind i'w gof ond yn ei fyw ni allai – roedd llun ei wyneb wedi pylu, fel petai. Ar ben hynny daethai Dicw yn gyfarwydd â chwarae ar ei ben ei hun a chrwydro'r pentre, fel y gwnâi nawr, gan archwilio'r tai gwag. Yn aml iawn fe ddeuai o hyd i rywbeth a anghofiwyd gan y cyn-drigolion: ceiniog neu hanner ceiniog, powlen, potel wag, llwy, botymau, maneg weddw. Un tro, yn nhŷ gwag Morris y Pobydd fe gafodd swllt – prin y gallai Dicw gredu'r peth, swllt crwn gwyn o dan ddarn o bren ar y llawr; rhaid bod rhywun naill ai wedi'i golli neu'i gwato'n fan'na. Wnaeth e ddim gwario'r swllt am sbel dim ond edrych arno a'i rwbio nes ei fod yn disgleirio fel un newydd, llun y frenhines a choron fach fach ar ei phen ar y naill ochr, tarian ar y llall.

Ond yn y diwedd ni allai wrthsefyll y temtasiwn i wario'r cyfan yn siop Cati. Prynodd loshin a thoffi ac afalau. Roedd y cyfan wedi hen fynd, wrth gwrs, ac ni allai gofio dim ohono; yn wir, roedd blas y pethau melys rheina yn fwy anghofiedig iddo na wyneb Jaco. Ond ni allai anghofio'r darn swllt. Mor bert oedd e. Roedd e'n difaru'i wario nawr yn lle'i gadw. Pe câi un arall ni fyddai'n ei wario byth. Roedd e'n mynd i gasglu shew o sylltau a'u cadw, bob un, a bod yn ddyn cefnog. Ond oni allai ddod o hyd i un arall fel yr un hwnnw yn y tŷ gwag ni wyddai sut i gael un arall. Gofynnodd i'w dad, 'Sut alla i g'el shew o sylltau?'

Y Briodas Olaf

BU CATI A Joe yn canlyn ers gwell na blwyddyn a hynny yn ddigon cyhoeddus. Am sawl mis cyn iddyn nhw ddatgelu'u perthynas i'r pentre bu'n beth cyfrinachol na wyddai neb ond hwy ill dau amdano. Ond roedd hi'n amhosibl ei gadw'n dawel yn hir gyda rhai trwynog fel Bren Cross Guns a Gwenno Stryd Fowr a Neli Lôn Goed ar hyd y lle. Ta beth, ar ôl iddyn nhw sylweddoli eu bod yn hoff iawn o'i gilydd doedd dim ots am farn neb arall. Doedden nhw ddim yn gwneud dim drwg ac roedden nhw'n ddigon aeddfed, Joe yn ddeuddeg ar hugain a Cati yn naw ar hugain.

Pan aethon nhw am dro drwy'r pentre y tro cyntaf, law yn llaw, roedd ambell un yn gegrwth wrth weld un o drigolion Pantglas ac un o ddynion yr argae yng nghwmni ei gilydd, ond buan y pylodd newydd-deb ac odrwydd y peth. Roedd gormod yn digwydd – cymaint o newidiadau sydyn ar gerdded drwy'r amser, teuluoedd yn gadael Pantglas a gweithwyr yr argae yn dod â'u gwragedd i fyw gyda nhw yn y pentre bocsys, roedd rhywun wedi ymosod ar Mair Tŷ Cornel a neb yn gwybod pwy (ai un o ddynion y pentre neu ynteu un o'r llafurwyr?) – ac felly doedd gan y pentrefwyr ddim dewis ond derbyn bod Cati'r siop yn canlyn un o'r gweithwyr. Gwyddai pob un fod popeth yn mynd i newid am byth cyn hir felly ni allai neb wrthwynebu arferion gwahanol fel y gwneid yn yr hen ddyddiau – ac roedd y dyddiau rheini ond rhyw chwech neu saith mlynedd yn ôl.

Ac roedd Joe wedi gofyn i Cati'i briodi ac roedd hithau wedi'i dderbyn. Roedd Cati yn barod i fynd ble bynnag yr âi Joe unwaith y gorffennid y gwaith ar yr argae. Byddai hi'n sefyll yn y pentre tan y diwedd bron, felly penderfynodd yr hoffai gael priodi ym Mhantglas. Ac felly y bu.

Cynhaliwyd y gwasanaeth yn yr eglwys gan y Canon yn Saesneg, yn naturiol, gan fod nifer o berthnasau Joe wedi teithio o bell ac nid oedden nhw yn deall gair o Gymraeg. Mr Bickerstaff oedd gwas priodasol Joe, nid am eu bod yn gyfeillion mynwesol eithr am na allai Joe drefnu'r dyletswyddau ymlaen llaw gydag un o'i ffrindiau na'i deulu. Roedd Bickerstaff wrth ei fodd, nid yn unig am fod dyletswyddau gwas priodas yn gwneud iddo deimlo'n bwysig ond am fod ei deulu wedi ymuno ag ef yn y pentre bocsys yn ddiweddar ac wedi dod gydag ef i'r briodas. Dewisodd Cati Nanw Gwaelod y Bryn fel gwraig briodas gan ei bod yn un o'i chwsmeriaid mwya ffyddlon, ac roedd y chwiorydd Mair, Gwladys ac Annes Tŷ Cornel, a Gwenllïan y Kings Arms wrth eu boddau fel morynion. Roedden nhw i gyd wedi gwisgo mewn ffrogiau o ddeunydd ysgafn gwyrdd golau a rubanau o'r un deunydd yn eu gwallt, ac yn achos Nanw yn ei barf hefyd. Roedden nhw'n cario pwysi o flodau yn eu dwylo a gwisgai'r dynion flodau gwyn yn llabedau eu cotiau. Rhosys gwyn oedd y blodau hyn, gan fwyaf, oherwydd dyna'r unig flodau â digonedd ohonynt i'w gael ar y pryd, gydag ambell rosyn pinc er amrywiaeth.

Edrychai Cati yn bert iawn ond yn ddigon dirodres, mewn ffrog wen ac iddi ymylon les a llewys hir a les eto o gwmpas y cyffiau. Gwnaed y ffrog hardd ond syml hon gan wniadyddes, Mrs Harries, a oedd yn byw ym Mhantglas tan ddwy flynedd yn ôl ond a symudodd i Frynglas. Wrth ei thraed ac yn dilyn ei meistres bob cam oedd Jil yr ast fach a rubanau gwyn wedi'u clymu wrth ei choler hithau.

Rhwng tylwyth Joe a rhai o ddynion yr argae a'u gwragedd

ac ambell blentyn roedd mwy o ddieithriaid o lawer nag o bentrefwyr. Prin oedd tylwyth Cati – daethai ei chyfyrderes, Poli, yn ôl i'r pentre o'r Wyddgrug, a'i hen fodryb – ac yn wir, prin, bellach, oedd y pentrefwyr. Criw bach oedden nhw, a siabi'r olwg (er eu bod yn gwisgo'u carpau gorau) o gymharu â'r lleill. Yn eu plith oedd Wil Tyddyn Cryman, teulu Bryn a Gwenno Stryd Fowr, Mrs Gomer Vaughan, Dafydd a Bren a Megan Cross Guns, Mrs Phelps y gyn-reolwraig mewn gwth o oedran, Pegi'r Felin, Neli Lôn Goed a Dr James. Ond roedd Pitar Ŵad a Sali Stepen Drws yn absennol ac am hynny roedd Cati yn falch oherwydd er bod Pitar yn fodach bach llywaeth bellach dan fawd Sali, ni allai Cati anghofio am ei ymweliadau bygythiol â'i siop ers lawer dydd. Ni ddaeth Pantglas yn agos at y briodas chwaith, wedi'i dramgwyddo, o bosibl, nad oedd y briodas wedi dod i'r capel, er na fu Cati yn gapelwraig erioed. Wrth lwc hefyd ni ddaeth Tomi na Ned yn eu carpau brwnt. Ac nid oedd Pedws Ffowc i'w gweld yn y cyffiniau chwaith, o leiaf nid yn ei hymgorfforiad dynol, er i rai o'r pentrefwyr honni iddynt weld Pom a'r Pom-arall yn eistedd ar wal yr eglwys, eu llygaid gwyrdd yn gwylio'r cyfan o bell, fel petai.

Pan ddaeth Cati a Joe ma's o'r eglwys a sefyll yn y porth fel Mr a Mrs Joseph Fisher am y tro cyntaf yn eu bywydau, yr haul yn disgleirio ar y fodrwy aur newydd ar fys Cati, taflodd y plant – rhai o'r pentre a rhai o bentre'r gweithwyr fel ei gilydd – dameidiau o bapur fel cawod o eira dros eu pennau. Gwyddai merched bach y pentre am yr hen dric o ddal rhaff ar draws y ffordd wrth i'r pâr dedwydd ddod ma's drwy glwyd yr eglwys a phallu gadael iddynt basio nes i'r priodfab daflu ceiniogau i'r awyr.

Ni chafodd Cati a Joe fis mêl, yn wir ni chafodd Joe ddiwrnod bant o'i waith gan Bickerstaff, ond aeth y ddau yn ôl i gartref Cati yn y bwthyn oedd yn rhan o'r siop i ddechrau'u bywyd gyda'i gilydd fel gŵr a gwraig. Ond unwaith eto, tra oedd y ddau yn yr eglwys yn priodi bu rhai o'r pentrefwyr yn brysur gan addurno ffenestri a drws y siop gyda blodau a rubanau a chlychau.

Ar ôl tipyn o ginio yn y Cross Guns a pheth dathlu, a hithau'n dechrau tywyllu, penderfynodd Joe a Cati ei bod hi'n bryd troi tua thre. Ni fyddai Joe yn dychwelyd gyda'i gydweithwyr i'w gwtsh yn stad y gweithwyr, eithr fel gŵr Cati efe fyddai'r unig un o ddynion yr argae a oedd hefyd yn un o drigolion y pentre.

Pan ddaeth y ddau at ddrws addurniedig y siop gofynnodd Cati,

'Are you going to carry me over the threshold?'

'What,' meddai Joe gan gyfeirio at y pentrefwyr a'r ymwelwyr a'r gweithwyr, 'with this lot gawpin' at us?'

Sibrydion am Pantglas

CYFARFU NELI LÔN Goed a Gwenno Stryd Fowr ar y comin, y naill ar ei ffordd tua thre a'r llall ar ei ffordd i'r siop i gael neges.

'Sut 'yt ti heddi?' gofynnodd Gwenno a difaru agor ei phill gan y dylsai hi wybod o brofiad mor hoff o gonan am ei hanhwylderau oedd Neli.

'Wi'n lle' dde,' dechreuodd, 'on' am y gwinecon sy 'da fi yn 'y nilo a'r bynion ar 'nhro'd 'whith, a wi jyst weti dod dros annwyd trwm. O'n i'n ffilu myn' m'es o'r tŷ am dridie.'

Gwyddai Gwenno y gallai hyn fynd ymlaen am awr pe câi Neli wrandawiad ac roedd hi wedi dysgu hefyd taw'r unig ffordd i godi argae yn erbyn y llif oedd i grybwyll rhyw damaid bach o wybodaeth gyfrinachol flasus am rywun neu rywrai yn y pentre.

'Wel, henaint ni ddaw'i hunan,' meddai o barch i drallodion corfforol Neli cyn ychwanegu yn dawel-awgrymog, 'Ti weti clywed be ma'n nhw'n gweud am Pantglas?'

'Do, dwi weti clywed rwpeth,' meddai Neli, a hoffai fod ar flaen y gad gydag unrhyw glecs ac ni hoffai gyfaddef na wyddai ddim, fel yn yr achos hwn.

'Be ti weti clywed 'te?' gofynnodd Gwenno.

'Wel,' ildiodd, 'wi ddim yn gwpod. Beth yw e, gwe'd?'

'Mae rhai yn gwe'd bod praidd y gwinitog weti myn' reit lowr i'r gwilod a do's neb yn myn' i'r capel dim mwy.'

'Wel, ma shew weti gat'el y pentre, on'd y'n nhw? O's unrhyw aelod o'r capel ar ôl?'

'O's, ambell un. Ond yr unig un ffyddlon yw Gwyneth Cefn Tylcha ond ma honno'n tynnu am ei chant ac yn ffilu gat'el ei thre. Felly mae Pantglas, whare teg iddo, yn myn' i'w gweld hi nawr a lŵeth.'

'Ond be ma'n nhw'n gwe'd ambythdu fe?'

'Wi weti clywed bod Pantglas wedi doti ffigurau carpau i eiste yn rhai o'r seti ac yn y sêt fowr a phan ma fe'n myn' i gwrdd ar y Sul ma fe'n precethu wrth y bobol garpau 'na.'

'Be ti'n feddwl "pobol garpau"?' gofynnodd Neli yn methu amgyffred y syniad.

'Ma Pantglas wedi cymryd pisys mowr o sachau a weti stwffio nhw ar siâp pobol a weti tynnu llun winepa arnyn nhw a'u gwisgo â dillad a phopeth a dyna lle ma'n nhw'n eiste yn y seti a'r sêt fowr yn y tŷ cwrdd yn lle cynulleidfa a ma Pantglas yn jocan taw pobol otyn nhw ac yn precethu a gweddïo a chanu emyna.'

'Cer o'ma!' meddai Neli.

'Mae rhai yn gwe'd fod ei feddwl weti 'whalu.'

'Ond,' gofynnodd Neli, nad oedd mor dwp ag oedd rhai'n meddwl, 'os neg o's neb yn y tŷ cwrdd ond Pantglas, pwy sy'n gwpod? Pwy sy 'ti'i weld e yn precethu ac yn catw cwrdd?'

'Wel, paid â gwe'd wrth neb,' sibrydodd Gwenno, 'ond ma Dicw ni weti dringo lan a pipan drwy'r ffenestri. Un dydd Sul clyws e sŵn yr organ yn whare a dringws e lan a 'na beth welws e, pobol garpau yn y seti a Pantglas yn whare'r organ ac yn canu emyn ac weti 'ny yn myn' lan i'r pulpud ac yn precethu ac yn gweddïo fel 'se capel llawn 'dag e.'

'Pwy emyn ganws e?'

Marwolaeth Gwaredwr

UN DIWRNOD GALWODD Mair Tŷ Cornel yn yr efail yn ôl ei harfer er mwyn gweld Wil a Gladstôn. Ond y peth cyntaf a'i trawodd hi ar ôl rhoi sws i Wil oedd absenoldeb y ci.

'Ble ma Gladstôn?' gofynnodd.

'Walle fod e weti mynd am dro bech ar ei ben ei hun ar hyd y pentre,' meddai Wil, 'a gwe'd y gwir nes i ddim nytyso neg o'dd e yn ei le arferol o dan hen ffwrwm Estons.'

'Wel,' meddai Mair, 'os 'eth am dro ar ei ben ei hun 'na'r tro cynta iddo neud 'ny cyn 'y ngweld i yn y bore.'

'Paid becso,' meddai Wil, a allai weld bod ei gariad yn llawn pryder am y ci, 'mae fe'n siŵr o ddod nôl. 'Co,' meddai gan geisio newid ei sylw, 'wi weti bod yn gw'itho llwy ma's o'r darn o bren 'ma. Twel y ddwy gylon ar y top 'ma, dyna ti a fi. A twel y petar pêl fach 'na yn y caetsh yn y go's yn y cenol, dyna'r plant ni'n myn' i g'el.'

'Petar pêl? Paid â bod yn dwp!' meddai Mair yn ddirmyg i gyd. 'Wi moyn 'whech o blant o leia. Ond ble ma Gladstôn, 'na be wi moyn gwpod nawr. Smo fe'n myn' cam ymhellach na'r patsyn fel rheol. Ble ma fe? Iori, wyt ti weti gwel' Gladstôn?'

Cymerasai Wil Iori yn brentis iddo pan ddechreuodd e redeg yr efail fel ei fusnes ei hun ryw flwyddyn ar ôl claddu Estons. Yn Iori gwelai Wil un tebyg iddo ef ei hun – un a ystyrid yn gryf yn gorfforol ond braidd yn wan o ran ei feddwl, ond un a oedd, mewn gwirionedd, yn ddigon peniog ac yn llawn teimladau.

'Smo fi weti'i weld e heddi,' meddai Iori.

'Wel, wi'n myn' i ddishgwl amdano fe,' meddai Mair.

'Ble?' gofynnodd Wil.

'Wel, yn y pentre i ddychra.'

'A ble ti'n mynd weti'ny?'

'Ma 'da fi syniad bo fe weti mynd lan y mynydd i Frynglas draw at fedd Estons 'to.'

'Smo fe weti neud 'ny ers gwell na blwyddyn.'

'Weithie wi'n meddwl taw Wili Twpsyn Llyman ddylset ti fod o 'yd, wir,' meddai Mair gan ei bwnio'n ysgafn ar ei fraich, 'ma fe'n t'imlo'i oetran ac mae fe'n moyn bod gytag Estons.'

'Chei di ddim myn' lan y mynydd 'na ar dy ben dy hun ar ôl be ddigwddws tro diwetha,' meddai Wil.

'O, wi'n siŵr bod yr hen gythrel 'na, ta pwy o'dd e, yn dal i sefyll yn y perthi amdana i ers gwell na blwyddyn.'

'Mair, paid neud hwyl am ben y peth,' meddai Wil, 'chei di ddim mynd ar dy ben dy hun ac ma 'da fi a Iori ormod o waith heddi i at'el y gweithdy.'

'Wi dim yn gorffod weitan nes bod ti'n gallu'n tywys fi i bob man,' meddai Mair, ''na pam ma dwy 'wher 'da fi, twel. Sdim pwrpas arath iddyn nhw, hyd y gwela i. Nawr 'te, os neg o's dim gwrthwynepiad 'da ti, wi'n mynd i ddishgwl am y ci yn y pentre i ddychra ac o ffilu c'el e rhywle myn'na wi'n myn' i ddringo lan i Frynglas – gyta Gwlatys a gytag Annes – i ddishgwl amdano fyn'na, reit? Reit.'

A bant â hi.

'Ew,' meddai Iori, 'ma 'da 'ddi shew o yspryd.'

''Na pam wi'n moyn prioti 'ddi,' meddai Wil.

Ond ni lwyddodd Mair i ddod o hyd i Gladstôn yn unman yn y pentre. Ac a bod yn onest, wnaeth hi ddim chwilio'n ddyfal. Gwyddai yn ei chalon ei fod e wedi mynd i orwedd ar fedd ei feistr.

'Dere Gwlatys, a ti Annes,' meddai Mair, 'ni'n mynd, gwisgwch eich boneti, eich sgitsie cryf a bob o siôl rhag ofn cewn ni law.'

'Ble ni'n mynd?' gofynnodd Gwladys.

'I Frynglas,' meddai Mair.

'Arhoswch,' meddai'u mam, 'pwy sy'n gwe'd eich bod chi'n myn' i Frynglas? Oti dy ded yn gwpod? Ti'n cofio be ddigwddws y tro diwetha.'

'Wi weti c'el y lap a lol hyn 'da Wil yn barod,' meddai Mair. Ac amlinellodd eto ei damcaniaeth ynghylch Gladstôn. 'Wi'n mynd â'r ddwy hen ffetan 'ma gyta fi rhag ofn – ond 'sa i'n gwpod be 'se'r naill na'r llall yn neud 'se rhyw fwystfil yn dod ma's o'r llwyni a threio c'el gaf'el ynon ni, wir. A nawr ni'n mynd.'

Chafodd Enid Tŷ Cornel ddim cyfle i ddweud gair.

Dringodd Mair y llwybr i Frynglas heb fawr o gydymdeimlad â'i chwiorydd.

'Ti'n mynd yn rhy glou,' meddai Annes, 'sdim ana'l 'da fi.'

'Wi weti pigo'n llaw ar ddynet duon,' cwynodd Gwladys.

'Wel, rhwta tafolen ar dy law 'te,' gwaeddodd Mair heb edrych dros ei hysgwydd.

'Wi ffilu ffindo tafolen,' meddai Gwladys.

'Caton pawb!' meddai Mair.

'Sdim eise colli natur,' meddai Gwladys.

'Na tingu a rheci,' meddai Annes mewn cydymdeimlad â hi.

Ond brasgamodd Mair yn ei blaen wa'th taw un ar berwyl oedd hi. Nid oedd serthrwydd y lôn na'r atgof am y peth cas a ddaeth i'w rhan dro yn ôl yn mennu dim arni. Ac fe gyrhaeddodd Frynglas dipyn ar y blaen i'w chwiorydd ac aeth hi'n syth i mewn i'r fynwent.

Pan ddaeth Gwladys ac Annes ar ei hôl hi dyna lle'r oedd hi yn eistedd ar ymyl bedd Estons yn mwytho pen yr hen gi mawr.

'O'n i'n rhy ddiweddar,' meddai wrthyn nhw. 'Ddwywaith fe dda'th y ci 'ma mewn pryd i achub 'y mywyd i ond ro'n i'n rhy ddiweddar iddo fe.'

'Hen o'dd e,' meddai Gwladys, ''set ti ddim weti gallu neud dim i achub ei fywyd e.'

'Ond 'swn i weti bod yn gwmni iddo ar y diwedd,' meddai Mair.

'Tr'eni,' meddai Annes, 'awn ni nôl a daw Wil lan i ôl ei gorff a'i gladdu fe yn y pentre.'

'Na,' meddai Mair, 'daw Wil lan a'i gladdu fe yma yn y bedd gyda'i feistr.'

'Chaiff e ddim,' meddai Gwladys, 'chaiff e ddim claddu ci mewn mynwent. Mae'n annuwiol.'

'Be ti'n gwpod?' meddai Mair. ''Se Estons yn moyn ca'l y ci gyta fe, a 'na beth o'dd Gladstôn yn moyn.'

'Wel, wi'n cytuno 'da Gwlatys,' meddai Annes, 'walle ei bod hi'n bechadurus i ddoti corff anifail mewn pridd santaidd fel 'yn.'

'Grynda 'ma,' meddai Mair, 'mae'r ci hwn yn well na'r rhan fwya o bobl yn y bedda 'ma. O'dd e'n well i mi na'r dieithryn 'na nath trio 'y nifwyno fi on'd o'dd e? Wel, wi'n mynd i ddod nôl heno 'ma gyta Wil a chladdu Gladstôn yn y bedd 'ma gyta'i feistr, Estons y Gof. Yr unig beth sy'n 'y mhoeni i nawr – pwy sy'n mynd i achub 'y mywyd y tro nesa?'

Gwragedd y Gweithwyr

WEITHIAU DEUAI GWRAGEDD y gweithwyr lawr o'r pentre bocsys yn griwiau o chwech neu wyth. Deuent â'u plant a'u babanod hefyd. Ymwthient i mewn i siop Cati gan ei llenwi hyd yr ymylon. Ar un achlysur dyna lle roedd Neli Lôn Goed a Mrs Gomer Vaughan, y naill wedi prynu pecyn o de a'r llall wedi prynu cwlff o gaws yr oedd Cati wrthi yn ei lapio, a'r ddwy yn cael clonc fach gwrtais pan ddaeth nifer o fenywod mawr i mewn gyda'i gilydd, dwy â babanod yn eu breichiau, yn fwstwr a chlochdorian i gyd.

'I'n't this place tiny!' meddai un ar dop ei llais.

'You can't get a ffing in 'ere,' meddai un arall gan weiddi dros bennau pob un arall, 'there i'n't noffink 'ere.'

'Got any tattys?' gofynnodd un arall.

'Yes, over by there,' meddai Cati.

'Diolch yn fawr,' meddai Mrs Gomer Vaughan wrth Cati gan gymryd ei chaws, 'prynhawn da i chi, a phrynhawn da, Nel.'

Wrth iddi adael y siop fe chwarddodd y menywod.

'I'n't it foony to 'ear 'em jabberin away like that,' meddai un, 'pooky pooky! Dooky pooky,' meddai gan ddynwared Mrs Gomer Vaughan a'r hyn roedd hi'n meddwl oedd sŵn y Gymraeg. Chwarddodd ei ffrindiau. Chwarae teg iddyn nhw, meddyliai Cati, maen nhw'n chwerthin yn amlach na'r pentrefwyr. Llithrodd Neli ma's yn y gobaith o beidio â thynnu sylw. Dechreuodd un o'r babanod lefain y glaw.

'Got anything for the bairn?' gofynnodd y fam.

'Yes, we have these,' meddai Cati gan estyn pethau lawr o'r silff y tu ôl iddi.

'What about a dummy?' gofynnodd y fam. 'Any dummies?'

'We have these teething rings by here.'

Sylwodd Cati fod y menywod yn piffian chwerthin, rhai yn cuddio'u hwynebau gyda'u dwylo. Byrstiodd un ma's gan ei gwawdio,

'We haff theez teethink rinks boy eear!'

Chwarddodd rhai o'r lleill.

'Oh, sorry loove,' meddai'r ddigrifwraig, 'we don't mean any 'arm, take no notice of us.'

Roedd hynny yn anodd, meddyliai Cati, gan fod y siop dan ei sang a phob un yn siarad dros ei gilydd a neb o'r menywod yn aros ei thro. Ond roedd hi'n gwneud busnes da a hynny ym misoedd olaf bywyd y siop. Talodd y fam ifanc am y cylch cnoi a'i stwffio i ben y baban sgrechlyd. Chwarae teg i'r gwragedd hyn, roedden nhw'n barod i wario arian yn y siop yn lle dod i sefyll a hel clecs gyda'u cymdogion fel y gwnâi'r pentrefwyr.

'Hey, don't make foon of 'er, she's married to one of the lads,' meddai un.

'Which one?'

'Joe Fisher.'

'Which one's 'e?'

'Reddish 'air blue eyes,' a chan droi at Cati gyda gwên a winc, 'quite nice lookin.' Chwerthin eto. Chwarae teg iddyn nhw, roedden nhw'n ddigon diniwed yn y bôn, meddyliai Cati.

'Got any nice biscuits?'

Ymweliad â Dyffryn

BU DICW YN gwylio chwilgrots y gweithwyr o bell ers rhai wythnosau. Yn gyffredinol doedd e ddim yn licio nhw. Chwilgrots oedden nhw: rhai ohonyn nhw'n fwy nag ef a rhai garw iawn oedd y rheina, rhai yn grots bach. Crwydrent y pentre yn ddilyffethair pan nad oedden nhw'n mynd i'r ysgol ym Mrynglas. Aent i mewn i'r tai gweigion ac roedden nhw wedi meddiannu ambell un fel eu tiriogaeth nhw. Ni feiddiai Dicw fynd yn agos at y llefydd hynny wedyn. Felly, roedd ganddo lai o bentre.

Un diwrnod cafodd y syniad o fynd lan i dŷ Dyffryn – pam nag oedd e wedi meddwl gwneud hyn o'r blaen? – a chael yr holl blas iddo ef ei hun. Roedd y gweithwyr yn mynd i dynnu'r lle lawr cyn hir, yn ôl ei dad, felly dyma'i gyfle olaf i archwilio'r hen le. Roedd e'n siŵr o ffeindio rhywbeth yno on'd oedd e?

Pan gyrhaeddodd y tŷ mawr a mynd i mewn iddo fe deimlai ias o ofn yn cerdded lawr ei asgwrn cefn. Mor fawr oedd yr ystafelloedd ac uchel y nenfwd. Ar ei ben ei hun nid oedd fawr o hwyl i gael wrth redeg lan a lawr y grisiau nac wrth lithro lawr y banister. Lan stâr roedd yna res ar ôl rhes o ystafelloedd a phob un yn ystafell wely yn ei dydd. Roedd yno bedair ystafell ymolchi a thwba ynddyn nhw a chafn bach a siwg i ddal dŵr i olchi dwylo a lle i biso a chachu, pethau nad oedd Dicw wedi gweld o'r blaen, o leiaf ddim ar ffurf mor grand â'r rhain. Ond doedd dim dŵr a doedd y tapiau ddim yn gweithio. Aeth i orwedd ar ei gefn mewn un twba ond nid oedd e'n licio'r teimlad.

Ym mhob man hongiai gweoedd corynnod. Gwelodd

nifer o lygod bach a gallai glywed llygod mawr ym mhob man. Roedd e'n siŵr bod ysbrydion i gael ar hyd y lle – sŵn traed, y llawr yn gwichian, lleisiau yn sibrwd, ffurfiau yn gwibio heibio mewn fflach yn bell i ffwrdd. Ond roedd e'n benderfynol o ddarganfod rhywbeth cyn gadael. Rhaid bod yr holl bobl grand oedd yn arfer dod i'r tŷ hwn wedi anghofio rhywbeth, wedi colli pethau, wedi gadael rhywbeth ar ôl. Os oedd e'n gallu dod o hyd i swllt mewn bwthyn yn y pentre siawns na allai ffeindio rhywbeth cystal os nad gwell yn y lle mawr hwn. Aeth o ystafell i ystafell gan graffu ar y llawr ac archwilio pob twll a chornel yn llythrennol. Ond doedd e ddim yn cael dim lwc. Rhaid bod y bobl gefnog 'na yn fwy carcus gyda'u sylltau na phobl y pentre. Wedi methu cael dim lan lofft aeth lawr stâr eto a dechrau mynd drwy'r ystafelloedd yno eto. Roedd yna farciau hirsgwar ar y waliau lle bu lluniau mawr yn hongian. Ni allai Dicw ddychmygu'r lluniau er iddo geisio.

Gwelodd rywbeth yn caneitio, yno ar y llawr, ar bwys y sgyrtin. Broetsh oedd hi. Ni welsai Dicw beth mor hardd yn ei fyw. Ar siâp seren oedd hi, wedi'i ffurfio o gerrig bach coch a oedd yn pefrio fel dafnau o waed, ac yn dal y rhain roedd ffrâm o aur a phin aur y tu cefn. Roedd Dicw yn rhyfeddu at harddwch y peth pan glywodd sŵn y tu ôl iddo. Gwthiodd y froetsh i boced yn ei siaced wrth droi tuag at y sŵn.

Yn sefyll yn nrws yr ystafell oedd bachgen tua'r un oed ag ef ei hun ond yn dalach a'i wallt yn olau a'i ddillad yn well ond heb fod yn grand. Roedd rhaid i Dicw ddweud rhywbeth.

'Ysbryd wyt ti?'

Salwch Mrs Gomer Vaughan

U N BORE CWYNODD Mrs Gomer Vaughan nad oedd hi'n teimlo'n rhy dda.

'Be 'di'r boen, Mrs Gomer Vaughan?' gofynnodd ei gŵr.

'Tipyn o bendro,' meddai hi, 'wedi ceisio codi o'r gwely 'ma ond fedra i ddim sefyll.'

Ni fu Mrs Gomer Vaughan erioed yn dost ers iddyn nhw briodi ym Mangor dros ddeugain mlynedd yn ôl felly gwyddai'r Canon fod rhywbeth go ddifrifol o'i le ar ei wraig.

'Mi a' i alw ar Dr James rŵan,' meddai.

'Na, paid. Mi fydda i'n iawn rŵan, wsti.'

Ond gwelodd y Canon fod pryd ei wraig yn felynaidd afiach a bod ei llygaid yn goch ac felly, heb gymryd sylw o wrthdystiadau Mrs Gomer Vaughan, aeth i gael Dr James ac o fewn yr awr roedd hwnnw wrth erchwyn y gwely yn archwilio'r claf.

'Gaf fi gair *private* gyda chi, Canon?' gofynnodd y meddyg, felly gadawyd Mrs Gomer Vaughan gyda Patsi'r ci ac aeth y dynion lawr stâr i'r parlwr.

'Ofni taw yr hyn sydd gyta'ch gwraig, Mr Vaughan, yw y giddiness. Yn y pentre maen nhw gweud pencwildredd.'

'Ond beth yw'r achos, Dr James?'

'Anodd gweud,' meddai'r doctor gan anwesu'i farf, 'gallu bod infection, gallu bod obstruction, gallu bod tyfiant.'

'Ond be 'di'r peth gorau i wneud, syr?'

'Gweud 'to?'

'Beth yw'r peth gorau i Mrs Gomer Vaughan rŵan?'

'Gorffwys. Peidiwch gadael 'ddi gwnnu o'r gwely. Cau ffenestri. Lots o ddillad. Te a dim ond wyau i bwyta.'

'Ond beth os oes rhywbeth difrifol yn bod arni?'

'Gweud 'to?'

'Beth os oes rhywbeth mawr o'i le?'

'Gallu mynd gyda hi i Bath i cymryd y dŵr.'

Ar ôl i Dr James fynd aeth y Canon i'r gegin i wneud pot o de. 'Cymryd y dŵr, wir,' meddai dan ei wynt, ond wrth iddo fynd i mewn i'r gegin cofiodd y Canon nad oedd yn gwybod sut i wneud pot o de. Ni wyddai sut i ferwi tegell, hyd yn oed. Mrs Gomer Vaughan oedd yn gwneud hynny. Ei thiriogaeth hi oedd y gegin. Ac nid oedd ganddo'r amcan lleiaf sut i baratoi 'wi-au' chwedl y doctor, heb sôn am goginio a golchi llestri.

'Rhaid i mi fynd at un o wragedd y pentre,' meddyliai, 'ond pwy? Prin bod neb ar ôl.'

Aeth lan lofft eto i ddweud wrth Mrs Gomer Vaughan ei fod e'n mynd i'r pentre i ofyn i un o'r merched i ddod i'w helpu. Ond pan agorodd y drws dyna lle roedd Mrs Gomer Vaughan yn gorwedd yn ôl a'i cheg a'i llygaid yn agored, ac er bod Patsi yn llyfu'i hwyneb nid oedd hi'n symud nac yn cymryd dim sylw. Gwyddai'r Canon, a welsai ddigonedd o feirwon, bod ysbryd Mrs Gomer Vaughan wedi ymadael â'i chorff. Cododd Patsi i'w freichiau a gofyn,

'Be 'dan ni'n mynd i wneud rŵan?'

Cyfaill Newydd

'WHAT DID YOU say?' meddai'r ysbryd. 'I can't understand.'

'Are you a spirit?' gofynnodd Dicw yn ei Saesneg ansicr.

'No, I'm just a boy,' meddai'r bachgen, 'what are you doing?'

'Just looking,' meddai Dicw a'i fysedd yn gafael yn dynn yn y froetsh yn ei boced. Roedd y pin yn ei bigo damaid bach.

'Me too,' meddai'r bachgen gan symud yn nes a dechrau cerdded gan gadw'n agos at y waliau. 'What's your name?'

'Richard, but I'm called Dicw.'

'I'm Andrew,' meddai'r bachgen, 'Andrew Bickerstaff.'

Aeth y bechgyn lawr stâr lle roedd yr hen gegin enfawr a rhai o ystafelloedd y gweision.

'Ew!' meddai Dicw. 'Mae'n fwy na'n pentre ni.'

'What's that mean?'

'It's biggest than our village.'

'Bigger than not biggest than,' meddai Andrew, ond doedd e ddim yn gas.

'Look,' meddai Dicw, 'look at the big fireplace.'

'It's huge, massive,' meddai Andrew. Aeth y ddau o ystafell i ystafell ac agor cypyrddau.

'The cupboards are huge too,' meddai Dicw, 'massive,' wedi dysgu gair newydd.

Yn sydyn clywodd y bechgyn sŵn tebyg i garnau ceffylau uwch eu pennau a sŵn gweiddi a chwerthin a rhegi.

'Oh no!' meddai Andrew. 'The boys. Boys from the workers' camp. That's where I live. I hate them.'

Rhain oedd y chwilgrots y bu Dicw yn eu gwylio o bell.

'If they come downstairs we must hide,' meddai Andrew.

'In the cupboards?' awgrymodd Dicw.

'No, they'll look there. Quick, there's a back door, let's make a dash for it.'

Y tu allan dywedodd Dicw fod rhaid iddynt gadw'n agos at y waliau rhag ofn i'r bechgyn eu gweld o'r ffenestri. Wedyn, pan welsant lwyn o berthi wedi gordyfu aeth y ddau i mewn iddynt, ac wedi'u cuddio ganddynt gallent gyrraedd wal y plas a dringo coeden a neidio dros y wal a dianc.

Wedi'r tro cyntaf cyffrous hwn trefnai Dicw ac Andrew gyfarfod gyda'i gilydd bob dydd. Eu hoff le oedd y plas. Anaml y deuai'r bechgyn eraill yno ac roedd yr hen dŷ mawr yn lle braf i guddio ac i archwilio ac roedd rhedeg lan a lawr y grisiau a llithro lawr y banister yn hwyl wedi'r cyfan. Ond weithiau aent i'r goedwig neu i'r afon neu i'r hen felin. Unrhyw le lle nad oedd y bechgyn eraill yn debygol o fod.

Ond am y tlws â'r gemau cochion ni ddywedodd Dicw ddim wrth neb, ddim wrth ei rieni nac wrth Andrew hyd yn oed, er eu bod yn ffrindiau ers misoedd bellach.

'Hey, Deekoo,' gofynnodd Andrew gan ei ddeffro o'i fyfyrdod, 'want to meet in the old house again tomorrow?'

Brecwast Pitar

CLYWODD PITAR y drws i'w fwthyn yn agor. Eisteddai yn ei gornel ar ei gadair bren galed yn crynu. Gwyddai fod y glatsien yn dod. Ond ni wyddai o ba gyfeiriad y deuai'r glatsien na pha ran o'i wyneb neu'i ben neu'i gorff a gâi'i tharo. Clywodd ei thraed hi yn symud tuag ato a gwyddai'i bod hi'n sefyll yn agos iawn. Roedd e'n gallu clywed ei hanadl a gwynto'i chorff, mor agos oedd hi. Ac roedd aros am y glatsien feunyddiol anorfod yn arteithiol. Weithiau deuai'n sydyn, waff, bron yn syth ar ôl iddi ddod i mewn, bryd arall byddai hi'n ei orfodi i aros ac aros, ac yna heb unrhyw rybudd fe gâi'i daro. Felly roedd hi'n amhosibl i baratoi ar ei chyfer er mor siŵr oedd e o gael ei daro. Ac ni ddywedai hi ddim tan ar ôl iddi ei daro. Dyna'r peth gwaetha, y distawrwydd a'r disgwyl. Serch hynny, gwyddai ef yn well na dweud rhywbeth cyn iddi'i daro. Pe gwnâi hynny byddai hi'n stwffio clwtyn i'w ben ac yn rhwymo'i geg am weddill y dydd ac ni châi'r un briwsionyn o fwyd na dim i yfed. Ac roedd e'n llwgu yn barod, roedd e'n crefu am weiddi 'Wi'n starfo! Wi'n nwni!' ond pe gwnâi hynny ni châi'r un tamaid. Roedd e'n dibynnu arni hi am bopeth, hyhi oedd yn ei fwydo ac yn rhoi dŵr iddo (a dim i'w yfed ond dŵr) ac yn ei lanhau, dim ond iddo ufuddhau i'w rheolau hi. Ond dyna'r broblem, ni wyddai beth yn union oedd ei rheolau hi; newidient fel y gwynt. Weithiau roedd hi'n licio'i glywed yn siarad, bryd arall ni châi yngan gair, weithiau roedd e'n gorfod gofyn yn gwrtais am ddiferyn o ddŵr neu am gael mynd ar y pot piso, bryd arall câi'i gosbi am sôn amdano. Un tro gofynnodd am y pot piso a dyma hi yn arllwys cynnwys y pot ar ei ben, ond y diwrnod wedyn pan wlychodd ei hun yn hytrach na gofyn am y pot fe arllwysodd gynnwys y pot dros ei ben eto. Doedd dim ots beth a wnâi fe gâi ei gosbi; doedd dim modd ei phlesio.

Clec! O'r diwedd daeth y glatsien, ar ei dalcen y tro hwn. Bu'r aros amdani yn wa'th na'r glatsien ei hun.

'Bore da! Mochyn brwnt.'

Ni ddywedodd Pitar Ŵad ddim, rhag ofn.

'Ddim yn ateb!' Clatsien arall. 'Ti ddim yn moyn dy uwd y bore 'ma 'te?'

Oedodd Pitar; pe bai'n ateb gallai hynny ei digio, ar y llaw arall oni bai 'i fod yn gofyn am yr uwd ni fyddai'n ei gael o gwbl.

'Bwyd,' meddai, yn dawel, dim mwy, dim ond yr un gair yna, fel anifail bach yn udo.

'Be sy'n bod 'da ti? Ti'n meddwl 'swn i'n gwrthod rhoi bwyd i ti? Dyma fe, dyma'r uwd. Eiste lan ac acor dy geg fel bachgen da.'

Sythodd ei gefn ac agor ei geg a dyma hi'n rhoi'r llwy yn ei ben a'r uwd yn blasu fel y nefoedd iddo. A llwyaid arall ac un arall.

'Paid â chrampo! Y mochyn brwnt! Os colli di ddiferyn o'r uwd 'ma ti'n gwpod be gei di, on'd wyt ti?'

Ni fentrai yngan gair, dim ond eistedd â'i geg ar agor fel cyw bach yn y nyth yn disgwyl am y tamaid nesa, efe Pitar Ŵad. A dyma hi'n rhoi llwyaid arall iddo.

'Mae 'da fi newyddion da. Ti moyn clywed?'

Roedd e'n ofni ateb. Pe bai'n gweud rhywbeth gallai hynny arwain at gosfa, ond gallai'i ddistawrwydd arwain at hynny hefyd.

'Wel, ti moyn gwpod neu beido?'

'Moyn gwpod.'

'Moyn gwpod… be?'
'Moyn gwpod os gwelwch yn dda.'
''Dyn ni'n mynd i ffwrdd.'
'I ble?'

Y Llythyr

FEL POB UN o'r pentrefwyr cafodd Wil Tyddyn Cryman lythyr yn ei rybuddio bod rhaid iddo symud erbyn diwedd y mis. Llythyr swyddogol oddi wrth ddieithryn diwyneb ac yn cynnwys yr un neges gair am air â'r llythyrau a gawsai'i gymdogion. Felly pan ddaeth amlen arall ddau ddiwrnod ar ôl yr un honno â'i chynnwys brawychus nid oedd Wil yn rhy awyddus i'w hagor. Arhosodd hyd y diwetydd cyn mynd â hi at rywun a allai ddarllen. Nid oedd Cati yn dre, aethai hi a Joe am dro. Galwodd wedyn ar y Canon, a dyna'r tro cyntaf i Wil glywed am farwolaeth ddisymwth Mrs Gomer Vaughan. Nid oedd Dr James yn dre chwaith. 'Mae fe weti myn' i ffwrdd i drefnu c'el cerbyd modur at y symud,' meddai Sali Stepen Drws yn rhinwedd ei swydd fel morwyn y meddyg y diwrnod hwnnw. Roedd Miss Plimmer wedi diflannu o'r pentre ers dwy flynedd o leia. Wedyn aeth i Dŷ'r Capel i ofyn i Pantglas. Doedd Wil ddim yn siŵr pam nad oedd e wedi mynd yn syth at Pantglas yn y lle cyntaf.

Yn ei gell agorodd Pantglas dudalennau'r llythyr a'u darllen yn dawel ar ei draed gan gerdded yn ôl ac ymlaen tra eisteddai Wil ar gadair bren galed. Dyma'r llythyr a ddarllenodd Pantglas:

Ionor 23 1888

56 Flower & Dean St
Whitechapel
London

Annwyl William
Dyma fi weti landio yn Llunden or diweth weti i ni gwrdda

sawl tro trwstan ar y ffordd stori ir ond nawr mae Dani
weti gatel fi a yma ar pen munan ytw i mae fe weti mynd
draw i Paris lle oedd ei gariad twel Ond yma ytw i ddicon
pell i ffwrdd or diawl na yn y pentre na neth trion lledd fi
a trio lledd Dani pan ffeindiodd nece merch oedd e Mae
rhwpeth yn bod ar y dyn rhwpeth mowr oi le Er bo tin
fachcen crif paid myn yn acos ato wath mafen ddanjerus
Wi ddim yn gwpod be sydd yn y dyn ond rw gythrel win
cretu ond maen flin da fi weud taw Pantglas yw dy dad di
Merch ifenc on i ac rodd en brygethwr ac am flynydde rodd
ei ofon arnai Ofon se fen diall taw ti odd ei fab ofon se fen
neud rwpeth i fi ond bob yn dipyn bech fe giliodd yr ofon
wrth i mi ddiscu shwt i ddelio da dynon nes imi atel iddo
fe ddod i ngweld i to ac wetiny ei gyflwyno i Dani rodd
hynny yn gamgymeriad ac wetiny rodden nin gorffod fflio a
gatel y pentre wath odd e weti gwillto ac yn gweud fod en
myn in lledd ni ai fod en myn i lledd pob puten yn y byd
Na pam rodden nin gorffod fflio y diwrnod na wath rodd
y diafol am ein gwed twel a dyma nin trafeilo a trafeilo nes
inni gyrredd y ddinas ma lle ma menyw fel fin gallu cwato
ac ynnill tamed Ond ma hin yffer ar y ddiar ma da pobol yn
buw fel llicod ar beni gilyth a medd'dod yn rhemp nece bo
fin angel cofia Wel gobitho dy fod ti'n catwn iach a fod pob
un yn lledda yn y pyntre na ac weti anghofio amdanai ond
paid ti byth anghofio dy fam

Poppy Powell

Wedyn dyma'r hyn a ddywedodd y gweinidog wrth Wil
Tyddyn Cryman:

Annwyl William,
Dyma fi wedi landio ym Mryste ar ôl taith go hir a throellog.

Y mae Dani a finne wedi cweryla ac mae hithau wedi mynd i'r Alban i fyw. Mae pobl sy'n perthyn i mi yn byw yma ym Mryste ac wedi bod mor garedig â rhoi cartref i mi yn gyfnewid am weithio fel morwyn iddynt. Yr wyf wedi bod yn dost fy iechyd yn ddiweddar sydd yn dâl am fyw bywyd pechadurus am flynyddoedd, diau, ond yr wyf wedi mendio ac wedi mendio fy ffordd ac yn mynd i'r capel bob dydd Sul ac yn gweddïo am faddeuant bob nos. Wel, gobeithio dy fod ti'n cadw'n iach a fod pob un yn lled dda yn y pentre 'na a'u bod wedi anghofio amdanaf i.

Poppy Powell

'Neg o's rhwpeth arath yn y llythyr?' gofynnodd Wil.

'Nag oes, dwi wedi darllen y cyfan i ti,' meddai Pantglas.

'Peth od,' meddai Wil, 'roeddwn i'n erfyn iddi weud rhwpeth arath.'

'Wel, 'na gyd mae hi'n gweud yn y llythyr yma. Mae'n rhoi gwybod i chi ei bod hi'n byw ym Mryste a'i bod hi wedi newid ei ffordd o fyw gan droi at yr Arglwydd ac yn dymuno eich bod chi'n gwneud yr un peth, dyna be 'se'n ei phlesio hi, rwy'n siŵr. Wyddoch chi fod Popi yn fam i chi cyn i chi gael y llythyr hwn?' gofynnodd Pantglas gan sefyll o flaen y tân isel.

'Gwn, wa'th fe wetws wrtho i cyn iddi fynd,' meddai Wil.

'Roedd hynny, mae'n debyg, yn dipyn o sioc i chi.'

'Syn o'n i, wa'th o'n i ddim weti ama, ond doedd hi ddim yn sioc.'

'Ddim yn sioc bod putain front y stryd wedi rhoi genedigaeth i chi o'i chroth halogedig? Ddim yn sioc i chi gael eich cenhedlu mewn cywilydd a bryntni a bod eich mam yn ddim ond slebog, yn goffoden, yn hoeden, yn hwren, yn drwmpan o ŵran front?' Aethai wyneb Pantglas yn biws a safai gwythiennau ar ei dalcen.

'Ga i'r llythyr yn ôl os gwelwch yn dda?'

'Ych a fi,' meddai Pantglas a'i daflu i'r tân. Llamodd Wil o'r gadair mewn ymgais i'w achub rhag y fflamau ond fe'i rhwystrwyd gan y pregethwr. Er bod Wil yn of arbennig o gryf roedd gan Pantglas y funud honno ryw nerth annynol anghyffredin ac ni allai Wil ei symud o'r ffordd na'i basio ac fe welodd y llythyr yn llosgi'n ulw o flaen ei lygaid.

'Pam naethoch chi hyn'na?' gofynnodd.

'Beth yw'r ots? Fe glywsoch chi beth oedd gyda 'ddi i ddweud, on'd do fe?'

'Wi ddim yn siŵr.'

'Otych chi'n amau fy ngair i? Myfi yw gwas yr Arglwydd cofiwch!'

Ymryddhaodd Wil o afael y gweinidog.

'Dwi'n mynd,' meddai Wil cyn iddo daro'r dyn.

'Cerwch,' meddai Pantglas, 'a pheidiwch â thywyllu drws y tŷ hwn byth eto, mab yr hwren!'

Ac ar ôl iddo fynd gwyddai Pantglas fod ganddo un peth i'w wneud cyn gadael y pentre.

Wrth gerdded yn ôl i'w weithdy meddyliai Wil, 'Ys gwn i pam llosgws e'r llythyr 'na?'

Dymchwelyd Dyffryn

'BICKERSTAFF.' ROEDD Y geiriau yn dal i atseinio yn ei ben. Dicter y rheolwyr. Roedden nhw'n anhapus ynghylch nifer o bethau. 'Why hasn't the big house been demolished? Why are there still people living in the village? Get 'em out and knock the houses down.' Ac yn waeth na dim, heb ymgynghori ag ef o gwbl, fe benodwyd Joe Fisher yn ddirprwy fforman. Pam hwnnw? Pa hawl oedd gyda nhw i fynd uwch ei ben? Pob hawl, mae'n debyg. Rheolwyr oedden nhw, dim ond gwas iddynt oedd efe. A doedd ganddo ddim dewis ond i blygu i'w gorchmynion. Dyna pam roedd ei ddynion yn gosod ffrwydron o gwmpas tŷ Dyffryn ac roedd yntau, Reginald Bickerstaff, ar ei ffordd i oruchwylio'r ffrwydrad. Er nad oedd yn arbenigwr yn y maes, prin bod dim arall ynglŷn â'i waith yn rhoi mwy o foddhad iddo na gweld hen adeilad mawr yn cael ei ddymchwelyd; y cymylau yn ei amgylchu, y waliau yn chwyddo ac yna'n disgyn fel pecyn o gardiau a'r cyfan wedyn yn troi'n gymylau eto ac, wrth i'r rheina glirio, dim ar ôl ond pentwr o gerrig.

Ond pan gyrhaeddodd y lle gwyddai yn syth fod rhywbeth o'i le. Roedd Joe Fisher yno o'i flaen, a doedd ganddo ddim dewis ond bod yn gwrtais wrth hwnnw, drwy'i ddannedd, a dyna lle roedd ei arbenigwyr ffrwydron, a dim byd yn digwydd. Pob un yn sefyllian ac yn syllu ar rywbeth.

'Alright, what's up?'

'Sir, it's that old crone again,' meddai Roud, yr unig un o fechgyn y ffrwydron na chawsai'i anafu pan dorrwyd y garreg fawr. A dyna lle'r oedd hi, yr hen fenyw â'i chath am ei hysgwyddau yn sefyll o flaen y tŷ mawr a'i llaw lan, ei llaw chwith.

'She refuses to move,' meddai Joe Fisher.

'Well, you and you,' meddai Bickerstaff gan bwyntio at ddau lanc digon cyhyrog, 'go down there and ask her to move, and if she still refuses to budge, pick her up and take her away to a safe distance and leave her there.'

Aeth y bechgyn lawr tuag at y tŷ. Roedd Pedws yn gweiddi arnynt ond doedd yr un ohonynt yn deall ei geiriau.

'We have to get a move on,' meddai Bickerstaff.

'Yes, sir,' atebodd Joe.

Edrychodd Bickerstaff lan i'r awyr. Roedd hi'n dywyll, yn bygwth glaw. Dyna'r peth olaf oedd ei angen. Rhaid iddyn nhw chwythu'r tŷ lan yn ddiymdroi.

O'r bryn gwyliodd Bickerstaff a'r dynion eraill y ddau lanc yn gafael ym Mhedws Ffowc, un yn dodi'i fraich dan ei chesail chwith a'r llall yn dodi'i fraich dan ei chesail dde, gan anwybyddu'i phrotestiadau, a'i chodi oddi ar y ddaear, fel petai, a'i chario fel'na yn sgrechian ac yn cicio ac yn gwylltio. Neidiodd Pom i'r llawr a dilyn ei meistres wrth i'r dynion ei symud hi yn ddigon pell i ffwrdd o'r plas.

'Don't let go of her until the work is done,' gwaeddodd Bickerstaff. 'How the hell they expect us to get people like that to leave beats me,' meddai wrth Joe.

Yn y man, gwelodd Bickerstaff fod popeth mor barod ag y gallai fod. Edrychodd ar Roud oedd â rheolaeth dros y ffrwydron ac amneidio arno.

Clywyd y glec drwy'r dyffryn ac yn y pentre.

Roedd Dicw ar ei ffordd i'r tŷ pan glywodd yntau sŵn y danfa. Pan sylweddolodd beth oedd achos y sŵn aeth saeth o ofn drwy'i gorff. Doedd dim siawns fod Andrew yn y tŷ yn ei aros, nag oedd?

Gweddillion

GWELSAI PEDWS FFOWC y crwtyn yn mynd i mewn i'r hen blas a gwnaethai bopeth o fewn ei gallu i rybuddio'r dynion ond yn ofer. Fe gawsai'i chario i ffwrdd yn gwbl ddi-barch a diseremoni gan ddau labws twp a hithau'n sgrechian bod y crwtyn yn y plas a'i fod e'n cwato oddi fewn wrth erfyn ei ffrind er mwyn whare tric arno. Roedd hi'n gwybod hyn oherwydd bu hithau yn eu gwylio, y ddau grwtyn swil, yn whare yn yr hen dŷ bob dydd ers wythnosau. Ond dyna ni, on'd oedd y dyn mowr 'na, yr un cas, wedi gwneud tanwa o dan Faen Einion a digio'r ysbryd? Ac onid oedd hi wedi melltithio'r dynion am y fath anfadwaith?

Rhedodd Dicw â'i wynt yn ei ddwrn lan y bryn i gyfeiriad y tŷ. Ond, wrth gwrs, roedd e'n rhy ddiweddar. Pan gyrhaeddodd ben y twyn ac edrych i lawr i'r cyfeiriad lle bu'r tŷ mawr, dyna gyd a welodd ond cymylau mawr o lwch a lliti. Aeth ychydig o'r llwch i mewn i'w ffroenau a'i lygaid ac am dipyn ni allai weld nac anadlu. Dyna lle roedd e am sawl munud, ei lygaid yn llifo â dagrau oherwydd y llwch, yn pesychu ac yn chwifio'i ddwylo yn ceisio clirio'r mwg o'r awyr o flaen ei wyneb.

Bob yn dipyn fe gliriodd yr awyr a gallai Bickerstaff a'i ddynion weld bod y gwaith wedi cael ei wneud yn gampus. Dim ond llwyth o rwbel ar hyd y llawr oedd i'w weld yn lle'r tŷ mawr crand. Gollyngodd ambell un o'r dynion gri o lawenydd a dyma nhw'n curo'i gilydd ar eu cefnau a'r naill yn llongyfarch y llall. Teimlai Bickerstaff yn falch ac, yn wir, roedd rhyw wefr yn perthyn i'r gwaith hwn, rhywbeth braf i'w rannu gyda'i weithwyr. Dyna pryd y clywodd y crwtyn yn pesychu a'i weld yn sefyll heb fod yn bell i ffwrdd.

'Hey, boy,' meddai Bickerstaff, 'what are you doing there? You could've got hurt!'

Pan glywodd Dicw y dyn cas yn gweiddi arno roedd e'n ofni dweud dim. Ond roedd rhaid iddo ddweud rhywbeth. Edrychodd o'i gwmpas ac ni allai weld Andrew yn unman. Gwelodd Pedws Ffowc a dau ddyn yn ei dal hi wrth ei breichiau lawr yn y llwyn ond doedd dim sôn am Andrew yn unman. Ar ben hynny, fe wyddai yn ei galon fod rhywbeth wedi digwydd iddo. Felly, er ei fod yn ansicr sut i ddweud y peth yn Saesneg roedd e'n gorfod troi at y dyn mawr bygythiol hwn (ac a barnu wrth ei wyneb coch roedd e'n grac yn barod) a dweud wrtho.

'Syr,' meddai Dicw yn betrus.

'Didn't you hear me?' meddai Bickerstaff. 'Get away before I skin you!'

'Syr, I have something to tell you,' meddai Dicw gan symud tuag at y dyn. A gwelodd Bickerstaff y pryder yn ei wyneb. Gwrandawodd.

'Syr, I think there is a boy in that house, syr.'

'What do you mean?'

'My friend. I was going to meet him there.'

'Why didn't you come from the village together?'

'Syr, he was one of the workers' boys.'

Oedodd Bickerstaff cyn gofyn,

'What was his name?'

Baich Trist

NI ALLAI'R DYNION rwystro Bickerstaff rhag rhedeg draw at y cerrig lle bu Dyffryn a thwrio drwyddynt gyda'i ddwylo'i hun nes bod ei ddwylo'n gwaedu. 'Find him, we've got to find him,' gwaeddai drosodd a throsodd. Ond ni allai ffeindio'r bachgen ar ei ben ei hun. Anfonodd Joe am fwy o ddynion i ddod i helpu ac i ddod â chŵn os oedd rhai i gael allai hyrwyddo'r dasg o ddod o hyd i'r plentyn.

Gwyliodd Dicw o bell gan deimlo'n anweladwy ar y naill law, gan na chymerai neb sylw ohono, ac yn ddiwerth ar y llaw arall gan na allai helpu'i ffrind. Ond cyn iddyn nhw ddarganfod y corff bach chwilfriw oriau yn ddiweddarach gwyddai Dicw fod Andrew yn farw. Doedd dim gobaith i neb oroesi'r ffrwydrad wa'th on'd oedd y tŷ mawr ei hun yn yfflon a bellach yn ddim ond cramwythen anferth o gerrig a llwch dros y llawr? Ar wahân i dystiolaeth ei lygaid gwyddai Dicw yn ei galon fod Andrew wedi marw; roedd rhywbeth wedi dweud wrtho, fel petai, fod ei gyfaill wedi cael ei ddiwedd.

Capten, ci mawr blewog Ned, a ddaeth o'r pentre i helpu pan glywodd am y ddamwain, oedd yr un a leolodd y corff gan ei wynto a dechrau cyfarth. A Bickerstaff ei hun oedd y cyntaf i'r llecyn i ddechrau palu â'i fysedd gwaedlyd. Daeth Joe a Roud ac eraill i'w helpu ac yn fuan fe ddatguddiwyd y corff bach llipa. Cododd Bickerstaff ei blentyn marw yn ei freichiau heb sgrechian na llefain. Dododd un o'r dynion ei siaced dros wyneb y corff a chariodd Bickerstaff ei fab fel'na bob cam yn ôl i'w gartref yng ngwersyll y gweithwyr gyda'r dynion eraill yn ei ddilyn, ac ni thorrodd neb yr un gair ar y ffordd. Ac yno roedd ei wraig a'i fechgyn a'i ferched yn sefyll wrth y drws. Roedd rhywun wedi rhedeg o'u blaenau i ddweud wrth Mrs Bickerstaff.

Trannoeth gadawodd y teulu Bantglas ac ni chlywodd neb amdanynt yn yr ardal byth eto.

Aeth y gwaith yn ei flaen a phenodwyd Joe Fisher yn fforman newydd. Ei orchwyl cyntaf oedd trefnu bod cerrig Dyffryn yn cael eu cludo lan y bryn er mwyn cael eu defnyddio i atgyfnerthu'r argae.

Dicw oedd yr un a redasai i fyny'r twyn at y gwersyll i gyhoeddi'r newydd fod mab Mr Bickerstaff wedi cael ei ladd mewn damwain. Cyrhaeddodd ddeng munud o flaen y tad a'i faich trist a'r orymdaith ddistaw. Dywedodd wrth un o'r menywod oedd yn byw drws nesaf i Mrs Bickerstaff a dywedodd hithau wrth y fam a'i phlant. Prin fod amser gyda nhw i gymryd y newyddion i mewn cyn i Bickerstaff a'i fab yn ei freichiau ddod lan y llwybr. Edrychodd ar ei wraig â dagrau yn ei lygaid a gofyn,

'Where are we going to put him?'

Pryd i Fynd

ROEDD TOMI A Ned a Boi a Capten yn mynd am dro i ddisgwyl yn y dolystumiau yn ôl eu harfer, fel y gwnaethent bob dydd ers pan oedd y ddau yn chwilgrots.

'Felly, cest ti'r un llythyr â finne?' meddai Tomi.

'Do,' meddai Ned, 'yr un geiriau gan yr un dyn a'r un enw ar y gwilod, a chas pob un arall yr un llythyr 'efyd.'

'Sut mae un dyn yn gallu sgrifennu sut cyment o lythyrau?'

'Wi ddim yn gwpod,' meddai Ned, 'ond wi'n gwpod 'u bod nhw gyd yn gweud yr un peth. Cati ddarllenws nhw yn y siop ac o'dd pob un yn gwe'd yr un peth, fod rhaid inni gyd fynd o'ma a dim ond mish sydd ar ôl 'da ni.'

'Ni weti bod yn dwp, ti a fi, Ned, wa'th ma shew weti mynd ers blynydda.'

'Beth yw'r ots 'sen ni weti mynd flynydda nôl yn lle mynd 'e fo'n 'ir 'te?'

'Ni ddim weti meddwl yml'en, ddim weti paratoi,' meddai Tomi, 'i ble'r ewn ni?'

'Paid becso. Ffindwn ni rywle. Mae sbel 'da ni 'to.'

'Ond mae shew weti mynd yn barod.'

'O'dd rhai yn gorffod mynd, on'd o'n nhw? Canon, er enghraifft, ar ôl i'w wraig bego ma's.'

'Ond 'eth Siemi Dafydd i Lerpwl ac 'eth Roni Prys i Mericia,' meddai Tomi, 'licet ti fynd i Mericia?'

'Mae Bryngles yn ddicon pell i ni'n dou, Tomi bech.'

Teimlai Tomi rywfaint yn dawelach ei feddwl ar ôl i Ned ddweud hynny.

'Wi ddim yn moyn mynd yn bell, Ned,' meddai, 'licwn i weld y llyn.'

'Cewn ni weld y llyn, Tomi, cei di weld.'

Safodd y ddau ar y llethrau ar ochr Mynydd Llwyd ac edrych lawr dros y pentre. Cawsai nifer o'r tai eu bwrw lawr yn ddiweddar.

'Ew, sdim shwt lot ar ôl, neg o's, Ned?'

'Neg o's, ac 'e' fo'n 'ir bydd llai.'

'Otyn nhw'n mynd i dynnu'r eclws lawr?'

''Tyn, 'tyn.'

'Otyn nhw'n myn' i dynnu'r capel lawr 'efyd?'

''Tyn, 'tyn,' meddai Ned, 'weti'r cyfan, tynson nhw'r hen bles lawr on'd do fe?'

'Do,' meddai, ''na peth ofnatw o'dd lledd y crwtyn yn y tŷ, on'd o'dd e?'

'Smac i'w ded,' meddai Ned, 'mae fa a'i d'ulu 'ti gat'el. Gŵr Cati Siop yw'r fformon nawr.'

'Otyn nhw'n myn' i dynnu'r siop lawr, Ned?'

''Tyn. Ond dim 'to.'

'Otyn nhw'n myn' i dynnu Cross Guns lawr, Ned?'

''Tyn, yn ei dro,' meddai Ned, 'ac ar ôl iddyn nhw neud 'ny dyna pryd yr awn ni, iefe, Tomi?'

Mynd i Siopa

DODODD MAIR DALP o gusan ar dalcen Wili yn y bore, yn yr efail.

'I beth o'dd 'wn'na?'

'Dwi'n dy garu di, wrth gwrs.'

'Ac...?'

'Ac wedyn dwi a Megan Cross Guns ac Annes yn mynd i gerdded lan i Frynglas.'

'Pam?'

'Dwi weti clywed fod siop weti agor sy'n gwyrthu deunydd i neud dillad.'

'Ti'n gwpod nag wi'n licio i ti fynd yn bell ar dy ben dy hun.'

'Dwi ddim yn mynd ar 'y mhen 'ymunan, nest ti ddim clywed fi'n sôn am Annes ac am Megan Cross Guns, a ti ddim yn gallu stopo fi.'

'Sdim isie i ti gerdded dros y mynydd i byrnu pethach. Ti'n ddicon pert fel wyt ti. Be ti moyn ta beth?'

A bant â hi i gwrdd â'i chwaer a'i ffrind. Heulwen mewn basged dros ei braich. Dyna lle roedden nhw'n sefyll amdani ar y patsyn glas gyferbyn â siop Cati.

'Ble ti weti bod?' gofynnodd Annes.

'I wel' Wil, be ti'n dishgwl?' meddai Mair. 'Dewch grotesi.'

'Smo ni'n grotesi,' meddai Annes.

'Dim ond croten 'se'n gweud "smo ni'n grotesi",' meddai Mair a cherdded yn ei blaen drwy'r pentre, heibio'r siop, heibio'r tai gweigion, o flaen y capel a Tŷ'r Capel, ymlaen at yr hewl i Frynglas.

'Unwaith ma 'da 'ddi syniad yn ei phen,' meddai Annes wrth Megan, 'sdim yn mynd i ddal hi nôl.'

'Pam nego'dd Gwlatys yn moyn dod?' gofynnodd Megan.

'Achos mae hi'n hen ffetog,' meddai Mair heb droi'i phen.

'Mae hi'n dost,' meddai Annes.

'Be sy'n bod arni?' gofynnodd Megan.

'Dim byd on' bod 'da 'ddi ysgwrn yn ei chefen,' meddai Mair eto gan gerdded yn rhwydd yn syth yn ei blaen fel bod y ddwy arall yn gorfod rhedeg bron i gadw lan.

'Mae annwyd 'da 'ddi,' meddai Annes.

Hanner ffordd lan y bryn fe ddaeth hi i fwrw'n gas.

'Well inni droi nôl,' meddai Annes gan dynnu'i siôl dros ei phen.

'Paid â bod yn dwp, yr hen boten,' meddai Mair, ''dyn ni'n nes at Frynglas na'r pentre.'

'Ond smo ni'n napod neb yno,' meddai Megan.

'Otyn, shew o bobl,' meddai Mair, 'wi ddim yn mynd i droi nôl nawr, ta beth.'

'Wi moyn myn' sha thre,' meddai Megan, 'mae'n dod yn ges.'

'Chei di ddim myn' nôl ar dy ben dy hun,' meddai Annes.

Safodd Mair am y tro cyntaf ac edrych yn ôl.

'Gwryndwch 'ma, wi ddim yn myn' nôl i'r pentre 'da chi.'

'Wel, chei di ddim mynd yml'en ar dy ben dy hun,' meddai'i chwaer.

'Dewch ferched,' meddai Mair a threio tacteg arall, 'dim ond ffwgen yw hi.'

'Mae'n arllwys, Mair, dere sha thre 'da ni nawr,' meddai Annes, 'cewn ni fynd rywbryd 'to.'

'Cerwch chi'ch dwy,' meddai Mair gan weld Annes a Megan yn troi, 'ond os digwyddith rwpeth ofnatw i mi, allech chi fyw 'da hynny ar eich cydwybod weddill eich o's?'

Diflaniad

D RWY'R DYDD BU Wil ac Iori yn casglu arfau a chelfi'r efail, eu ll'nau fesul un, a'u lapio yn ofalus mewn papur llwyd. Meddyliai Wil amdanynt, bob yr un, fel offer Estons o hyd, er taw efe Wil oedd perchennog yr efail ers amser bellach. Ond roedd yr efail yn gorfod symud. Daethai Wil o hyd i efail arall mewn pentre tua ugain milltir i ffwrdd, lle o'r enw Aberdyddgu, i'r gogledd, ac roedd ef ac Iori yn paratoi gogyfer yr ymfudo.

Wrth gwrs, unwaith y byddai ef a Mair wedi priodi byddai hithau yn dod i fyw gydag ef. Roedd ei thad a'i mam yn mynnu'u bod nhw'n aros blwyddyn arall. Digon teg, roedd e'n barod i wneud unrhywbeth i gael Mair yn wraig iddo. A byddai'r flwyddyn honno yn gyfle iddo setlo yn y pentre a'r gweithdy newydd. Teimlai'n ansicr ynglŷn â hynny wa'th roedd Aberdyddgu yn bentre bychan. Tybed a fyddai yno ddigon o waith a busnes i'w gynnal ef ac Iori a gwraig ac yn eu tro blant? Gwnaethai'r hen of fywoliaeth yno nes iddo ymneilltuo oherwydd henaint, a dyna sut y bu Wil mor ffodus â chael y gweithdy ar ei ôl. Ond ai oedran oedd yr unig reswm y rhoes y gorau i'w grefft? A oedd e'n gweld y busnes yn mynd lawr yn sgil twf y rheilffordd?

'Bydd rhaid i mi fod yn barod i newid,' meddyliai Wil, 'a mynd i whilo am waith arall mewn lle arall os pallith y gweithdy newydd.' Roedd popeth ar fin newid. Fe deimlai Wil hyn ym mêr ei esgyrn.

Roedd hi'n tywyllu a Wil ac Iori bron wedi cwpla am y dydd pan ddaeth Annes a Megan Cross Guns i'r gweithdy.

Gwyddai Wil yn syth, heb i'r naill na'r llall yngan gair, fod rhywbeth yn bod.

'Ti weti gwel' Mair diwety 'ma?' gofynnodd Annes.

'Naddo,' meddai Wil a suddodd ei galon fel pedol yn oeri yn y dŵr.

'Smo hi weti dod sha thre 'to,' meddai Annes.

'Dere, Iori, awn ni i whilo amdani 'ddi. Dere â lampau,' a throes at Annes. 'Oti dy dad yn gwpod?'

'Na, wi ddim weti gweu'tho fe.'

'Nethon ni ddod nôl a gat'el Mair ar ei phen ei hun,' cyfaddefodd Megan.

'Cer i weud wrth dy dad,' meddai Wil wrth Annes, 'a gweud 'mod i a Iori yn mynd i Frynglas i whilo amdani.'

A ffwrdd ag ef. Er iddo wneud ei orau i'w fygu daeth ymchwydd o bryder i lenwi'i frest. Redodd e ddim ond ni allai gerdded yn rhwyddach.

Gwnaeth Wil ac Iori ymholiadau ym Mrynglas ond doedd neb wedi gweld Mair. Roedd y siop ddeunydd wedi cau ond roedd ei pherchnogion yn byw uwch ei phen a churodd Wil wrth y drws nes iddyn nhw, Mr a Mrs Harries, ddod lawr i'w ateb. Na, nid oedd y naill na'r llall wedi gwerthu dim i'r ferch o Bantglas, na'i gweld hi hyd yn oed, a buont hwy yn y siop drwy'r dydd.

Ar eu ffordd yn ôl i Bantglas cyfarfu Wil ac Iori â Ben Tŷ Cornel ac eraill yn chwilio am Mair.

''Se Gladstôn, ci Estons, yma nawr,' meddai Wil, ''se fe'n ei ffeindo 'ddi fel'na. Pwy gŵn da sydd 'da ni ar ôl yn y pentre?'

Ar Fynydd Glas

CHWILIO'R DOLYSTUMIAU OEDD Tomi a Ned ar Fynydd Glas pan ddaeth Boi atyn nhw yn cario rhywbeth yn ei ben.

'Be sy 'da fa?' gofynnodd Ned.

Cymerodd Tomi'r bechingalw ma's o safn y ci.

'Mae'n dishgwl yn gwmws fel esgit merch,' meddai.

'Dere c'el gwel',' meddai Ned, 'ie, esgit merch yw hi 'efyd.'

Yna roedd y cŵn yn cyfarth, Boi a Capten ill dau.

'Maen nhw weti ffindo rhwpeth,' meddai Tomi. Aeth y ddau ar ôl y cŵn i'r llecyn lle roedden nhw'n sefyll ac yn cadw sŵn. Wrth iddynt dynnu'n nes gallent weld dillad ar wasgar ar hyd y llawr a rhywbeth arall heb fod yn bell i ffwrdd.

'Beth yw a?'

'Rhyw anifail weti c'el ei ledd,' meddai Tomi.

Yna, heb fynd gam ymhellach, gwyddai'r ddau taw corff dynol oedd yno dan y glais, corff merch noethlymun.

Cyfogodd Ned. Rhwymodd Tomi'r cŵn.

'Rhaid inni fyn' syth nôl sha'r pentre,' meddai Tomi.

'Aros,' meddai Ned, 'ti ddim yn meddwl dylsen ni ddoti rhwpeth drosti 'ddi?'

'Be? Ei dillad?'

'Ia.'

'Cer di i neud,' meddai Tomi, 'alla i ddim myn' yn acos ati 'ddi.'

Cymerodd Ned siôl o'r llawr, ac roedd gwaed ar honna, a'i thaflu dros y corff er mwyn cuddio'r wyneb a pheth o'r noethni.

'Dere nawr 'te,' meddai Ned.

'Wi ddim yn gallu t'imlo 'nghoesa,' meddai Tomi, ei lais yn crynu.

'O'r braidd wi'n gallu cerdded,' meddai Ned. Ond cerdded wnaeth y ddau, coesau gwan neu beidio, a hynny yn rhwydd iawn a heb dorri gair arall yr holl ffordd i'r pentre.

Gwyddent fod Mair Tŷ Cornel wedi bod ar goll ers tridiau ac aethant yn syth, heibio'r efail a Wil Tyddyn Cryman, i Dŷ Cornel a churo wrth y drws. Edrychodd Tomi ar Ned,

'Pwy sy'n myn' i weud?'

Cyfiawnder

ROEDD Y DDAU heddwas Renshaw a Humphries yn waeth na diwerth ym marn Wil Tyddyn Cryman. Bu'r ddau yn crwydro ar hyd y pentre yn holi pobl ers pythefnos. Buont yn holi dynion ym mhentre'r llafurwyr unwaith neu ddwy ond dim mwy. Buont yn holi rhai ym Mrynglas hefyd heb unrhyw ganlyniad. O fewn wythnosau byddai'r cwm wedi'i droi yn llyn ac ni fyddai unrhyw obaith dal llofrudd Mair wedyn.

Symudodd yr heddweision ei chorff i Frynglas ac yn fuan wedyn fe'i claddwyd yn y fynwent yno. Roedd ei gorweddfan olaf hi yn agos iawn at un Estons a Gladstôn a rhoddai hynny beth cysur i Wil. Ond gwelsai Wil a Ben Tŷ Cornel gorff Mair cyn iddi gael ei chau yn ei harch a'i chladdu a gweld fel y cawsai'i rhwygo a'i darnio a'i llarpio a'i gadael wedi'i llurgunio fel darnau o gig gan y llofrudd annynol. Roedd e'n waeth nag anifail, meddyliai Wil, wa'th nad oedd yr un anifail yn gwneud peth fel'na i'w rywogaeth ei hun. Ac ni allai Wil glirio'r olwg ofnadwy olaf honno o'i gariad, ei Fair hardd, annwyl ef; ni allai glirio'r llun erchyll o'i ben. Fe'i gwelai yn ei gwsg. Fe'i gwelai wrth gau'i lygaid liw dydd, ond fe'i gwelai â'i lygaid ar agor hefyd. Gwnâi ei orau i'w chofio fel oedd hi ond deuai'r ddelwedd ohoni ar y diwedd yn ôl iddo dro ar ôl tro.

Gwyddai Wil fod tad a mam Mair a'i chwiorydd yn dioddef hefyd. Ac roedd pwy bynnag oedd y bwystfil a'i lladdodd yn dal i fod â'i draed yn rhydd. Daethai bywyd Wil i ben i bob pwrpas. Cawsai yntau'i ladd gan yr anghenfil er nad oedd yn gorwedd yn y bedd wrth ochr ei gariad eto. A chredai Wil fod rheswm am hynny. Pe na bai'r heddlu yn dal y drwgweithredwr byddai ef, Wil, yn ei ddal ac yn ei gosbi yn ei ffordd ei hun. Fe gâi gyfiawnder.

'Wnei di fy helpu, on' wnei di, Iori?'

'Gwna i,' atebodd Iori, a welsai'r corff hefyd.

O'r dechrau roedd gan Wil amcan pwy oedd yn euog. Roedd e'n gorfod dal y cythraul cyn i'r pentrefwyr gael eu chwalu a'u gwasgaru i dduw a ŵyr ble, i bedwar ban byd ond odid. Ond nid oedd yn amau un o'i gymdogion ei hun. Credai Wil taw un o ddynion yr argae a laddodd Mair. Bob diwetydd ar ôl y llofruddiaeth âi ef ac Iori i gwato yn y coed yn ymyl gwersyll y gweithwyr a'u gwylio o bell. Bob nos âi'r rhan fwyaf ohonynt lawr i'r pentre i'r Cross Guns. Dim ond y rhai oedd yn byw yn y gwersyll gyda'u gwragedd a'u plant, dynion canol oed, na fyddai'n mynychu'r tafarn ac yn aros yn eu cartrefi. Ond roedd un nad oedd yn cadw cwmni gyda neb arall. Bob nos byddai hwn yn mynd ma's ar ei ben ei hun ac yn encilio i'r bryniau.

''Co fe nawr,' meddai Wil, 'rhaid inni ffeindo ma's pwy yw e.'

'Fe wna i ffeindo ma's,' meddai Iori.

Cafodd Iori'r syniad o fynd i siarad â Cati gan fod ei gŵr, Joe Fisher, bellach yn fforman.

Gweithredodd Cati fel cyfieithydd rhwng Iori a Joe.

'Nes i ofyn ambell i gwestiwn bach,' meddai Iori, 'a wi'n cretu taw dyn o'r enw Charlie Roud yw'r dyn ni'n moyn. Dyn ffrwydron yw e yn y gwaith a mae fe'n myn' ma's yn y diwety i wylio dyrnod, cred ti neu b'ido.'

'Dyna'r deryn wi'n myn' i ddala,' meddai Wil, 'wyt ti'n myn' i helpu, Iori?'

Gwyneth yn Pallu Symud

DOEDD PANTGLAS DDIM yn dre felly daeth Bren Cross Guns a Neli Lôn Goed i alw ar Cati.

'Mae dyn'on y gwaith yn treio troi Gwyneth Cefn Tylcha ma's ond mae hi'n pallu symud.'

Aeth Cati gyda'r ddwy arall draw at fwthyn yr hen wraig. Safai nifer o ddynion, dau yn gwisgo siwtiau trwsiadus, yn y drws yn gweiddi yn Saesneg ac o'r tu fewn gellid clywed Gwyneth yn sgrechian gweiddi yn Gymraeg. Yn gynulleidfa o gwmpas y bwthyn oedd rhai o wragedd y gweithwyr a'u plant a rhai o'r ychydig o blant y pentre oedd ar ôl; Dicw oedd yr unig fachgen. Ymwthiodd Cati heibio i bawb arall ac i mewn. Dyna lle roedd Gwyneth yn eistedd yn ei chadair ac yn crio drosodd a throsodd, ei llygaid wedi cau'n dynn,

'Wi moyn gwel' y gwnitog, wi moyn y gwnitog.'

'Fi sy 'ma,' meddai Cati, 'sneb yn gwpod lle ma'r gwinitog.'

'Gwetwch chi wrth y dyn'on byneddig 'ma wi ddim yn mynd.'

'She says she's not leaving,' meddai Cati.

'Tell her she has no choice,' meddai un o'r dynion trwsiadus. 'Everyone has to be out by tomorrow at the latest.'

'Rhaid i ti fynd, Gwyneth,' meddai Cati gan geisio mynegi cydymdeimlad drwy ei llais.

'Grynda, Cati,' meddai Gwyneth gan afael yn nwylo Cati gyda'i dwylo hen, esgyrnog ei hun ac yn ei hadnabod hi am y tro cyntaf, 'wi weti gwe'd wrth Pantglas bo fi ffilu gat'el y lle 'ma. Ces i 'ngeni yn y pentre 'ma o flaen pob un arath a

'Wi moyn gwel 'y gwnitog, wi moyn y gwnitog...'

wi moyn sefyll 'es bo'r diwedd. Do's 'da fi ddim lle i fyn' ta beth,' meddai â dagrau yn ei llygaid ac yn ei llais.

'She's lived here all her life and she has nowhere to go.'

'This is perfectly unacceptable,' meddai'r dyn, ond nid wrth Cati eithr wrth ei gydweithiwr siwtiog a mwstasiog, 'she's had years to find accommodation.'

'Ask her why hasn't she thought about this before,' meddai'r ail bwysigyn wrth Cati.

'Maen nhw moyn gwpod pam nest ti ddim ffeindo lle arall i fyw mewn ardal arall,' meddai Cati, unwaith eto mor garedig ag y gallai, 'ti wedi c'el dicon o amser, medden nhw.'

'Wi weti gwe'd wrth y gwnitog, lle ma fa? Ma fa'n gwpod y cyfan. O'n i ddim yn yrfyn byw i wel' y diwrnod hwn yn dod,' meddai a'r dagrau yn llifo lawr ei hwyneb oedrannus.

'She didn't expect to live to see this day,' meddai Cati gan ychwanegu, 'she would've been in her nineties when we first heard about the reservoir, she's nearly a hundred years old now.'

'I have no idea what to do,' meddai'r cyntaf.

'We'll get some men to put her on a cart and eject her somewhere beyond the perimeter of the dam.'

Pan glywodd Cati hyn, er nad oedd hi'n siŵr o bob gair, roedd hi'n deall eu byrdwn yn iawn ac fe'i gwylltiwyd. Troes at ei chymdogion yn gyntaf,

'Maen nhw'n mynd i dawlu Gwyneth Cefn Tylcha ma's o'i bwthyn a ma's o'r pentre,' meddai. Troes at Dicw, 'Cer i ôl 'y ngŵr, Joe Fisher.'

'What's going on?' gofynnodd un o'r dynion.

'We won't allow you to throw her out like that.'

'Well, how are you going to stop us?'

Cynhebrwng

NOSON OER OEDD hi yn y Mis Du a gwyddai Wil ac Iori fod eu dyddiau ym mhentre Pantglas wedi dod i ben. Sathrodd Wil ar y pridd.

'Beth am ddodi rhai o'r cerrig mowr 'na fan 'yn?' gofynnodd.

'Maen nhw'n drwm,' meddai Iori.

'Ddim yn rhy drwm i ti a fi,' meddai Wil.

'Dere 'te,' meddai Iori.

'Ew, synnwn i ddim 'se'r meini hyn ddim yn rhannau o Faen Einion,' meddai Wil.

'Synnwn i ddim chwaith,' meddai Iori, 'yr un lliw, yr un lle, mwy neu lai.'

'Un arall?'

'Pam lai.'

'Ti'n gwpod, pan o'n i'n grwtyn,' meddai Wil, nad oedd yn un i hel atgofion nac i hiraethu am y gorffennol fel rheol, 'o'n i'n ofni'r garreg fowr 'na. Ofon gweld Yspryd Einion. Ofon ei weld e yn dod ma's o'r garreg. Ofon myn' yn rhy acos ati a deffro'r yspryd.'

'Mae lle i bishyn arath fan 'yn,' meddai Iori.

'Gŵ an 'te,' meddai Wil a dyma'r ddau yn cwnnu darn mawr arall heb drafferth, er y buasai chwech o ddynion cyffredin wedi cael gwaith ei symud, a'i gario draw at y lleill lle roedd cruglwyth deche yn ffurfio.

'Os yw'r rhain yn ddarnau o Faen Einion,' gofynnodd Iori, 'wyt ti'n cretu'n bod ni nawr mewn peryg o 'ala'r yspryd yn grac?'

'Dim peryg,' meddai Wil, 'mae fe'n grac wrth y rhai dorrws ei faen yn y lle cynta, ddim wrthon ni.'

Edrychodd y ddau ar y pentwr.

'Perffeth,' meddai Wil. 'Dere nawr, nôl i'r efail am y tro ola. Wa'th ry'n ni'n gat'el ben bore, on'd y'n ni?'

''Tyn, 'tyn,' meddai Iori. 'Ew, noson o'r.'

'Dicon i sythu'r brain, on'd yw hi?'

Gwyliadwriaeth

D AN AR WEINIAD CATI penderfynodd rhai o'r pentrefwyr gadw gwyliadwriaeth y tu allan i fwthyn Gwyneth Cefn Tylchau er mwyn rhwystro dynion y gronfa rhag ei gorfodi i symud. Dywedodd Joe y gwnâi'i orau i gadw'r rheolwyr yn brysur ynglŷn â materion eraill ynghylch yr argae. Dododd Cati lo ar y tân i Gwyneth a rhoi powlen o gawl a bara iddi ac aeth hi i eistedd y tu allan gyda Neli Lôn Goed am ran gyntaf y noson. Trefnwyd i Nanw Gwaelod y Bryn a Bren Cross Guns gymryd drosodd hyd dri yn y bore ac wedyn deuai Tomi a Ned. Cyneuwyd coelcerth fechan o flaen y tŷ i gadw'r gwylwyr yn dwym.

'Mae crwybyr ynddi heno,' meddai Neli. Chwarae teg iddi, roedd pob un yn synnu bod un mor frou'i hiechyd â hithau yn barod i eistedd y tu allan am oriau ar noson oer er mwyn amddiffyn hen gymdoges rhag anghyfiawnder.

'Oti,' meddai Cati, 'ond ni'n gallu berwi tecell ar y tên 'ma a ch'el disgled o de mewn munud.'

'Paid â phoeni,' meddai Neli, 'wa'th ma dicon o ddillad 'da fi.'

Oedd, roedd dwy foned ar ei phen a sgarff ac ni allai Cati weld sawl siôl, tair o leia, a menig gwlân a blanced dros ei harffed.

'Pwy mor hir 'tyn ni'n meddwl neud hyn?' gofynnodd Neli.

'Nes bod Nanw a Bren yn dod am un o'r gloch,' meddai Cati.

'Nece meddwl am heno o'n i,' meddai Neli, 'pwy mor hir 'yn ni'n gallu catw Gwyneth 'ma? Wa'th ma rhaid imi symud 'fory i'r bwthyn ym Mryngles, ac mae'r Cross Guns yn cau 'fory. Ti'n cau'r siop. Be sy'n myn' i ddigwydd i Gwyneth weti'ny?'

Bu Cati yn meddwl am hyn a doedd yr ateb ddim yn glir iddi. Roedd hi'n gobeithio dwyn perswâd ar Gwyneth i symud ac efallai y byddai hi a Joe yn gallu mynd â hi i Frynglas a gofyn i'r plwyf ddishgwl ar ei hôl hi. Ond doedd Cati ddim yn fodlon ar hynny. Roedd hi'n gobeithio cael gair gyda Pantglas yn y bore; efallai byddai ganddo fe well cynllun.

Fel y trefnwyd daeth Bren a Nanw i gymryd lle Neli a Cati am un o'r gloch. Ac aeth Cati sha thre i'r siop lle roedd popeth wedi'i bacio er mwyn iddi hi a Joe gael symud i un o'r cytiau yng ngwersyll y gweithwyr am y tro. Dyna'i noson olaf ym Mhantglas, ac ar ôl i'r gwaith ar yr argae ddod i ben byddai hi a Joe yn gorfod symud eto heb wybod i ble.

Yn y bore gadawodd Joe am ei ddyletswyddau gyda'r gwaith ar yr argae. Roedd hi'n gyfnod prysur gan fod y broses o adael y cwm i lenwi gyda dŵr ar fin dechrau. Aeth Cati draw at fwthyn Cefn Tylchau lle roedd Tomi a Ned yn pendwmpian yn y cadeiriau y tu ôl i weddillion y goelcerth.

''Na chi dân sbrachi,' meddai Cati er mwyn eu dihuno. Cyfarthodd Boi a Capten hefyd gan ei chefnogi.

'Cewch chi fynd nawr, diolch,' meddai wrth y ddau. Roedd hi wedi gofyn i Sali Stepen Drws i ddod i eistedd gyda hi am ran o'r bore, ond cyn hynny aeth Cati i mewn i'r bwthyn i wneud brecwast i'r hen wraig.

'Gwyneth,' meddai gan roi hwb ysgafn iddi. 'Gwyneth?'

Y Diwrnod Olaf

CYN IDDI OLEUO gadawodd Wil Tyddyn Cryman ac Iori Watcyn a holl arfau a chelfi'r efail ar gefn dwy drol, Wil yn gyrru'r naill ac Iori'r llall. A bant â nhw heb droi nôl. Ni theimlai Wil unrhyw hiraeth am y pentre heb Mair. Ac yn wir, roedd e'n falch i feddwl y byddai'r hen le yn cael ei foddi. Ond, y tu ôl iddo, roedd Iori eisoes wedi penderfynu y byddai'n gadael Wil ar ôl cario offer y gweithdy i'r lle newydd. Rhaid iddo symud ymlaen ar ei ben ei hun.

Caeodd Neli Lôn Goed y drws i'r bwthyn a'i gloi a dodi'r allwedd yn ei phwrs heb feddwl fod yr hen le yn mynd i gael ei dynnu lawr o fewn dyddiau ar ôl iddi'i adael, a'i foddi wedyn. Dyna'i hen arfer; Neli oedd yr unig berson oedd yn cloi'i drws yn rheolaidd, a hynny byth ar ôl iddi ddod sha thre o'r pentre un diwrnod a chael cardotyn yn y tŷ (fe alwodd ar Estons i ddod i'w dawlu fe ma's). Roedd ei heiddo hi i gyd ar gefn cert roedd hi'n ei rannu gyda Nanw Gwaelod y Bryn a Brandi a Sali Stepen Drws a Pitar Ŵad. Roedden nhw i gyd yn mynd i Frynglas lle byddent yn gymdogion o hyd ond heb fod yn ffrindiau agos, ac eto yn ddieithriaid yn y pentre hwnnw a deimlai fel pen draw'r byd iddynt.

Aeth pob siglad o'r cert drwy gorff Pitar Ŵad; yn ei ddallineb fe allai deimlo pob pant a phob carreg ar yr heol. Doedd ganddo ddim i bwyso'i gefn yn ei erbyn ac ofnai y byddai'n cwympo ma's o'r cert. Ond er mor anghyfforddus oedd e roedd e'n falch o gael teimlo'r awyr oer ar ei wyneb wedi bod yn garcharor yn y bwthyn cyhyd. Crefai'i ysbryd am gael neidio lawr o'r cert a rhedeg i ffwrdd dros y bryniau i fod yn rhydd fel yr arferai fod ond roedd ei gorff yn llwyr ddibynnu ar Sali Stepen Drws ac roedd hithau wedi'i orfodi i addo ei phriodi hi.

Ar y naill law roedd Nanw Gwaelod y Bryn yn ofni symud i Frynglas, ar y llaw arall roedd hi'n edrych ymlaen. Bu hi ar ymweliad â'r pentre sawl tro a gwnaethai'r trigolion, yn enwedig y plant, hwyl am ben ei hwyneb blewog, ac yn naturiol fe deimlai yn ofnus wrth feddwl am fyw ymhlith dieithriaid didrugaredd y fro. Ond roedd heol yn mynd trwy Frynglas a digon o fynd a dod arni. Efallai y deuai Vanessa y Fenws Farfog heibio rhyw ddydd, neu rywun tebyg iddi.

Roedd Dicw a'i rieni wedi pacio ac roedd eu cert hwy yn mynd â nhw at y rheilwe ac oddi yno byddent yn mynd mewn trên i Fanceinion lle roedd un o frodyr ei dad yn byw. Roedd Andrew wedi disgrifio trên iddo a'r profiad o deithio mewn un. Roedd corff Dicw yn llawn cyffro a llawn disgwyl. Meddwl oedd e am y ddinas fawr lle roedd ei dad a'i fam ac yntau'n mynd i fyw.

Penderfynodd Ben ac Enid Tŷ Cornel fod rhaid mynd â'r merched yn bell i ffwrdd. Credent fod llofrudd Mair yn dal i fyw yn y cylch, un o'r pentrefwyr o bosibl, neu un o'r gweithwyr neu un o drigolion Brynglas. Ni allent fyw yn y cylch gyda'r ansicrwydd ofnadwy hwn felly roedden nhw'n anelu am Lerpwl ac wedyn am America.

Roedd Dafydd a Bren a Megan Cross Guns a Dr James wedi hurio cerbyd modur i'w rannu. Roedden nhw'n mynd i aros ym Mrynglas dros dro. Roedd y dyfodol yn ansicr iddyn nhw. Roedd Dr James yn gorfod chwilio am feddygfa arall a Dafydd yn gorfod chwilio am dafarn.

Roedd Tomi a Ned eisoes wedi llwytho bob o boni â'r ychydig o bethau'r byd oedd yn eiddo iddynt, a bant â nhw gyda Boi a Capten yn eu dilyn. Ni fyddai symud i Frynglas yn golygu fawr o newid iddyn nhw.

Gwyliodd Cati'r orymdaith fechan yn ymlwybro lan y bryn. Tomi a Ned a'u paciau oedd yr olaf i ddiflannu dros y crib. Roedd hi ar ei phen ei hun yn y siop; hi a Jil a chorff Gwyneth Cefn Tylchau yn ei harch yn aros am Joe a rhai o'r dynion i ddod i'w chario hi a'i heiddo i wersyll y gweithwyr a'r arch i Frynglas lle byddai Gwyneth yn cael ei chladdu wrth ochr ei theulu.

Roedd y pentre yn sgerbwd, yn lle marw; cawsai'r rhan fwyaf o'r tai eu tynnu lawr yn barod. Anodd credu bod bechgyn wedi chwarae bando yma a ffair wedi cael ei chynnal ar y patsyn glas a hithau wedi cael ei phriodas yma dro byr yn ôl. Rhyfedd meddwl bod modd sgubo i ffwrdd beth mor llawn bywyd â phentre a gadael ar ei ôl dim ond adfeilion, gweddillion, olion.

Oedd, roedd hi'n drist ond ni allai fod yn ddigalon wa'th roedd hi a Joe yn mynd i rywle arall cyn hir, ac oddi fewn i'w chorff roedd dyfodol arall yn datblygu heb unrhyw gysylltiad na hiraeth am Bantglas yn perthyn iddo.

Yn sydyn dyma'r llafurwyr yn llifo lawr o'r gwersyll, y rhan fwyaf ohonynt i dorri'r tai olaf lawr gan gynnwys ei siop hithau. Daeth Joe â chert er mwyn ei chario hi a'i phac i'r gwersyll a chert arall i gludo Gwyneth Cefn Tylchau i Frynglas lle y trefnwyd i'r gweinidog yno gymryd cyfrifoldeb amdani (gan na allai neb ddod o hyd i Bantglas, yn un man) tan yr angladd ymhen tridiau. Byddai Gwyneth yn mynd ar ei phen ei hun am y tro a byddai hithau, Cati, yn mynd i'r gwersyll heb Joe a oedd yn gorfod aros ar ôl yn y pentre i oruchwylio'r dynion. Gadawodd Cati y pentre yn llawn sŵn a bywyd eto, bywyd diwydiannol yn lle bywyd cymunedol a'r dynion i gyd yn parablu yn Saesneg mewn amrywiaeth o acenion, rhai o ogledd Lloegr, rhai o'r canolbarth, sawl un o Lundain, o Lerpwl a Bryste a charfan o Iwerddon. Nid bod Cati yn nabod y gwahanol dafodieithoedd hyn; i'w chlust anghyfarwydd hi roedd y cyfan yn un bwrlwm unswn dieithr.

Wedi ffarwelio â Joe am y tro troes Cati ei hwyneb tua gwersyll y gweithwyr a'i bywyd newydd. Rhoes ei llaw ar ei bola a dweud, 'And I will learn to speak proper English with you, won't I?'

Y Llyn

ROEDD Y LLYN yn llawn a phrin bod neb yn cofio am bentre Pantglas. Gwibiodd awel dros arwyneb y dŵr ac aflonyddu ar y coed cyfagos nes i rai o'r dail crin hydrefol melyn, efydd, oren, coch ddisgyn i'r pridd dan y canghennau. Doedd neb yno i weld y gronfa y diwrnod hwnnw, dim car ar yr heol a'i hamgylchai, dim twristiaid wedi dod i gael picnic ac i edmygu'r tirlun nac i wylio adar nac i gerdded y bryniau gan ddilyn y llwybrau natur a gymeradwywyd gan bamffledi'r RSPB, neb yn y siop grefftau nac yng nghanolfan yr ymwelwyr na dim plant yn y maes chwaraeon ac anturiaethau. Roedd hi'n oer ac yn fore pan sbonciodd y sgwarnog drwy'r goedwig nes iddi ddod at ei hymyl a throi'n jac-y-do a chodi i'r awyr gan grawcian yn aflafar er nad oedd neb i'w glywed. A daeth y jac-y-do i'r llawr eto a cherdded fel cath ddu am dro nes cyrraedd twmpyn o ddrain a mieri a mynd drwy'r rheini fel llygoden fawr ac wedyn codi i'r awyr eto yn foncath yn troi ac yn troi gan ddringo yn uwch ac yn uwch i'r ffurfafen. Ac yno yn yr entrychion gallai'r aderyn weld yn bell ac oddi tano dyna'r llyn hir a chul a dwfn. A chofiodd am yr holl fynd a dod a fu dro yn ôl lle'r oedd canol y llyn yn awr, y gobeithio a'r gofidio, y clecs a'r cyfrinachau, carwriaethau a gelyniaeth, bywyd a marwolaeth. Yn sydyn, plymiodd y boncath nes i'w grafangau a blaenau'i adenydd gyffwrdd â'r dŵr a throi ohono'n alarch gwyn gosgeiddig yn arnofio'r llyn. Pe buasai rhywun yno i'w weld tybiasai fod gan yr aderyn ryw gyfrinach yn ei galon, cyfrinachau lawer o bosib. Yna plygodd yr alarch ei ben nes torri'r dŵr a throi ohono'n ddyfrgi a phlymio, plymio i waelod y llyn nes cyrraedd olion y pentre a mynd o dan y bont a ddeuai i'r golwg ar adegau o sychder hir, a lawr eto gan droi'n bysgodyn, un o nifer yn nofio gyda'i gilydd i rythmau'r llyn, yn rhan ohono, yn un â'r dŵr.

Ôl-Nodyn

Cofnod o briodas tad-cu a mam-gu fy nhad, Llanwddyn, 1886

DEFNYDDIAIS BETH O hanes Llanwddyn a Llyn Efyrnwy fel cefndir i'r nofel hon. Dechreua'r stori cyn i'r gwaith gychwyn a daw i ben ar ôl i'r dyffryn gael ei foddi. Fel yn achos Llanwddyn, cariai'r pentrefwyr ymlaen gyda'u bywyd beunyddiol arferol yn y stori wrth i'r gwaith mawr ar yr argae dyfu a datblygu o'u cwmpas. Yn oes Victoria prin oedd y gwrthwynebiad cyhoeddus, yn wahanol iawn i hanes diweddarach Tryweryn. Ond er i mi ddefnyddio Llanwddyn fel dechreubwynt mae'r pentre dychmygol a'r lleoliad yn nes i bentre Cwmtaf lle mae cronfa Llwyn Onn yn awr. Roedd hyn yn haws i mi o ran tafodiaith, ond cefndir a hanes Llanwddyn oedd yn fy meddwl drwy'r amser. Er enghraifft, cymerais y stori am Ysbryd Cynon yn syth o Lanwddyn a'i newid at fy mhwrpas fy hun yn stori Ysbryd Einion yn y nofel.

Fel mae'n digwydd mae gennyf gysylltiadau teuluol â'r ddwy gronfa. Roedd fy hen fam-gu ar ochr fy nhad yn un o drigolion Llanwddyn, ac yn ôl ewythr i mi roedd hi'n cadw siop yn y pentre. Roedd fy hen dad-cu yn llafurwr a weithiodd ar argae Llyn Efyrnwy a hefyd ar un Llwyn Onn. Mae'n bosibl fod fy hen dad-cu a'm hen fam-gu wedi cwrdd yn ystod y gwaith ar argae Llyn Efyrnwy ac mae'n ddymunol i mi gredu iddynt gwympo mewn cariad y pryd hynny. Yn sicr, fe briododd y ddau yn eglwys y plwyf a ganed plentyn iddynt yno a fu farw yn fuan wedyn.

Un o'r pethau a wnaeth fy hen dad-cu, yn ôl hanes teuluol, oedd codi'r beddau o'r fynwent ym mhentre Cwmtaf a'u hailosod yn nes lan y cwm cyn i'r pentre gael ei foddi.

Felly cyfuniad o Lanwddyn a Chwmtaf yw Pantglas yn hon o chwedl, lle dychmygol. Prin hefyd yw'r ymchwil a wnes ar hanes adeiladu'r argaeau. Os oes yma gamsyniadau hanesyddol, technegol neu ffeithiol nid wyf yn ymddiheuro am hynny; nid llyfr hanes mo hwn ond ffuglen. Ychydig cyn iddi orffen ei nofel *The Heart is a Lonely Hunter* tynnodd gŵr Carson McCullers ei sylw at y ffaith fod cynhadledd i bobl 'fud a byddar' mewn tref gyfagos i'w cartref, gan dybio yr hoffai hi fynd i'w hastudio yno gan fod prif gymeriad ei nofel yn fud a byddar. Dywedodd y nofelydd:

... dyna'r peth olaf y dymunwn ei wneud gan fy mod wedi ffurfio fy nghysyniad o'r rhai mud a byddar yn barod ac ni ddymunwn i hynny gael ei ddifetha. Credaf taw'r un agwedd oedd gan James Joyce pan oedd yn byw oddi cartref heb ymweld â'i gartref eto, gan deimlo bod Dulyn wedi sefyll am byth... Prif fantais llenor yw greddf, mae gormod o ffeithiau yn rhwystro greddf.

★   ★   ★

Ymddiheuriadau i'r bardd John Pantglas Jones (1844–1908) na wyddwn i ddim amdano nes i mi gwblhau'r nofel ac fe'i cefais yn rhy boenus o dasg i newid yr enw wedyn.

*   *   *

Gwrach go-iawn yn hanes Cymru oedd Pedws Ffowc ond gan ei fod mor wych o enw fe'i cymerais heb unrhyw gywilydd.

Diolchiadau

DIOLCH I ADRAN y Gymraeg, Prifysgol Aberystwyth am fy rhyddhau o'm dyletswyddau fel darlithydd am semester er mwyn cael canolbwyntio ar y nofel hon. Diolch arbennig i'r Athro Gruffydd Aled Williams, pennaeth yr Adran ar y pryd.

Diolch i Ruth Jên Evans am y fraint o gael ei darluniau ar y clawr ac oddi fewn i'r gyfrol.

Mawr yw fy niolch i bawb yn Y Lolfa ond yn arbennig i'r golygyddion Alun Jones, Meleri Wyn James a Nia Peris am eu gofal anghyffredin.

Diolch hefyd i Meic Stephens am gael defnyddio dyfyniad Harri Webb.

Hefyd gan Mihangel Morgan:

'Does dim pall ar ddychymyg yr awdur hwn. Petai J Howard
Beynon yn bod, byddai'n rhaid iddo ddyfeisio Mihangel Morgan
er mwyn sgrifennu cofiant sy'n deilwng ohono.' *Tony Bianchi*

Mihangel Morgan

Cestyll yn y Cymylau

y Lolfa

£6.95

Am restr gyflawn o lyfrau'r Lolfa, mynnwch
gopi am ddim o'n catalog
neu hwyliwch i mewn i'n gwefan

www.ylolfa.com

Ile gallwch archebu llyfrau ar-lein.

TALYBONT CEREDIGION CYMRU SY24 5HE
ebost ylolfa@ylolfa.com
gwefan www.ylolfa.com
ffôn 01970 832 304
ffacs 832 782

CRONICLAU
PENTRE SIMON

MIHANGEL MORGAN

GWASG Y LOLFA
TALYBONT

£7.95